嫡女大業

2

千江水 著

風文創 731

目錄

第二十八章

「祖母。」元瑾站了起來，縱然心裡沒料到薛老太太竟如此直接提出這般無理的要求，但她也很快就鎮靜下來。

「國公府這次選世子，本就說是以親姊妹進入侯府。我為弟弟選世子的事忙前忙後三個月，祖母若這樣就要我讓出名額，我很難同意。除此以外的其他要求，祖母儘管再提就是了。」

薛老太太道：「我沒有別的要求了。當初這是妳親口答應的，難不成妳如今要出爾反爾？何況若不是我與老夫人這層關係，妳弟弟也選不上世子。我提這個要求，縱然對妳來說不公平，卻是合理的。我也不會虧待妳，以後我自會給妳尋一門好親事，以薛家嫡出嫡女的身分出嫁。」

元瑾聽到這裡，不免冷笑。薛老太太當真打的一把好算盤！竟想以薛府嫡女的身分，跟她換定國公府小姐的位置，還跟她說合理！

當初她雖答應薛老太太一個條件，但也須是合理的條件。這般將她棄若敝屣，要將成果全讓給她親孫女的條件，當真是偏心至極！

她抬頭繼續道：「雖說有祖母這層關係在裡頭，但在聞玉競選的過程中，祖母您關照的多是大哥，萬事都以大哥為先。四房本就是庶出，若不是我辛苦支撐，加上三伯母無私相助，恐怕聞玉根本不能堅持到今日。我只想問祖母，在這之中，您出了什麼力？元珍姊姊出了什麼力？現在要為元珍姊姊討這個位置，您真的覺得合乎情理？」

薛老太太看向元瑾。

其實元瑾比自己想的還要冷靜許多。平白被人奪去榮華富貴，沒有人會不生氣，沒想到她竟還能忍得住？果然四房這兩個孩子都不是一般人。

「我是你們的祖母，這事自然是我說了算。」薛老太太道：「若沒有我同意，恐怕定國公府也不能收聞玉為繼子吧？」

這便是赤裸裸的威脅了。

畢竟薛老太太才是當家主母，若沒有她同意，薛聞玉的確出不了薛家，無法成為繼子。

薛元瑾深深吸了口氣。

看來薛老太太是鐵了心！她知道自己絕不會讓聞玉放棄世子之位，畢竟已經為此努力了這麼久。

「今兒天也晚了，妳先回去休息吧。」薛老太太道：「明兒妳帶聞玉來的時候，我希望妳已經同意了。」

元瑾嘴唇一抿，甚至沒有同她告別，屈身就離開了。

路上，她一直思考該如何解決？其實薛老太太這一招，出乎意料又在意料之中。

大房是她的血親，薛元珍是她最疼愛的孫女，她自然會為薛元珍考慮。除此之外，恐怕還怕元瑾和薛聞玉不在她的掌控內，即便做了定國公府的世子和小姐，也不會對她甚至對她另幾房親兒子好。

所以，讓她把位置給薛元珍，是薛老太太必然會做出的決定。

而她呢？努力了這麼久，卻面臨一切成為泡影的局面。

絕不能如此，她要仔細思索該怎麼辦。

元瑾回到屋中時，薛青山正好從衙門回來，本還沈浸在薛聞玉入選的喜悅中，就聽元瑾說了這件事。

崔氏大怒。「這黑心老太婆，緊著為她親孫女打算，實在太過分了！」

薛聞玉語氣冰冷。「姊姊若不去，我也不會去的。」

元瑾輕按住他的肩膀道：「聞玉，不可任性行事，即便最後我沒能去，你也一定要去，否則這些辛苦不都白費了嗎？」

薛青山一直沈默著，拳頭緊緊握起，臉色十分難看。

他突然一語不發地往外走。

元瑾立刻攔住他。「父親，您這是……」

「我去說。」薛青山道：「這麼多年來，我們四房沒對不起她的時候，我為薛家付出太多，以至於你們都不能如其他三房過得好。如今妳憑藉自己的努力爭取到這樣的機會，她卻要憑空奪去！我是妳的父親，絕不能再讓妳受這樣的委屈！」他說完就徑直往外走。

元瑾一怔，沒想到自己這包子父親還有為她出頭的一天。

她怕他太過衝動，立刻跟上去。

崔氏還從未見過薛青山這樣生氣。他在家裡一直如老好人般，嫡母和兄長說什麼，他都不會反對，現在竟然也會生氣、憤怒。她連忙叮囑丫頭看好薛錦玉，也帶著薛聞玉一起趕了過去。

薛老太太正準備睡下，就聽到丫頭通傳說四老爺求見。

薛老太太知道他是為何而來，並不想見，淡淡道：「就說天色晚了，不見。」

她剛說完，就聽到門扇被撞開的聲音。「兒子一定要求見！」

她嘆了口氣，叫婆子給她披了件外衣走出去。只見薛青山站在原地，目光冰冷地看著她。

「今日之事，兒子不服氣！」

薛老太太坐下攏了攏衣服，對這個一向言聽計從的兒子這般不聽話，感到很不舒服。「你深夜闖進來，連個安也不請，徑直衝我這老太婆發火，我倒不知是誰不服氣了？」

薛青山卻神色漠然道：「倘若您還是往日那個嫡母，兒子定然願意跪下給您請安，只是今天這事——是您要奪走元瑾辛苦得來的東西，白白送給元珍，我實在沒辦法給您請這個安！」

薛老太太聽到他的語氣如此忤逆，也被激起怒氣，陡然提高嗓音。「就憑我是你們的嫡母，供養你們長大，這點吩咐，難道你們還聽不得了?!」

聽到這裡，薛青山更加憤怒，往日的不滿都堵塞在心口需要宣洩，忍不住冷笑道：「供養？您除了給我口飯吃讓我長大，什麼時候供養過我？當年我的文章被二哥偷走，您明明知道，卻沒有指責他一句！大哥讓我替他處理庶務，他好專心讀書，您告訴我，日後大哥高中，必定有數不清的好處給我，叫我安心幫家中的忙。現在我只是個苑馬寺的小官，大哥、二哥倒是在外做官。我還想問問您，供養從何談起？大哥、二哥是給過我一粒米，還是分過我一片布了？我為這個家做的事，你們什麼時候感恩過、什麼時候在意過！

「這都罷了，現在元瑾憑自己的能力得到這個位置，您還要奪去，再送給大哥的女兒。我倒是想問問母親，我們四房也沒有欠你們，憑什麼好東西都要讓給他們?!」

薛老太太本來還沈得住氣，聽到這四兒子如此不客氣，也是氣得發抖。「你大哥哪裡不曾幫你？你這苑馬寺的位置，不就是他幫你謀求的嗎！」

薛青山冷笑。「謀求？母親，他給我謀求了個養馬的位置，難道我還要對他千恩萬謝不成？若這就是大哥的回報，那這回報我還真是承受不起！」

元瑾在外聽到這裡，已然咋舌。父親竟然和薛老太太撕破臉！

這怨懟都是積少成多的，眼下是一次大爆發了。

崔氏在旁往裡面張望，緊張地握住元瑾的手，吞了口唾沫。「我的天，妳爹今兒膽子太大，恐怕今兒晚上大家別想睡了……」

而堂屋裡，薛老太太已經氣得站起來。「你這是忤逆不孝！今兒這事就這般決定了，你再說也沒有用。給我退下去！」

薛青山卻漠然地看著薛老太太，站著一動不動，只道：「我不會退下。」

「你不退下，我便要請家法了！」

「您也不必請家法。」薛青山道：「您今兒要是非堅持如此，那兒子也只好不孝，請求分家了。」

「你……」薛老太太當真沒料到言聽計從的薛青山有如此反骨的時候，她氣不打一處來。「你自己提分家，那便是不孝！你以為你分了家，便能不受我管束，讓聞玉和元瑾入定國公府？我告訴你，沒有我這老婆子在，你們休想踏入定國公府！」

「所以，只有請您改變主意了。」薛青山道：「分家是大不孝，兒子自然也知道。但您若要逼兒子走這條路，兒子也沒有辦法。」

若是父母尚在，兒子私自提分家就是不孝。本朝自古以來以「孝」治天下，若是有了大不孝的名聲，在官場就很難有所進益。且薛青山還真的摸不準，若是真和薛老太太鬧僵，定國公府會不會對他們家有所非議，最後影響兩個孩子入選。

所以，他也只是以這點來威脅薛老太太。

薛老太太氣得倒在椅子上直喘氣，她一直沒發現這四兒子也是塊難啃的骨頭。她原以為以四房的懦弱，她提了出來，四房應該會立即答應才是。

薛青山若真的要分家，她只能從孝道上指責他，還真不能對他做什麼！

更何況，兩人這樣鬧下去，一個不好也是魚死網破的結局。薛青山知道這點，所以反過來威脅她。

薛老太太這邊的動靜弄得這樣大，甚至連分家的話都說出口，其他幾房自然都知道了，眼下紛紛穿好衣裳圍到堂屋，但薛老太太不許任何人進去。

周氏姍姍來遲，崔氏瞪了周氏一眼，周氏則彷彿沒看到的樣子。

元瑾站在崔氏後面，卻看也不看薛元珍。

直到薛老太太的貼身丫頭走出來傳話。「……老太太請四娘子進來說話。」

崔氏緊張起來，為何只要元瑾進去？她看向元瑾，元瑾則安慰地輕輕點頭，讓她安心，隨後走了進去。

屋內燭火跳動，薛老太太和薛青山都坐在椅子上，彷彿已經耗盡力氣。只是兩人間詭異的沈默，還依稀能感覺得出方才的爭執。

薛老太太嘆了口氣。「方才妳父親和我說過，妳可聽到了？」

元瑾自然也聽到，父親以分家來威脅薛老太太，薛老太太仍不改口，兩個人差點掐架。

「祖母容我說句實話。」元瑾淡淡道：「即便您成功讓元珍姊姊去了，我那弟弟卻是再倔強不過的性子，元珍姊姊能不能輔佐他是一說，日後弟弟成了世子，元珍姊姊一旦嫁出去，便和定國公府再無瓜葛，就是嫁了權貴門第，恐怕也沒人能支撐得起她的腰桿。」

要是沒有定國公府撐腰，薛元珍在權貴世家就是紙糊的老虎，不堪一擊。

薛老太太一怔，以前她總覺得四房太軟弱，如今看來，他們魚死網破都做得出來，還有什麼是不能的！

她決定把態度放軟一些。「其實我想抬舉元珍是情理之中，卻未必沒想到妳。聞玉若成了世子，妳的身價自然也和如今不同，到時候行婚論嫁，雖說不如元珍的身分，卻也比現在好多了，總也還是公平的。更何況，當初我同意聞玉入選的理由，本就是要妳答應我一件事。如今我提出來，你們二人卻這樣不同意，不也是出爾反爾嗎？」

看來薛老太太是心如磐石，絕不放棄了。

元瑾又是冷笑。

如果不是她沒把握薛老太太對定國公老夫人有多大的影響，她是絕不會這樣妥協的。

有沒有定國公府小姐的名頭，當然大不一樣，老太太當她年少無知，所以才用這話來矇她。

至於答應她一件事，也不該是這樣無理的事。

但要是不妥協，當真鬧到分家的地步，不孝就是一件大事。有了不孝的名聲，父親在官場上不好發展。何況定國公府看到他們這般多事，說不定也會心生退意。定國公府突然定下聞玉本來就有些蹊蹺，又來得太急，若這樣的機會因為爭執白白沒了，那才是最可惜的事。

元瑾絕不願意看到這樣的事發生。

「祖母若當真執意如此，我也不是沒有辦法。」元瑾突然道。

薛老太太看向她，她才繼續說：「您可以勸說老夫人，將我和元珍姊姊二人都收為養女。若她也一併入選，倒也算我信守諾言了。」

薛老太太聽到這裡，輕輕皺眉。「定國公府是什麼身分，豈能說收養就收養的？」

元瑾繼續道：「您少安勿躁，且聽我說來。定國公老夫人一則想有個孫女承歡膝下，安養晚年，又想和魏永侯府成一樁親事。我年紀不大，還不到出嫁的時候，若是收養我和元珍姊姊，一個出嫁，一個還能留在身邊解悶。老夫人若是聽了這個說法，自然會考慮一二。」

薛老太太聽了之後，沈思片刻。

薛青山看向元瑾，欲言又止。

在薛青山看來，這不還是女兒受了委屈？本來說得好好的，魏永侯爺那樁親事也是給定國公府小姐的，眼下若收養兩個，薛元珍的家世、年齡比元瑾有優勢，元瑾就沒這個分兒了，那不是白白浪費一樁好姻緣？

元瑾則對薛青山輕輕搖頭，示意他不用說話。

別人做這個小姐，最重要的目的大概就是嫁給顧珩，但她還真不是。

她甚至挺怕自己看到顧珩會想抽他嘴巴子的。這樣一說，雖然便宜了薛元珍，卻也平息了這件事的衝突，讓聞玉能順利當上世子，也解決了魏永侯婚事的問題，一舉多得。

從理智上來說，這是個極佳的辦法。

薛老太太思索了一會兒，抬頭問道：「妳就這般確定，老夫人會同意不成？」

元瑾輕輕嘖了聲。薛老太太畢竟是小門戶的人，還是不明白這些大家族真正在乎什麼。她繼續解釋道：「您要想想，小姐不是世子，對於定國公府來說，世子只有一個，小姐卻只是多個人吃飯的事，甚至小姐們出嫁，還能鞏固定國公府的人脈關係，他們又怎麼會在意多出區區一人？您只消明日去，對老夫人說一說，便知道行不行了。」

聽到這裡，薛老太太也知道除了明天再去試一試外，別無他法。

否則今兒真的鬧得魚死網破，對誰都不好。

她的神色微鬆，但再面對元瑾時，難免有自己做了壞人的感覺。「妳既如此說，我便試試，如果不行就再說吧。你們今兒也累壞了，回去歇息吧。」

聽到這裡，薛青山嘴角微微一扯。嫡母果然就是嫡母，永遠都比不得親生的，他恐怕得永遠記住這個理。

他們二人出來，薛老太太又叫周氏和薛元珍進去。四房一行人先回家，卻沒有一開始的興奮了。

他們現在算是明白，這命數的事從來都是波折不斷。不到上族譜的那一刻，都是未知數。

第二日，薛老太太親自帶著薛聞玉去定國公府，先拜會定國公老夫人和定國公。

兩人越看薛聞玉越是滿意，薛讓單獨叫了薛聞玉去旁邊說話。

薛老太太在老夫人身旁坐下，笑道：「原以為還有半個月才定，卻不知國公爺竟這般快，第二日就選了聞玉。」

她的話帶著試探。

老夫人自然不會將靖王殿下欽點的事說出來，何況今日見到薛聞玉寵辱不驚，她的確更是滿意。而最讓她滿意的，還是薛聞玉本身和薛家的羈絆不深，更適合融入定國公府。

「聞玉天資聰慧，國公爺實在喜歡，我們思來想去就不如直接定下了。」老夫人笑道：「還有一樁事要告訴妳，國公爺接到調令，任京衛總指揮使，我們要舉家搬往京城。我想著親人分離畢竟不是好事，倒不如叫四房一起搬去京城，讓國公爺給薛青山尋一個小官做，反正留在太原也沒什麼出路。」

薛老太太聽了，心中滋味十分複雜。

定國公府竟打算將整個四房都帶去京城？簡直就是一人得道，雞犬升天！

薛老太太似乎略微遺憾地嘆了口氣，才繼續道：「有一件事，也不知如何對妳說。」

老夫人含笑道：「妳我是姊妹，有什麼不好說的？」

薛老太太才輕咳一聲。「這原是為難妳的。你們本說選一個小姐，只是我們家嫡長女元珍樣樣都出挑，我覺得她再合適不過。但現在聞玉入選，自然是他的胞姊被選來，可憐元珍便失落了，她本是非常盼望能常侍奉在妳身邊的。」

聽到這裡，老夫人笑容微斂。

「妳這意思，莫不是想讓元珍選為小姐？」老夫人語氣有些遲疑。「只是親姊弟要更親密，總不會不和睦。更何況一開始便說好選男孩的親姊妹來，元瑾也沒什麼錯處，我總不能平白換人……」

聽到這裡，薛老太太老臉一紅，知道老夫人這是誤會了，連連擺手。「我也不是這個意思，雖不是親生的，卻總歸是嫡祖母，怎會不讓她來？」她吁了口氣。「我是想著，如果定國公府能兩個都收養，妳有兩個姑娘在身前圍繞，豈不是更好？」

老夫人聽了薛老太太的話後，沈吟片刻。

按理說，她定下聞玉，小姐的人選自然是聞玉的胞姊元瑾。如今，薛老太太卻來商議兩人都入選，這其中肯定有什麼貓膩。

她之前從沒考慮過這個問題。一開始她喜歡的便是元瑾，不過衛衡那事她心裡有點介懷。後來，薛元珍又出了上次那樣的事，她還是覺得元瑾更好些。只是她心裡也覺得可惜，元瑾似乎不得顧老夫人喜歡，恐怕和顧家的婚事會不成。

若是兩個都收養呢？

平心而論，這兩個女孩都不差。雖說元珍的心思深了點，但出身更好，極是溫婉可人。元瑾雖出身差，卻有種旁人沒有的淡定平靜，心智更勝別人百倍。要是兩個都選進來，不光能和魏永侯府結親，還能留下一個多陪她幾年，也是件大好事。

老夫人仔細思索，覺得這是件極好的事。

更何況，左不過是給薛老太太一個人情的事，畢竟沒選她嫡出的孫女。

「我左思右想著……」老夫人一邊說，一邊看著薛老太太有些緊張的神情，才道：「覺得這主意是不錯的。」

薛老太太這才鬆了口氣，笑道：「妳滿意便好！」

老夫人也是一笑。「上次顧老夫人來的時候，極喜歡元珍，倘若她成了定國公府小姐，去了京城，很有可能和魏永侯府說親。」

薛老太太早知道定國公府小姐有可能嫁給魏永侯爺的事，卻不知顧老夫人是喜歡元珍的，頓時有些意外之喜。

「當真？」

老夫人笑道：「這還有假？否則我為何同意得這麼爽快。妳家元珍歲數已到，進了定國公府，若能有這樣的姻緣也是好事。只是現在只過了顧老夫人這關，一切還要顧珩見了才能說。妳也知道，這樣的世家裡，父母之命反倒沒有當權者的話重要，若顧珩不同意，恐怕也沒辦法。」

「我知道的！」薛老太太有些喜出望外。雖然老夫人這麼說，她卻沒有太當一回事。她的觀念還是認為只要父母滿意，這婚事就成了一半，更何況哪裡會有男子不喜歡漂亮的姑娘？元珍長得美，總會喜歡的。

隨後薛老太太和老夫人商量好入族譜的日子，就滿臉喜色地從定國公府回去了。她迫不及待把這事告訴大房，大房自然喜出望外。世子之位固然重要，但沒了這個，元珍若能嫁給魏永侯爺，也是一樁妙事。畢竟那可是魏永侯爺，幾乎能和定國公平起平坐。到時候，她們也不會差四房什麼了。

消息傳過來時，姜氏正和元瑾商量入京的事。

本來定國公府準備帶四房去，但因元珍要去京城，而大老爺也在京城做官，故周氏也決定遷去京城。如此一來，薛老太太自然也要跟去。

姜氏不想留在山西和二房的人整天大眼瞪小眼，好在三老爺上任的地方是保定，離京城極近，她便也決定一起遷走。唯有二房，二老爺就在山西任職，現在還有薛元珊的事，不能遷去京城。

薛元珠他們從未出過遠門，非常高興，在一旁和薛雲璽盤算著路上有什麼好吃、好玩的，以及京城有多麼繁華。

姜氏嘆氣。「說是妳們二人都一起入選，可和魏永侯爺的親事卻還是落到她頭上。分明好處最大的就是這件事了，實在是虧了妳。那薛元珍又做了什麼……」

元瑾卻無所謂，笑了笑。「這事不會這麼容易的。」

薛元珍想嫁給顧珩？

當初她身為丹陽縣主、京城頂尖的貴女，家世、容貌萬裡挑一，可謂是冠蓋滿京華，唯她獨風采，那顧珩又是怎麼樣的？

還不是當場悔親，寧可去守城門吃沙子。

隨後他反殺回京城，跟隨靖王滅蕭氏一門。

元瑾有些感慨。她馬上就要以一個全新的身分回到京城，那些曾經對不起她、如今高高在上的人，應該都過得很好吧？

她還真想看看，顧珩究竟是怎樣的一個人。

不過……在此之前，她還有件事要去做。

第二日，元瑾去了崇善寺，想去找陳先生。一是告訴他弟弟入選的喜訊，二是跟他道別，畢竟她過不了多久就要去京城了。

只是她到寺廟門口時，卻看到院子大門緊鎖著，臺階上鋪滿枯葉，疏落的陽光灑在有些陳舊的木門上，似乎是很久沒人來了。

元瑾有些失望。他……又出去了嗎？

她對陳先生還真的有些依賴，大概是因為他一直幫她又保護她吧。除了太后以外，再沒有第二人了。

元瑾在臺階上坐下來，想等等看他會不會回來。

不過她沒有等到陳先生回來，卻等到了一個小沙彌。

小沙彌穿著月白袈裟、光著腦袋拾階而來，正是那天給她帶路的那一個。

元瑾看到他過來，站起來，行了個佛禮。「小師父，您可知道住在這裡的人去哪兒了？」

小沙彌站定，也雙手合十，道了聲佛號。「先生有事外出，至於什麼時候回來，貧僧不知。」

元瑾聽到這話後沈默片刻。他這是不告而別了嗎？

她本是來告別的，卻不想他竟然不在，也不知道陳先生會去哪裡？她這一走，路途遙遠，恐怕許久都見不到了。

小沙彌看著她的神情片刻，又道：「不過先生臨走前給了貧僧一物，說要是看到妳過來便給妳。」

元瑾有些疑惑，陳先生能給她留什麼東西？就看到小沙彌從袖中拿出一塊不起眼的玉珮，這玉珮當真看不出任何異樣，淡青色的玉質，鏤雕一個「慎」字，不過纏的瓔珞流蘇都是上好的絲線。

這難道是他的貼身玉珮？

她接過來打量，青瑩瑩的玉在她微透的指尖轉動。

小沙彌道：「先生曾說，若姑娘遇到危險，可以帶著玉珮去找定國公幫忙。」

原是這個用處。難道陳先生身為幕僚，還對定國公有恩不成？拿他的玉珮能怎麼樣？

不過他也是一片好心，她就收下當作一個念想吧！

元瑾收起玉珮，謝過小沙彌，才離開寺廟。

小沙彌看到她的身影漸漸消失在廊廡下，輕輕嘆了口氣。看來她是不認識殿下的貼身玉珮，不知道這塊玉珮有多厲害啊！

第二十九章

去京城的各項事宜已經準備好了，各房把物件裝車，選好要帶去的丫頭、婆子們，等入了族譜後便可出發。

崔氏尤其喜氣洋洋，她長這麼大從未去過京城，對於京畿的繁榮十分嚮往，已經和姜氏計劃好要去逛逛京城時興的鋪子。

元瑾雖自五歲後就長在京城，不過她沒出過紫禁城，用的東西也全是御用織造，對這些並不清楚，聽崔氏和姜氏如數家珍，覺得她們比自己更像京城人士。

薛青山去拜見定國公薛讓。薛讓覺得薛青山沈穩老實，頗欣賞他，準備安排他進工部做個主事。雖然仍只是正六品的官，但這可是有些實權的京官。

薛青山十分激動，發誓日後好生報答定國公。

而最近讓薛老太太比較頭痛的，大概就是薛元珊的事了。

薛元珊同衛衡失了清白，衛衡卻不願意娶她。沈氏跟薛老太太鬧了很多次，但薛老太太又能有什麼辦法？只能拉下這張老臉，幾次登門定國公府，想請老夫人幫忙調解。

最後衛家終於勉強鬆口，倘若衛衡兩年內沒有合適的親事，就娶薛元珊做正妻，否則也只能是貴妾。

沈氏還不滿意，卻也沒有別的辦法，畢竟她也奈何不了衛家。

定國公府擇了九月初六將他們記入族譜。

這天，元瑾特地看著薛聞玉穿戴一新，替他整理衣襟，問道：「聞玉自此就是世子了，高興嗎？」

薛聞玉想了片刻，坦然道：「……似乎還沒覺得。」

元瑾笑了笑。「你日後會感覺到的。小姐不同世子，你的身分才是真的，我和薛元珍都算不得什麼。」

薛聞玉聽後又思索，看著元瑾，問道：「那姊姊會一直在我身邊嗎？」

元瑾笑道：「這是自然的。」

她即便有經緯之才、懂謀略爭鬥，但這些都是沒用的。普通人家裡，女兒家就是應該相夫教子，且她已經不是縣主，許多事情都需要靠聞玉去實現。

薛聞玉露出些許釋然的微笑。「這樣就好。」

只要姊姊一直在他身邊，就沒有什麼是不能忍受的。

他又告訴元瑾。「有件奇怪的事忘了告訴妳。那日國公爺同我談話，問我是否知道靖王殿下。」

元瑾聽到這裡，眉頭微微一皺。「國公爺為何問你這個？」

薛聞玉道：「這卻不知了，我答只是聽說過，國公爺便沒再問了。」

元瑾沈思。定國公這話問得蹊蹺，聞玉能和靖王有什麼聯繫？

不過已經到了出發的時候，容不得他們再思索。

前往定國公府的馬車已經準備好，載著薛家的人一同出發。

姜氏帶著一雙子女看熱鬧，周氏則帶著穿著比往日更顯華貴的薛元珍，以及坐在一旁面無表情的薛雲海。

衛襄和他母親也來了。

「你成了世子，日後可要提攜我。」衛襄對薛聞玉打趣道。落選世子這件事，似乎對他的心態沒什麼影響。

薛聞玉只是嘴角微揚。

他今天穿了件青色菖蒲紋杭綢直裰，襯得他玉樹臨風，白玉面容典雅細緻，眸如墨點，所謂翩翩佳公子大概就是如此。元瑾會注意到，是因為方才遞茶給他的丫頭，因他低聲道一句謝而紅了臉。

聞玉日後成了世子，又是這般容貌，恐怕這些狂蜂浪蝶更會擋不住地向他撲過來。

元瑾覺得弟弟有很多人喜歡，自己也頗有功勞，所以很欣慰。

禮儀開始，崔氏鎮定了心神，先走上前一步。

她今天穿著一件寶藍色雙喜紋遍地金褙子，頭上戴了支純金點翠的東珠簪子，氣度高華，竟有些世家主母的風範。

這點翠金簪是姜氏臨時給她救場的，雖然不少見，但點翠的金簪卻是價值不菲。崔氏一路都小心翼翼的，生怕把簪子摔了。

崔氏先帶薛聞玉給老夫人、薛讓行禮，接著再奉茶，改口稱「父親、祖母」，老夫人和薛讓便各自給他一個紅封，薛讓更從自己腰上取下一枚雙魚墨玉珮給薛聞玉。

隨後由薛讓帶著薛聞玉祭祖，再尋了旁支一位德高望重的長輩見證，把薛聞玉記入定國公府的族譜。

兩個女孩則簡單一些，給兩位長輩行禮、奉茶後，老夫人各送一個紅封和一對手鐲，便記入族譜。

這讓薛元珍有些失望，沒想到定國公府小姐入籍是這樣簡單，和世子的隆重完全不同。

「此後，你便是我薛讓的兒子了。」薛讓拍了拍薛聞玉的肩，笑著對他道：「不過請封世子還得回京城上報禮部，由皇上特批才行。」

薛讓又吩咐府內大小管事。「自今日起，聞玉就是國公府的世子爺，與我親生兒子一般無二，你們可知道了？」

大管事薛平領著諸位管事和婆子給薛聞玉行禮。

一群人浩浩蕩蕩地在薛聞玉面前跪下，而一旁無論是周氏還是薛雲海，都無一不露出羨慕的神情。

薛聞玉嘴角微抿，心中突然有一種很奇特的感覺。他大概明白了，這便是權勢。

而這種奇特的感覺，依稀鐫刻在他的骨子裡，給他一種強烈的熟悉感。

薛讓又當場給了薛聞玉兩個管事、二十個隨行的護衛，至於伺候的丫頭、小廝目前還不必，等到了京城之後再添置。

薛聞玉又帶上桐兒、薛維兩個小廝，以及徐先生。元瑾倒沒帶誰，除了柳兒、杏兒，她身邊沒什麼可用的人。

這樣準備一番，各房都清點過，擇了個好天氣便出發了。

從太原府到京城，跑得快些是兩天，慢些是三天。路上兩側是待收的成熟玉蜀黍地，一眼萬頃，或是山川連綿，樹林深處泛起片片深紅、淺黃，恰逢秋高氣爽，一路上心情倒也怡然。加上定國公家護衛押運，也沒有山賊來犯。故行程順暢，在第三日太陽初升時就到達順天府永定門。

薛讓派人去遞入城的官牒，元瑾則撩開車簾往外看，初升的太陽照在高大的城樓上，鍍上一層淡淡的金色。天高雲淡，恢弘的城門佇立在不遠的前方。

旁邊柳兒低聲問：「小姐，您看什麼呢？」

元瑾依舊看著遠處。「不過是看天罷了。」

她竟再次回到了這個地方。

常聽人說，土地有自己的味道，不同的地方有不同的氣味。元瑾不知道這句話是不是真的，但在隨著馬車進入京城後，她感覺到空氣中的熟悉，那是這個國家權力至重而森嚴的氣息。

新的定國公府宅在鳴玉坊，早已派人修整一新，是個五進五出的大宅子，幾乎占了整條胡同。由於四房得了老夫人的喜歡，老夫人便將西院給了四房，她自己帶著兩個孫女住在東院，薛讓帶著薛聞玉住前院。

周氏則有些尷尬，她女兒雖選為小姐，但老夫人卻沒有邀請她一起住，她只能和薛老太太、姜氏一起住薛家早準備好的院子。

周氏還顧不上自己，先隨著女兒一起去安頓。

薛元珍單獨住了個小院，裝飾十分華貴大氣，佈置了豪紳家中才有的黑漆羅漢床、月綃紗的帷帳，博古架上也擺了些貴重的瓷器古玩。周氏這才放心一些，看來老夫人還是沒有厚此薄彼的。

她叮囑薛元珍。「妳且記著，萬事不要和薛元瑾爭高低。要緊的是嫁個好人家，否則這小姐的位置始終也是虛的。」

薛元珍便有些不解。「娘，我與薛元瑾現在都是定國公府小姐，我還是她姊姊，是您嫡出的，您這說法，怎地我還要讓著她不成……」

周氏輕嘆。她一開始也被沖昏了頭腦，覺得自己女兒出身更高，才情又好，總還是在薛元瑾之上。

但剛才一行人進府的時候，府裡的人聽說薛元瑾才是世子爺的親姊姊，便對薛元瑾十分熱情。對薛元珍這個堂姊就略顯冷淡，雖也沒有怠慢，但周氏看到薛元瑾竟還有超過元珍的待遇，心裡何嘗不震驚？

她牽著女兒的手坐下來。「如今在定國公府是比不得從前了。妳可知道，現在定國公府誰的地位最高？」

薛元珍突然聽到母親的慎重，有些茫然。「自然是定國公和老夫人了……」

「那在他們之後呢？」

「之後是……」薛元珍略停頓了下，眼眸驀地一閃。「薛聞玉？」

「正是如此。他日後要繼承定國公府，所以他僅次於老夫人和定國公。而薛元瑾是他所器重、倚仗的胞姊，國公府的人自然也不敢怠慢她。但是妳呢？」周氏語氣微沈。

薛元珍聽到這般說法，也有些慌亂，握住周氏的手。「可是……我分明才是……」

她分明才是嫡出啊！

「妳少安勿躁。」周氏的頭腦還是極為清醒的，按住女兒的手，繼續說：「只要妳討得老夫人歡心，老夫人自然會庇護妳。再說，妳和薛元瑾對外來說都是收養的，妳還是大小姐，年長於她，與魏永侯爺的婚事暫時輪不到她，妳得好好珍惜才是。」

薛元珍聽到這裡，才勉強點點頭。

但她對未來還是產生了一絲憂慮。

人。

崔氏和薛青山從未住過這樣氣派、豪奢的屋子，帶了元瑾、薛聞玉和薛錦玉去謝老夫人。

老夫人住的聽風榭清爽又寬敞，她正靠著迎枕喝茶，笑道：「這有什麼好謝的？你們來了，這個家才歡聲笑語的。若是以前，國公爺出外打仗，屋裡就我一個老婆子，好沒意思！」

崔氏就道：「反正我沒事做，每日陪您看魚、餵鳥還是可以的。」

老夫人看到崔氏一臉赤誠，笑了笑。還別說，崔氏不招別人喜歡，老夫人卻挺喜歡她的，她有什麼心思都擺在臉上，不會叫人猜，也不會不知道輕重進退，相處起來很舒服。

這時，周氏也帶著薛元珍進來道謝。

一家子總算整頓好，老夫人才將幾個孫子、孫女叫到近旁，要和他們講講這京城。畢竟京城不是太原那樣的小地界，權貴們比比皆是，他們需得警醒，知道哪些家族是不能得罪的。

「……咱們定國公府在京城雖也不算差，但畢竟這些家族才是根深柢固的，我接下來說的話，你們需得好好記牢。」老夫人等他們應諾，才繼續說：「京城一等一的，莫不過是忠義侯徐家，他們家出了個徐貴妃，徐貴妃的父親便是忠義侯，十分受寵。勛爵之中，還有魏永侯顧家、淇國公曹家，最大的便是這三個。剩下還有一些，你們日後慢慢知道就是了。文官之中，如今的首輔大人年事已高，極有可能致仕，次輔傅大人要接任首輔一職，所以算是文官最貴。」

元瑾聽到這裡，瞳孔猛地一縮。

薛元珍問道：「傅家……我似乎有所耳聞，是當年蕭太后十分重用的傅家？」

老夫人笑了笑。「這些都是過去了，妳出去可別在人前說。傅家如今是皇上信任的重臣，怕不喜歡聽到這些。」

薛元珍自知失言，有些臉紅地認錯。

元瑾卻一時難以平靜。

傅家，她怎麼會不熟悉，這些當年可都是她的至親之人！

如今內閣那位傅次輔還是她的親舅舅。當初傅家對她諂媚討好，對西北侯家極盡屈從，不過就是想得到太后重用。太后一直對傅家有所保留，卻也未曾虧待。只是她這舅舅不知什麼時候竟已投靠皇帝，在太后倒臺後，拚命反咬蕭家。如今這家世，竟比當年投靠蕭家時還要繁盛。

「姊姊，妳怎麼了？」薛聞玉見她臉色不好看，輕問她一聲。

元瑾才回過神來，笑道：「無事，只是長途跋涉，有些疲累罷了。」

老夫人便叫拂雲先開席，吃過午膳趕緊回去休息。

倒是崔氏不累，她打算去找姜氏，好生逛一逛京城的鋪子，她還叫元瑾一起去，不過元瑾今兒真的累了，並不打算去，崔氏卻非要她一起去。

薛聞玉在旁喝茶，淡淡道：「姊姊既累了，母親就不要勉強她。」

他說了這句話後，崔氏就不敢再勸了。

現在薛聞玉也養出了說一不二的個性，竟隱隱地語帶壓迫，讓人不敢反駁。

元瑾現在竟然有種弟弟能反過來護著自己的感覺。

入席後不久，薛讓回來了。方才他一到京城，便進宮去請安。大家原以為他要留在宮中進膳，所以才沒有等他回來。

只見薛讓臉色難看，額頭也有些汗。

「怎麼了？」老夫人先放下筷箸，叫丫頭打水給薛讓洗臉。

「皇上抱恙，今日未曾得見。」薛讓道。

老夫人更覺奇怪了，就算沒見著皇帝，總不會是這副神情吧，究竟發生什麼事？

薛讓看了眼家中眾人，他倒不是不信任他們，只是人多口雜的，知道了總是不好。

老夫人見兒子這般神情，立刻心領神會，起身道：「你們先吃。」

薛讓卻一頓，又叫了薛聞玉。「你也過來。」

這讓眾人更是疑惑，究竟怎麼了？

而元瑾自是不急，聞玉知道了必然會告訴她的。

偏廳裡，三人坐下後，薛讓才嘆了口氣道：「皇上抱恙已有一月，特命太子殿下監國。」

老夫人道：「自蕭太后倒臺後，太子殿下與靖王殿下不和幾乎是擺在明面上的事。我們是靖王殿下的人，可是太子有什麼意見不成？」

「正是。」薛讓說：「出發前半個月，我就先將給聞玉請封的摺子遞到禮部和司禮監，想著等到了京城，聞玉世子的封號應該就已經下來。旁的沒什麼問題，但是太子殿下卻以聞玉是旁支，非血親過繼為由不批，沒有殿下這個御筆硃批，聞玉的世子封號便下不來。」

老夫人聽到這裡，深深皺起眉。「這是什麼說法？只要是同族之間，是不是血親又有何妨？」

太子這是有意為難他們。

「我也知道，所以才生氣。」薛讓面色依舊不好看。「這世子封號若是不定，聞玉如何能繼承定國公府。」

老夫人又說：「既然宗親繼承是有禮法規定的，太子殿下也阻攔不得。我與太后娘娘倒是能說上幾句話，不若我去問太后？」

薛讓沈吟後道：「您與太后也不過是只能說句話的交情罷了，還是我親自去同太子殿下說吧。到時候帶上聞玉，正好也讓他習慣應對這些場面。」他看向薛聞玉。「聞玉也莫急，這事遲早會下來的。」

薛聞玉看著兩位長輩，他也知道，他們是真的把他納入自己的圈子，將他當成自己人看待。

「我不急，祖母和父親商議就好。」他輕柔地道。

三人說完話出來，其他人卻沒有吃，正停筷等著他們。薛聞玉坐回元瑾身旁，等吃完飯上了消食的梅子茶，才輕聲將屋中發生的事同元瑾講了一遍。

原來是朱詢阻撓聞玉加封世子。

她竟這麼快就與朱詢有了牽連。

這個人當真在她的生活中無孔不入，如今竟還要阻撓聞玉封世子！

元瑾沈思許久，她很了解朱詢，朱詢做事看似意外唐突，沒有章法，其實有他自己的考量。這樣一件小事，背後可能有什麼大動作，只是旁人不知道他在想什麼罷了。

他現在又是太子殿下，行事恐怕會比之前更莫測。

「且等著吧，國公爺應該有打算。」元瑾對薛聞玉道。其實她雖然這麼說，卻覺得國公爺不一定能說服朱詢。他要是這麼容易被說服，現在就不會坐在這個位置了。「若是沒有，我們再想辦法。」

眾人剛喝了盞梅子茶，外頭又有小廝進來傳話。「國公爺，詹事府少詹事來訪。」

薛讓放下茶盞，有些疑惑。

詹事府裡的都是太子的人，少詹事更是太子近臣。日後若太子登基，這便是六部尚書和內閣閣老的備選，十分受器重。
太子究竟是什麼意思？一方面既不同意他的請封，一方面又派自己的近臣來府上。
「快請去宴息處吧。」太子的親信豈可怠慢？薛讓站起來準備去迎接。
元瑾卻對薛聞玉使了個眼色，示意他跟自己到花園散步。
京城的國公府沒太原大，畢竟是天子腳下，寸土寸金。但府中依然挖了片湖泊，引了溪流。湖泊旁邊又種了蘆葦，佈置了太湖石，做得十分風雅。
元瑾在太湖石上坐下來，青色的裙裾鋪在石頭上，她叮囑薛聞玉。「你若進宮面見太子，需得注意對此人不可太過殷勤，亦不可過分冷淡。你若能出其不意地答他幾句，他便會對你另眼相看。」朱詢是個很複雜的人，他對莫名給自己獻殷勤的人不屑一顧，但你對他太冷淡，他又會覺得你不重視他。所以應對他必須要小心，否則什麼時候得罪他都不知道。
薛聞玉聽了有些沈默，再次看著元瑾。
元瑾道：「怎麼了？」
薛聞玉墨色的瞳仁很平靜。「聽姊姊的語氣，卻似認識他一般。」
他最近真是越來越敏銳了，以往分明是她說什麼他就聽什麼的，現在變正常了，自然會察覺到她的不正常。
元瑾便笑道：「我如何會認識他？不過上位者都是這般罷了。你這腦袋瓜卻不知在想什麼。」她說著想如他小時候般捏捏他的臉，但薛聞玉修長的手卻突然握住她的手。

「聞玉？」元瑾喚了他一聲。

他才放開她的手，別開臉。

元瑾嘆息，只能問起他的學業。「……對了，我看上次徐先生給你授課的時候，提到了教你《皇紀明史》，他為何會教你這本書？」

《皇紀明史》是一本講帝王治國的書，別說是讀書人，尋常公卿家庭都不得學。元瑾看到徐先生在教他這個時，便有些狐疑了。

其實她一直對徐先生心有疑慮，對於一個教書先生來說，他未免太有才學。既然有如此才華，為何願意做一個小小西席？

而且他日常教導聞玉的那些書，說來當真是涉獵頗多，鉅細靡遺。偏偏聞玉對徐先生倒是十分信任，她也不好多說什麼。

薛聞玉卻靜靜地看著她。「姊姊莫不是轉移話題？」

被他看出來了。元瑾只能笑了笑。「你只需記得，我們姊弟二人是一體的。一榮俱榮，一損俱損，無論姊姊告訴你什麼，總之不會害你就是了。」

薛聞玉卻抿了抿唇。她仍是把他當成孩子看待，殊不知如今她站在自己面前還要矮一些，他已經不是那個弱小的薛聞玉了。

就在這時，遠處有交談聲傳來。

「傅大人這次前來，不知有何事？」這是定國公薛讓的聲音。

應該是迎接剛才那位少詹事一起進來了。

他們正穿過一片落羽杉而來。

落羽杉不時落下片片黃葉，夾道兩側已滿是落葉，薛讓陪著一人走來，身後還跟了許多護衛。他身邊那人一身緋紅的正四品官服，長相俊雅，氣質清冷，身形高瘦，一副極不愛說話的樣子。

「太子殿下有吩咐，我來傳話罷了。」這人聲音淡淡的，卻有種讀書人的克制與和煦。

元瑾看到他時不禁微怔，隨後垂下眼睛。

怎麼會在這裡遇到他！

這人是傅庭，她前世的表哥、傅家的嫡長子，如今應該是傅家最器重的下一代。

原來他做了詹事府少詹事。果然升官迅速，她還依稀記得他中進士不過是前些年的事，如今竟位列四品了。

她與傅庭算是青梅竹馬一起長大的。

小時候她在傅家玩，傅庭便會被舅舅派來跟著她、看著她。

她若是頑皮，要爬樹摘櫻桃，他就要在下面守著，免得她摔下來；她若想釣魚，他便不能溫書，得頂著大太陽陪她。後來他金榜題名，進士及第，元瑾才明白，這個時常沈默陪著她的表哥，其實是有驚人才華的。

後來顧珩拒親，太后思來想去，便想起了她的表哥傅庭，如今金榜題名，也算是配得上她，就下令讓傅庭來娶她。太后還將舅母召入宮中商量，兩人的親事都商量一半了，是元瑾親自叫停的。

因為她知道同自己一起長大的徐婉喜歡傅庭，且傅庭一向對自己冷淡，又怎會願意娶自己呢？

只是她拒親的那個晚上，傅庭突然冒雨來找她。

元瑾不知他為何要找她，訝然地讓宮婢給他帕子擦雨水。「表哥漏夜前來，可是有什麼要緊的事？」

傅庭卻推開宮婢的手，看著她說：「我聽說，妳拒親了。」

「是啊。」元瑾道：「你坐下說吧。有什麼事叫人傳個話就行，何必親自跑來？」

傅庭卻看著她，神色複雜，語氣冰冷。「妳為何拒親？」

元瑾不知道他是什麼意思，直起了身。「此事分明非表哥願意，再者，我明知道阿婉喜歡你多年……」

傅庭冷笑，閉了閉眼睛，低聲道：「蕭元瑾，妳覺得妳高高在上，就能輕易踐踏別人嗎？」

這算什麼踐踏，她還不是為了他們兩人好！元瑾正欲辯駁，但他已經推門而去，從那日後，他再也沒有見過她。

後來蕭太后和蕭家出事，她親舅舅第一個帶頭反水，出賣蕭氏，因此傅家得到皇上的重用。傅庭身為傅家嫡長子，自然不會差。這正四品的官，不是誰年紀輕輕就能當的。

她身邊的人好像個個都混得不錯，已然都是上位者了。

薛讓帶著傅庭走近，就看到元瑾和薛聞玉在此。

薛聞玉便罷了，元瑾卻是不能見外男的，他便對傅庭道：「這位是我繼子聞玉，這位是我繼女兒，排行第二。」

傅庭客氣地喊了薛公子、二小姐之後，薛讓就說：「阿瑾妳先下去吧。」

元瑾也知道自己不能久留，屈身要退下。

傅庭只是淡淡地看了元瑾一眼，略驚於這位二小姐的美貌，卻也毫無情緒地移開視線。

他自然不會認得她。

元瑾轉身離開。

涼風吹來，她岑寂無言。

別的人倒也罷了，傅庭卻是她真正遇到的再熟悉不過的人。她知道傅庭的很多事，他其實不喜交際、不會喝酒，不喜歡別人觸碰他。而他也知道她很多事，比如說表面看起來和氣大度，實際上小脾氣又愛使性子，很是霸道。兩人是一起長大的，彼此好的、差的，自然都知根知底。

曾經她生命中如此熟悉的人，如今也只是陌路罷了，且他還成了她不可企及的人。

定國公府繼小姐的身分，說高不高，與普通人家比自然強，但與這些真正的世家公子比，她們這樣過繼的小姐是沒資格與他們相提並論的。

究竟是誰害她到如今這個地步呢？朱詢、裴子清，還是靖王？但若她沒有被毒殺，恐怕也會成為蕭家的祭品，抑或成為政治傀儡。而那些對不起她的人，卻只會活得好好的。

元瑾閉了閉眼睛，繼續往前走。

第三十章

傅庭走了之後，老夫人才把他們又召集過去。

原來他今日是來傳話的，太子殿下想請定國公至東宮一敘。另外他傅家開賞菊會，也請老夫人前去觀賞。

「雖說是賞菊會，但其實京中許多世家的夫人、小姐都會去，便是個變相的相親交誼之處。國公爺想帶聞玉去，見見那些世家之人。」老夫人合上茶蓋。「我想把妳們兩個帶上，到時候見見各位世家小姐、夫人，妳們可想去？」她看向薛元珍和元瑾。

薛元珍聽後先是詫異，繼而又是欣喜。這是老夫人要將她們帶入京城這些貴人的圈子中了！

薛元珍根本不假思索，已柔聲道：「孫女自然是願意的。」

元瑾卻是心中咯噔了下。

去傅家！

傅家每年秋季都喜歡開賞菊會，之前她還是丹陽縣主時去過兩次。但如今她對傅家恨之入骨，卻要去這個地方。

老夫人看到元瑾的神色不明，就問：「阿瑾可是不想去？」

元瑾笑了笑。「沒有，孫女只是一時高興忘了，我自然是想去的。」其實她並不是很想去，畢竟傳家仇人扎堆，看到仇人過得好，誰能高興得起來？但正是因為如此，她才必須要去。

正所謂知己知彼，百戰不殆，何況老夫人這是明顯想抬舉她和薛元珍進入京城的貴人圈，她也不能不識好歹。

「那便好。」老夫人也很高興，又叮囑兩個孫女幾句注意的事。

兩個孫女應諾，老夫人才又把薛聞玉叫過去說話。

「這本冊子寫了京中所有重要人物。」她遞給薛聞玉。「你先熟悉，到時候國公爺會一一給你介紹。」

薛聞玉接過應諾。

薛元珍在旁見了，卻是有些眼紅。她和薛元瑾不過是去見見小姐、夫人罷了，但薛聞玉卻能真正接觸那些權貴人物，且他和這些人都是平起平坐的。若是哥哥被選上，現在這些就應該是哥哥的。

說完事情後，元瑾回到自己的鎖綠軒。鎖綠軒是個寬敞的大院子，假山、小池、花草無一不精緻，小池中還種植睡蓮，只是這個季節並不開花。支開窗扇，窗外竟種了幾株芭蕉，倒是極其風雅。

定國公府給元瑾分了八個丫頭和四個婆子，現正在院子裡等她，見她回來便屈身行禮喊了二小姐。

她和薛元珍重新論過排行，如今薛元珍是家中的大小姐，她便是二小姐。

定國公府的丫頭不像薛府的下人，是買窮苦人家的孩子慢慢調教出來。這些多半是已經調教好的，有的會識文斷字，有的擅長辨各類寶石、香料，有的梳頭點妝很拿手，甚至還有的曾做過蘇繡繡娘，讓柳兒她們自愧弗如，很是咋舌。

最年長的兩個是十八歲，一個喚紫蘇，一個喚寶結。紫蘇言笑晏晏，性情和善；寶結心細如髮，沈穩端正。兩個大丫頭都會識字，已經隨柳兒她們一起把她的東西整理好了。

元瑾也終於有了一個管事嬤嬤，姓安，生得一張圓盤臉，很是慈眉善目。

安嬤嬤領著諸位丫頭、婆子給元瑾行禮。「二小姐日後由奴婢來伺候起居。若有不周到之處，二小姐儘管說便是。」

這些丫頭都十分聰明伶俐。

自從到了薛家，元瑾就再未見過省心的下人，她身邊只有柳兒堪用。如今這管事嬤嬤和大丫頭一個個都是聰明人，交流起來非常省心。多半一個眼神，她們便知道妳是渴了還餓了，或者有什麼別的需求，讓她依稀想起往日的生活。

同時安嬤嬤也覺得這位二小姐頗為奇怪。

她原是在定國公府老家貼身伺候老夫人的，老夫人叮囑過她，兩位小姐出身一般，凡事她要多照看，不懂的便教，但千萬別駁了小姐的面子。可是這位二小姐卻很不一般，老夫人給小姐送來的幾樣珠寶，她拿著一看便知道是什麼。有這麼多人伺候，卻也從容不迫，既不頤指氣使，也不誠惶誠恐。且她對定國公府這般繁榮和錦繡堆砌的樣子，也未曾流露膽怯。

這位娘子要麼就是極為聰明，要麼就是十分沈得住氣，這讓安嬤嬤鬆了口氣，看來老夫人選的這個小姐的確是好。

第二日，老夫人就叫丫頭送了一件鵝黃色淨面四喜如意紋妝花褙子、一個嵌羊脂玉的金項圈、一對金累絲嵌紅藍寶石的蓮花並蒂簪子，以及蓮花頭紋金手鐲過來，這些皆是為了賞菊會特意製作的。

元瑾看了看，這些首飾做工精巧，是極好的東西。

這時柳兒從外面進來，屈身行禮後，低聲告訴元瑾。「奴婢聽說大小姐今兒一早便去見了老夫人，說自己住一個院子太空，想搬去老夫人的院子住……不過老夫人以自己一個人住慣為由拒絕了。」

元瑾略抬頭道：「知道了。」

安嬤嬤在一旁看著，笑道：「大小姐初來乍到，還不熟悉老夫人的習慣，倒是冒進了。」

元瑾看了安嬤嬤一眼。「嬤嬤何出此言？」

安嬤嬤就道：「奴婢似乎聽說，大小姐極有可能與魏永侯爺說親。」

元瑾聽到這裡笑了笑。「這是大小姐的姻緣，我一點都不想插手，只希望她能看得清這點，大家一起好生過日子便好。」

元瑾對這門親事真的不在意，她真正在意的是聞玉的事。如今他封世子一事受阻，雖說有定國公為此忙碌，但她也總得想想怎麼解決才好，實在無暇顧及其他。

安嬤嬤聽到這裡有些訝然，隨後才一笑。「二小姐心中豁達，奴婢明白了。」

她當然是驚訝的，雖說兩位小姐都是國公府小姐，但畢竟是過繼的，其實身分說高也不高。若能嫁入勛爵之家，才算真正改變命運，否則說出去也只是繼小姐罷了。她原以為二小姐和大小姐想著一樣的事，沒承想她竟毫不在意這樁親事。

這二小姐當真是稀奇人。

柳兒等人卻在旁聽得雲裡霧裡，不知道二小姐和嬤嬤說的是什麼意思，怎麼說話都像打啞謎一般。

這時，紫蘇捧著一盒新製的珍珠粉從外面進來，打開給元瑾看。「二小姐，您可要用珍珠粉？」

元瑾看這珍珠粉的成色十分好，便略微點頭。自她成為薛家四娘子後，還未用過珍珠粉。

杏兒便自告奮勇道：「我來吧！」

她用牛角製的小勺挑起一些，卻「咦」了一聲。「這粉這樣乾，如何能用來勻面？」

紫蘇聽了，抿唇一笑。「杏兒姑娘，這粉是以牛乳拌了用來敷面，使肌膚細嫩白膩的，不作脂粉用。」

杏兒聽了臉一紅。

一般脂粉多是以花粉摻和米粉製成，珍珠粉已是上好了。這定國公府怎地這般奢侈，好好的珍珠粉不是用來當脂粉，而是用來敷臉。

她坦白道：「那太浪費了些，兌了花粉用作脂粉豈不是好？」

杏兒直言直語，屋內的丫頭紛紛抿嘴笑，元瑾也是笑。

真正的世家閨閣裡，脂粉都用茉莉花仁製成香粉，加上許多名貴之物，經十二道研磨方得。珍珠粉雖有養顏功效，但因為易掉粉，故上好的人家都不用來當作脂粉。

「杏兒姑娘不必擔心，小姐如今還是浪費得起的。」紫蘇笑了笑，回身對小丫頭說：「去取牛乳來給杏兒姑娘使。」

元瑾看到這裡，心裡微嘆。便是她想抬舉杏兒她們，但在國公府這樣的環境下也不合適。她們二人快到出嫁的年紀了，到時候給她們找個極好的人家，再陪嫁豐厚的嫁妝，也不算虧待了她們。

次日便是去賞菊會的時候，這天崔氏寅正就到元瑾這裡來敲門，生怕她遲了。

薛青山開始在工部衙門上任，薛錦玉也被送去京城中一個書院進學。崔氏沒什麼事做，除了去姜氏那裡，便只能整天盯著女兒。

國公府的丫頭都是訓練有素的，昨晚就準備好要用的東西。元瑾剛從床上起來，幾個丫頭便已經將衣裳給她穿戴好。她坐在銅鏡前，擅長梳頭的寶結給她梳髮髻，安嬤嬤在旁盯著丫頭給她上妝。

安嬤嬤曾在宮中伺候過，又服侍過老夫人，各方面的審美觀都非常好。

她給元瑾選了薄透的妝容，口脂也是以杏花汁子做成的粉色口脂，再以同色胭脂掃了面頰，使得元瑾水靈清澈，明眸皓齒，肌膚嫩如水蜜桃。這樣一看，當真是個半長成的絕色小娘子。

這樣一整套下來，用了一刻鐘的時間便打理好了，柳兒和杏兒根本沒有插手的機會。

崔氏更是目瞪口呆。她怎麼知道定國公府的丫頭手腳這般麻利，現在時辰還早，離吃早飯都還有一會兒。

元瑾看向她，崔氏就訕訕地笑。「妳再看會兒書吧，我看天也快亮了。對了，也不知道妳弟弟起來沒有，我得去看看他。」崔氏說著就出門去了，元瑾連說她的機會都沒有。

元瑾無言，丫頭們又都是笑，覺得這位新四太太十分可愛。

半個時辰後，老夫人派人傳話去進早膳。

大家的早膳是在一起吃的，就在每日給老夫人請安的正堂中。

定國公府的早膳和薛家不一樣，十分有世家貴族的派頭。光是麵食就有八樣，白軟的銀絲卷、汁甜味美的龍眼包子、薄透的蒸蝦餃、酥炸乳糕、撒了白糖的棗泥糕等。鹹的有牛肉肉脯、鴨肉絲、銀魚絲拌雞蛋，以及各式醬菜。主食是川貝紫米粥、蕎麥皮小餛飩，或是撒了香菜的牛肉湯細麵條。

薛家人第一次看到的時候，深深為之震驚。這才是勛貴世家的派頭啊，才幾個人便吃這麼多樣早膳，吃不完的再也沒在桌上見過。到了中午和晚上，就更是奢侈了。但對於老夫人來說，這些都是日常罷了。看到薛家人如此驚訝，還笑著勸他們不要拘謹，如此幾次下來，大家才終於習慣。

元瑾看到薛元珍今日穿著也十分漂亮，玫瑰紅織金纏枝紋褙子，項圈與元瑾的樣式相同，不過嵌的是一顆拇指大的海珠，妝容比元瑾更明麗，難掩神情中的期待。

吃過早膳後，老夫人帶著兩個孫女出發了。

馬車載著元瑾，離她熟悉的那個地方越來越近。她童年有小半的日子都是在這裡度過的。自牌坊起第幾個胡同進去是傅家、門口種了什麼樹，她都歷歷在目。

她霎時心跳極快，不是因為恐懼，而是一種說不出的感覺，興許是一種即將看到仇人的興奮。

馬車停在影壁，老夫人帶著她們下來，便有丫頭領著她們去裡面。

元瑾面無表情地跟在老夫人身後，看著周圍的一草一木。大概是因為傅閣老如今官運亨通，傅家又有所擴建，越發精緻氣派，往來的丫頭、婆子們，她沒有一個認識的。

其實如今的傅家和她所熟識的那個傅家已經不怎麼像了，這些便是勝利者的成果吧。

等將她們引到後花園，丫頭們才退去。傅家後花園十分開闊，此時秋意正濃，設了高高的菊花臺，各色姿態、顏色各異的菊花擺設在小徑上，已經有許多世家夫人和小姐在其中遊玩。老夫人認得一些夫人，帶著她們前去交談。

旁人對定國公府這兩個繼小姐十分好奇，皆是看了又看。

這時，身後有個聲音笑道：「薛老夫人，難得妳大駕光臨。」

元瑾聽到這聲音回頭，只見是個衣著華貴、笑容滿面的中年婦人。這人她自然熟悉，是她前世的大舅母。外祖母去得早，傅家是大舅母主持中饋。旁邊還站著一臉平靜、身穿直裰的傅庭。

再看到傅庭身旁笑容溫婉、長相端莊柔美的少婦時，元瑾嘴角輕輕一扯。

竟然是徐婉！

她前世沒幾個閨中密友，徐婉是唯一一個和她走得近的。

兩人幾乎算是一起長大的，小時候她常來傅家玩，徐婉便跟著她一起來，一來二去竟不知怎地喜歡上了傅庭。她時常同她說「……傅表哥今日送了我紅豆粽子。元瑾，妳說他是不是對我有別的心思？」或是「元瑾，不如我們今日再去傅家玩吧？」

那個時候，元瑾其實也並非不知道，徐婉接近她還有別的目的。但元瑾自小就孤獨，極少有人敢接近她，所以對徐婉這種心思知而不言。更何況，她看傅庭總是送這、送那，便以為他是喜歡徐婉的，時常撮合兩人。

她站在傅庭身邊，又梳了婦人髮髻，應該是如願嫁給傅庭了吧。自然地，徐家在蕭家倒臺後，忠心為皇上鏟除蕭家剩餘黨羽，徐婉嫁與傅家嫡長子也不是什麼大不了的事。

老夫人也笑。「一別幾年，你倒連媳婦都有了！」

徐婉微笑著行禮。「見過老夫人。」

傅夫人對徐婉似乎極為滿意，對老夫人道：「這兒媳甚得我意，是個極溫婉的人。雖是出身侯府，知書達禮，又與我兒子和睦恩愛……」

傅庭聽到這裡，卻抿了抿嘴道：「實在抱歉，我還有事，怕是要先失陪一下。」說著竟後退兩步，神情冷淡地從小徑離開了。

徐婉臉上的笑容一僵。傅夫人也有些尷尬，笑道：「他是看著這麼多女眷在場不方便，不必管他。」

元瑾卻從徐婉暗淡的神色中瞧出幾分端倪。她和傅庭似乎並不和睦恩愛。

徐婉費盡心力嫁給傅庭，卻過得不好。

老夫人才笑。「女眷在場，的確多有不便。」

「我看妳身邊也多了兩個可心的人。」傅夫人轉移話題，打量起老夫人身後站著的元瑾和薛元珍。「兩個都長得標緻極了，今日可要趁此時候，好好看看有沒有如意兒郎才是。」

老夫人也是笑。「大的這個卻不必了，我與顧老夫人早說好，她是極喜歡我這大孫女，要當孫媳婦相看的。不過魏永侯爺此時尚在回京的時候，還未到京城，到了才能相看。小的倒是還未定，再為她看看就是了。」

傅夫人聽到這裡，語氣有些遲疑。「妳這位大娘子，原是要同魏永侯爺說親的？」

她話音一落，身後立刻響起一個少女的聲音。「誰要同魏永侯爺說親！」

只見一個帶著丫頭、婆子，眾人簇擁的少女走過來。她長得與徐婉有三分相似，只是面容更明豔一些，穿著遍地金纏枝紋褙子。

她把目光落在元瑾和薛元珍身上，自然忽視了薛元珍，看向長得更好看的元瑾。「是妳要和顧珩哥哥說親不成？」

元瑾一看這少女，立刻就有了熟悉感。這少女不是別人，正是當年她姪女蕭靈珊砸傷過額頭的徐家幼女徐瑤。

忠義侯徐家生了三個女兒，大女兒是如今正得聖寵的徐貴妃，二女兒便是徐婉，又是未來首輔的兒媳，而三女兒就是這位徐瑤了。她要是沒記錯的話，這徐瑤今年似乎剛及笄。

真正是三十年河東，三十年河西啊！

「徐三小姐有何貴幹？」她語氣清晰平和，不僅讓老夫人看向她，還讓傅夫人和徐婉都注意到了她。

徐瑤上下打量她，不屑道：「我從未在京城見過妳，妳是從哪裡冒出來的？」

徐婉皺了皺眉，她和大姊是由祖母養大的，徐瑤卻是被母親養大，又是最小的，自小便被寵壞，言行舉止甚是不注意。

徐瑤笑了起來，語氣越發刻薄。「我知道了，妳便是大家所說定國公府收養的繼女吧？怎麼，不過是繼女的出身，想配上顧玠哥哥？妳可不要妄想了！」

元瑾聽到這裡，心下明瞭，原來這位徐三小姐喜歡顧玠。

難怪當年會因為議論她而被靈珊給打了。

她依舊平靜道：「徐三小姐多慮了。」

「我多慮？」徐瑤笑了笑。「不管我是否多慮，顧玠哥哥都不會娶妳的，單憑姿色，妳覺得能嫁入魏永侯家嗎？」

薛元珍臉色不好看了起來。雖然徐瑤的話句句是對著元瑾說的，其實真正的對象是她，這不就是想說她癩蝦蟆想吃天鵝肉嗎？

其實顧老夫人給老夫人傳達的話是有誤的，京城不是沒有貴女肯嫁顧玠，他畢竟有個京城第一美男子的頭銜。只是喜歡他的徐瑤，他也不喜歡。顧老夫人沒辦法，猜測他是不喜歡驕橫的女子，而是喜歡秉性溫柔可人的，所以轉而找這種類型。正好顧老夫人同定國公老夫人有這層關係，薛元珍又是山西出身的，正好也性情溫柔，顧老夫人想著兒子說不定會喜歡，才和老夫人說定了。

徐婉的臉色更不好看。她倒是不介意妹妹對這種無權無勢的小姑娘口出狂言，但畢竟定國公老夫人還杵在那兒，老夫人神色漠然，可見已經不高興了。世家間多有交往，雖然徐家現在鼎盛，但也沒必要去得罪定國公府。再說，三妹這心思也太外露了些，這樣莽莽撞撞，也得虧是她和徐貴妃多年護著，才沒有出什麼岔子。

她道：「三妹，妳這是什麼話，還不快跟老夫人道歉？」自然，她說的是對老夫人道歉，而不是對元瑾。

徐瑤見到二姊臉色真的不好看，才哼了一聲不再說話，但也沒有道歉。

傅夫人見鬧得不愉快，她又沒有說徐瑤的立場。徐瑤可是徐家如今千嬌萬寵的么女，誰又敢說她？只能先安排老夫人一行人先進宴息處吃茶，又讓下人送了瓜果點心來。

宴息處裡，兩個半大的小男孩拿著刀劍比武玩耍，你來我往，你刺我擋，其中有一個是傅庭的幼弟傅原，傅夫人老來得子，十分寵愛。

元瑾一開始還未覺得有什麼，但她卻看到了傅原手裡拿的那把劍。

她眼前瞬間一黑。

父親曾告訴她，蕭家譽滿名門，從她祖父時代就開始隨著高祖四處征戰。有一年，祖父被敵人包圍，幾乎是逼到絕境，但是祖父憑藉自身突出重圍，用一把劍取下敵人首級，保衛了岌岌可危的邊疆百姓。從此才被封為西北侯，被皇上大加讚賞。

這把劍也成了蕭家的傳家寶，擺在祖祠的牌位後面。父親非常珍愛這把劍，說是祖父英勇的象徵，也是蕭家保衛國家的象徵，是絕對不讓人碰的。

元瑾忍不住渾身顫抖。就是眼前這把劍，她從小便看著，絕不會認錯！這把劍竟然在傅家……所以是傅家毀了蕭家的祖祠，還將這劍奪過來，給一個小孩當玩具？

若在之前，她未親身經歷過蕭家的覆滅，只知道發生了這樣的事，而她淪落成一個庶房娘子。而現在，她卻深刻感受到了蕭家的落魄，感覺到蕭家被眾人踩踏時，父兄的那種悲涼和絕望。

連祖祠都保不住，連祖父傳下來的劍都無法守護，那時的他們該是多麼絕望。

她曾經錯過的那些情緒、那些慘烈，突然紛至沓來。

就連薛元珍也察覺到她的不對勁，輕聲問：「二妹怎麼了？」

傅夫人卻走過去呵斥僕人。「怎可讓小少爺玩這樣的東西，豈不是太危險？還不快收起來抱下去！」

兩個小孩很快被抱了下去。

元瑾緩緩搖搖頭。她沒有說話，因為她一時半會兒什麼話都說不出來。

她突然徹底被激起了意志，她一直知道要為蕭氏報仇，但這種感覺從未像現在這麼明確。

許是因為她現在不僅是薛四娘子，還是定國公府繼小姐。之前覺得回到京城是難如登天的事，現在卻可以做到。

她要為太后、為蕭氏報仇，她要回到當初的自己！不管是扶持聞玉也好，或是自己一步步來也罷。就算不能成功報仇，她也絕不會讓這些人過得好！

她閉了閉眼，才稍微平靜了一些。「無事。」

她們坐下來，薛元珍抿了口茶。

她還記得剛才的事，在太原時她是薛家的嫡房嫡女，自然從未受過這樣的氣。

老夫人倒是安慰兩人道：「這位徐三小姐身分太過顯赫，忍一時便罷了。阿瑾方才可生氣了？」

元瑾此刻並不生氣，因為現在要報仇的心態遠勝過生氣的程度。

「祖母不必擔憂，我還好。」

薛元珍卻抿了抿嘴。「祖母，我瞧著這位徐三小姐對魏永侯爺是有意思的，既是如此，那侯爺為何不娶她……」

老夫人嘆氣。「還不是顧珩自己不肯娶。若只是身分高他就娶，當年他怎麼會不娶丹陽縣主？徐三小姐雖說身分顯赫，但若同當年丹陽縣主的家世、人才各方面比，卻是連提鞋都不配的。」

一貫待人溫和、極有涵養的老夫人也難得唾棄了徐瑤一把。

薛元珍聽到這裡，心中更是忐忑。「祖母，那我怎麼知道侯爺……就會、就會喜歡我呢！」她的語氣又是一頓。「若魏永侯爺不喜歡我，公平競爭的話，我又怎麼爭得過徐瑤……」

老夫人寬慰道：「顧珩不喜生性驕橫的女子，而是喜歡溫柔可人的，所以顧老夫人才選了妳。不必憂慮，她也只是家世略勝妳一些罷了。」

不過其實今日之事，也讓她對這樁親事的可能性有了一絲疑慮。

元瑾則看了看薛元珍。

她並不想嫁顧珩，但同樣地，她更不希望徐瑤嫁給顧珩。顧珩在軍中的地位當真不低，若是徐瑤嫁去，徐家就會越來越強盛。

她反而寧願薛元珍嫁過去，至少她還是定國公府的小姐。

元瑾道：「精誠所至，金石為開，只要姊姊誠心，總是可以達成的。」

元瑾說出這句話後，別說是薛元珍，就連老夫人都有些驚訝。

畢竟薛元珍一直覺得，元瑾是要和她搶這門親事的，如今看到元瑾一臉真摯地希望她能嫁給顧珩，自然讓人覺得奇怪。

第三十一章

此時，有丫頭過來請眾人去湖心亭邊。說是傅家買了幾株極難得的墨菊，請老夫人一同去觀賞。

到了湖心亭，元瑾反而一怔。

她一路走來目之所見，傅家早已不是當年的傅家，唯湖心亭這裡卻沒怎麼變。這是她小時候最常玩耍的地方，湖旁那棵歪脖子樹還在，她小時候經常爬，下頭又是湖，若摔下去如何得了，時常把還在世的外祖父嚇得不輕，一度要準備砍了。歪脖子樹下有許多螞蟻洞，她淘氣的時候，還撒過蜜糖引螞蟻玩。

傅庭多半是站在旁邊，黑著臉給她撐傘。這是外祖父吩咐的，元瑾小時候淘氣，經常在外面玩，他怕把元瑾曬黑。女孩若是黑了自然不好看。

元瑾隨著眾人一起站在湖邊，一時思緒紛飛。

外祖父早已逝世，傅家也不是那個傅家。

沒有什麼還是原來的樣子，甚至包括她自己。

眾人簇擁賞菊，人聲熱鬧喧囂，唯她一人站在人群中，神情一時悲涼。

不遠處湖心亭的樓閣裡，傅庭正和剛從山西回來不久的裴子清喝酒。

雖然傅庭是太子的人，裴子清是靖王的人，但蕭太后在時，兩人的關係是極好的。後來宮變後，有了共同的經歷，兩人倒也時常在一起喝酒。

「你今日似乎喝得有點多。」裴子清道。傅庭是那種很容易喝醉的人，三杯必倒，所以他挺怕這貨喝多的。

傅庭卻看著遠處的湖泊，目光極遠。

當初父親翻修傅家，唯有這處他讓父親保留著。那時他已經妥協娶了徐婉，父親也沒有說什麼。

知道傅家背叛蕭家的時候，他很難說清楚自己的感覺，大概還是憤怒和自責居多。他這樣的人，永遠做不到像父親那樣心狠手辣。

傅庭再飲了一杯酒，說道：「我看你的心情倒比之前好了許多。」

裴子清嘴角微挑。倒是奇怪，他從山西回來後心情的確好了許多，不僅是他自己想通，還因那薛四娘子的緣故。

也不知道為何，他一見她就覺得心緒平靜，不再有丹陽剛死時的那種煩躁不安。

他聽說她同定國公老夫人一起來京城了，得個空去看她吧，畢竟她剛到京城，人生地不熟的。

「我也許已經放下了。」裴子清道。

傅庭看了他一眼。「我聽說靖王殿下也回京了，恐怕你很快就不得空了吧？」

裴子清道：「殿下本說不回來的，不知怎地又回來了。京城中某些人可是焦心得很。」雖然殿下沒說為何回京城，但他覺得殿下是回來查上次遇刺一事的，自然有人要遭殃了。

傅庭笑了笑。「日後太子若是明面上不服靖王，我們恐怕就沒有這般喝酒的時候了。」

裴子清也是一笑，眼一抬，卻看到樓下不遠處的湖泊旁，人群中那個小姑娘有些眼熟。

他眼一瞇，認出那人正是薛四娘子！

她竟也來傅家了？

只是她站在人群裡，卻似失落悲傷。她小小年紀，時常不高興，為何做了定國公府小姐，她還是不快樂呢？

「失陪一下。」裴子清突然對傅庭道，隨後走下樓去。

傅庭嗯了聲，倒是有幾分好奇他去做什麼了。

他站起來走到窗邊，看到裴子清走出了樓。賞花的人群已經四下散開，裴子清走到一條回花廳的小徑上，有個姑娘正在那裡看銀杏樹。

這季節正是銀杏落葉時，她獨自站著，仰看如雲的黃葉。

傅庭有瞬間的失神。

少女的丹陽極喜歡傅家的這些銀杏樹。每年秋日她來傅家玩，都喜歡在下面玩很久。

他最煩她來玩的時候，常說：「不要再看了，這有什麼好看的？」

丹陽就笑咪咪地說：「父親說，母親最喜歡傅家的這些銀杏樹，父親還在老家為她種了許多。可還沒等小樹苗長大，母親就不在了。所以我只是想看看，這究竟有多漂亮，讓母親念念不忘。」

那是頭一次，他看著丹陽皎潔如明月的臉，聽著她平靜敘述的語氣，心裡突然湧起一種愧疚的情緒。

自此便有了複雜的情愫。也許是很早就有了複雜的情愫。她刁蠻但不任性，漂亮又鮮活，那樣的聰明，誰會不喜歡她？

但丹陽自小就有未婚夫，而且她對他似乎從未有別的感情，所以他才將這樣的情感深埋心底。

直到她的未婚夫退親，他似乎有機會迎娶她。

那時候他雖然表面冷靜自持，實則欣喜若狂，畢竟多年夙願突然就要實現，他怎會不高興？但沒等他高興太久，母親就告訴他，丹陽親自拒絕了這門親事。

他大概是再也忍不住了吧，衝到皇宮去質問她一番。

但丹陽似乎什麼都不知道。

他是個驕傲的人，他的自尊不允許他再做更多失去冷靜的行為。所以從那天開始，他再也沒有見過她。

不想這一別就是永別。

後來徐家忠義侯親自提出他和徐婉的親事，傅家覺得徐婉是個再合適不過的兒媳，所以逼他娶她。

他一直都知道徐婉愛他，正是因為看得出徐婉對他的愛，丹陽反而對他更加退避三舍。他根本不需要她這樣的愛，但父母一心逼他娶，什麼手段都用盡了，最後母親以絕食相逼，他才妥協。

娶就娶吧，徐婉想嫁就嫁吧，至於以後是什麼樣，跟他沒有關係。

這少女的動作、神態皆像極了丹陽，甚至光看著背影，他覺得就是丹陽站在那裡。

待少女轉身時，他竟握緊了酒杯，不知道自己在期待什麼？

少女長得極美，未綰的兩束長髮披在胸前，清嫩秀麗，肌膚如蓮花瓣雪白透粉，眼神清靈透澈。偏生眉宇凝思，讓人覺得難以捉摸。

他記起是那日見過的定國公府二小姐，雖然的確長得甚美，與丹陽比也毫不遜色，卻不是丹陽。

但他久久看著這個少女，卻不知為何竟有心動神馳的感覺。

他收回目光，覺得自己是一時迷惑，不應當繼續看了。他如今並不想再對什麼人動了心神。

元瑾是正在看銀杏的時候被人叫了聲四娘子。別人賞菊，獨她看的是傅家的種種變化，又看到之前母親所愛的銀杏，難免駐足。

聽到有人喊她在山西時的稱呼，她轉過身，卻看到來人帶著錦衣衛，束銀冠，面容俊朗，正打量著她，竟然是裴子清。

裴子清竟然在傅家！

不過想想這也是應當的，裴大人畢竟是錦衣衛指揮使，京城才是他的大本營，他之前就和傅庭交好，出現在傅家並不奇怪。奇怪的是，他叫她做什麼？

她回過神來，行了禮。「沒想到裴大人在京城也這麼閒。」

裴子清習慣了她沒好氣的語氣，笑了笑，問：「妳來這裡做什麼？」

傅家的賞花會不僅是賞花，多半還是為了各家夫人相互交流，相看有沒有適合自己兒女的對象，所以來的都是妙齡少女。她似乎快要及笄了，難道老夫人是帶她來找尋合適的婆家的？

元瑾道：「不過是出來散心罷了，裴大人這是來傅家遊玩的？」

他可真是好玩，分明是靖王的人，卻和傅庭交往，不怕靖王對他生疑嗎？

「公事而已。」裴子清言簡意賅。「妳到京城是否還習慣？」

她習不習慣，跟他有什麼關係？元瑾道：「勞大人掛心，我是習慣的。」

裴子清就嗯了聲。「妳若有什麼要幫忙的，可以託人來找我。」想了想又說：「不過妳還未及笄，不必現在就尋覓親事。更何況這些人家中，子孫皆不成氣候，所以也不必在這裡頭找……」

這人真是多管閒事至極，她什麼時候說她是來相親的？元瑾笑了笑。「大人此言卻是不必，我不過是定國公府的繼小姐，同在座這些本就出身極好的人來說，是比不得人家身分的，哪裡有我嫌棄人家的分兒？」

裴子清聽了，凝視著她笑了笑。「這麼說來，還真是來談親事的？」

元瑾被他氣得一頓，抿了抿唇，道：「大人若沒別的事，我就先走了，祖母還在等我。」

裴子清望著她遠去的背影，依舊保持笑容。

他的確對這小姑娘不一樣。

下午元瑾才回到定國公府。

定國公薛讓正好帶著薛聞玉回來，他的臉色十分難看，不久就回了自己的住處。

元瑾見了，便知事情恐怕不妙，讓薛聞玉同她一起去書房。

「今日可見到太子了？」元瑾問。

薛聞玉搖頭。「太子殿下只見了國公爺，沒有見我。不過仍然沒有同意給我封號。」他思索了片刻，語氣微微一頓。「其實太子殿下是想拉攏國公爺的。他暗示若我去幫他做事，世子封號自然沒有問題。」

元瑾聽到這裡眉頭微蹙，思索了起來。

原來朱詢打的是這個主意，難怪定國公的臉色這麼不好看。

雖然宮變時他和靖王同盟，但這世上怎麼會有永遠的朋友，只有永遠的利益罷了。靖王勢力如此強盛，必會讓朱詢忌憚，將來若他登鼎大寶，這樣強勢的藩王絕對是巨大的威脅。所以朱詢才阻撓聞玉封世子，不僅有打擊靖王派系的意思，恐怕也暗存威逼拉攏之意。

朱詢和靖王兩人都同她有仇，兩個人狗咬狗相互鬥，她自然很樂意看到，因此她道：「你靜觀其變就是，既然是勢力博弈，最後總會有結果的。」這事她還真幫不上忙，只能看定國公如何處理。

「不過……」元瑾微一停頓，其實她最近一直在思索聞玉未來的路。

她不僅想讓聞玉坐穩世子之位，還想讓定國公府成為京城最有權勢的家族，讓聞玉成為最權貴的人物。

到那時候，她所想的自然能實現。

定國公府有如今的榮耀，都是靠薛讓在戰場立下的赫赫戰功積攢而來。但到了這個地步，若想再往上，光靠戰功已經不行。聞玉繼承定國公之位後，若是想讓定國公府更加勢大，必然要取得皇帝的信任，同時還有別的家族的支持，形成自己的勢力和人脈。

一般來說，大家族會採取聯姻的方法，讓自己的勢力越來越穩固。忠義侯徐家就因為這步棋走對，所以如今才是京城最顯赫的家族。徐家的大女兒是貴妃，二女兒又是未來首輔的兒媳，三女兒想嫁給顧珩，徐家也是會想方設法替她達成，因為這會讓家族更強大。

定國公府卻人丁不興旺，這條路恐怕難走。

見薛聞玉看著她，元瑾才笑了笑。「無妨，先解決你世子封號的問題才是。」

這時紫蘇進來傳話，說薛元珍想見她。

這時候薛元珍來做什麼？

元瑾讓薛聞玉先去偏廳看書，讓丫頭將薛元珍帶進來。

薛元珍臉色凝重，進來後握著茶杯，久久不說話。

元瑾打量她一眼，其實大概能猜到她想說什麼。見薛元珍不說，只能自己先開口。「元珍姊姊找我，總不會只是喝茶吧？」

薛元珍抬起頭，輕輕嘆了口氣。「元瑾妹妹，妳如何看今日傳家的事？」

果然是為了傳家的事而來。

其實方才薛元珍的母親周氏來找過她了。

周氏聽說今天傳家的事後有些憂慮。雖說薛元珍在才貌、品行上有優勢，但在家世上卻沒有絲毫勝算。徐瑤可是徐家么女，若徐瑤執意要來搶，難說女兒能不能爭過她，因此她需要有人幫忙。

周氏在屋裡轉了幾圈，思索良久，突然對薛元珍道：「娘覺得……妳怕是要和薛元瑾合作。」

母親的話讓薛元珍有些不知所措，畢竟在來京城前，她一直把薛元瑾當作對手。

她的語氣有些猶豫。「但是，娘，咱們之前對四房這般過分，又怎麼還能和薛元瑾合作？她勢必很恨我們。」

周氏嘆道：「今日才看出，薛元瑾當真是一點都不想嫁入魏永侯府，我們原來的擔心本就是錯的。而她弟弟才是世子，很多事做起來比妳方便。關鍵之處在於，若妳嫁給顧珩，對她和她弟弟是有幫助的。顧珩在京城的根基比定國公更深，能幫她弟弟在京城立足。她若是考慮到這個，自然會同妳合作，妳們也算是都有所得了。」

薛元珍聽了，卻覺得很不可靠。「娘，這樣說我都覺得牽強。她當真能放下過去的事幫我嗎？」

周氏坐下來，輕嘆道：「若不這樣，娘也擔心顧珩這婚事最後會落到旁人頭上……妳勢單力薄，老夫人又肯定是一切隨緣、不會算計的人，那妳怎麼爭得過旁人？」

薛元珍想了許久，才覺得母親說的法子是可行的，因此才來找元瑾。

丫頭端上蜜餞盒子，裡頭放了六樣蜜餞，元瑾用銀籤插了一粒梅子遞給薛元珍。「傳家這事說來還是元珍姊姊的事，我原也以為進了京城後，姊姊能順利嫁給魏永侯爺，沒想到又冒出個徐瑤，姊姊怕是要仔細了。」

薛元珍聽了也只是一笑。

「我今日來是想請妹妹助我一臂之力。我知道妳並不想嫁入魏永侯府。」薛元珍道：「但若我能嫁給顧珩，卻能給定國公府甚至給聞玉弟弟帶來好處。妹妹也不必怕我食言，我若是嫁去後，自然只有定國公府可以依靠，只會向著定國公府。」

薛元珍果然是來找她合作的！

元瑾倒也沒有料錯。薛元珍的家世不如徐瑤，勢必會心慌。找她聯手，還能借聞玉的勢。

但是薛元珍說的話，倒是提醒了她。

若是薛元珍嫁給顧珩，的確能為聞玉帶來人脈。顧家本就是名門，顧珩又是宣府總兵，權勢不小。薛元珍若嫁到顧家，她想在魏永侯府站穩腳跟，自然需要依靠定國公府。而到那時候，定國公府已經是聞玉當家，她就算為了自己，也要凡事向著聞玉，對聞玉好。

最重要的是，不論薛元珍怎麼樣，她都要阻止徐瑤嫁給顧珩。

就算薛元珍不找上門，她也要想別的辦法阻止這件事。

她笑道：「元珍姊姊是想同我合作？」

薛元珍知道這些難以抵消兩人過去的恩怨，便放低聲音。「我知道妹妹重視聞玉弟弟的發展，只希望妹妹能向前看，知道姊姊說的句句事實。」

元瑾淡淡道：「那姊姊可先要拿出誠意才是。」

她其實已經有了和薛元珍合作的打算。薛元珍也是歪打正著，撞著她和徐家有大仇，否則如何會輕易答應？

薛元珍已經聽出她話中轉機，鬆了口氣，面上也露出笑容。

「妹妹如此說，我便放心了，只靜候妹妹佳音。」她說完才準備起身離去。

元瑾叫丫頭送薛元珍離開，舉目望向屋內的繁華錦繡，覺得有些累。

這一天的情緒起伏太大了。

她拿出陳先生留給她的玉珮，摩挲著溫潤的玉質，突然有些想念他。若他在的話，勢必能給她指點方向。可惜一去千里，人都不在身邊，他給自己這塊玉珮，能有何用？

還是做個玉珮墜子吧！這絡子打得倒是好看，只是樣式偏男性了些，再加些瓔珞珠子應該會更合適。

元瑾正想著，丫頭又來稟報。「二小姐，定國公來找世子爺了。」

這時候定國公突然來找聞玉，應該是有急事吧？

薛聞玉這時候還在偏廳看書，她便道：「妳去告訴世子爺一聲就是了。」說完，元瑾又改變主意。「等等，還是我去吧。」

聞玉看書時不喜別人打擾，是她的話還好一些，若是別的僕人，他怕是會不高興。

元瑾順手將玉墜掛在腰間，出了房門，就看到定國公帶人站在廊廡下。

她走過去屈身行禮。「國公爺。」

薛讓淡淡嗯了聲。「聞玉在妳這處吧？」

元瑾道是，便要去敲偏廳的門。

薛讓本是漫不經心，只是隨意看了她一眼，可當目光掃到她腰間的東西時，突然變了臉色。

他太過震驚，以至於跨步過來，一把抓住元瑾的玉珮仔細看。

元瑾一時沒有反應過來，畢竟平日薛讓根本不會注意她，怎會突然關心她身上的東西了？

「妳這玉珮——是從哪裡來的?!」薛讓突然抬頭，語氣十分嚴肅。

第三十二章

元瑾不明白定國公為何反應這麼大？

她道：「這玉珮……是有人贈與我的。國公爺，怎麼了？」

薛讓臉色數變，這玉珮他如何會不眼熟？中間鏤刻一個「慎」字，這是靖王殿下的貼身之物！怎麼會落到元瑾這裡？

他首先想到元瑾是否從什麼地方拾得或偷來，否則她怎麼一臉懵懂不知的表情，甚至連這玉珮的來歷都不清楚。一時間他看元瑾的目光都凌厲起來。

這讓元瑾皺了皺眉，定國公是怎麼回事？

不過隨後薛讓又否認這個猜測。元瑾就是手眼通天，也不可能拿到靖王殿下的貼身之物，恐怕是另有來處。

他又立刻問：「誰贈與妳的？」

不過是塊玉珮罷了，定國公為何如此急迫？元瑾道：「您的幕僚陳慎陳先生。」

幕僚陳慎……他身邊何時有什麼姓陳的幕僚！

靖王殿下究竟打算做什麼？

薛讓將玉珮拿過來。「這玉珮先放在我這處。」說罷收入袖中，連薛聞玉也不去找了，徑直離去。

元瑾被薛讓這番動作驚著了。這玉珮究竟是什麼來路，讓定國公如此失態？

「國公爺，」元瑾突然道：「這東西究竟應該是誰的？」

薛讓腳步一頓，淡淡道：「這不是妳應該知道的。」

薛讓知道靖王殿下剛到京城不久，住在西照坊的府邸裡，這是殿下還未分封時的住處。府邸裡有層層精兵守衛，機關重重，他通稟後才被人領進去。

走過石徑和夾道，侍衛打開書房門，薛讓才走進去跪下，行禮道：「殿下。」

朱楨嗯了聲，薛讓才抬起頭。

一別月餘，靖王殿下依舊如他往日習慣那般，穿著簡單的布袍，一邊看密信，一邊喝茶。他眉峰輕蹙，周身帶著一股儒雅的英俊氣質，卻又端然如肅，氣沈如山。

「怎麼了，這麼急著見我？」朱楨略抬頭看薛讓。「臉色這麼難看，最近睡得不好？」

「殿下，屬下有一事不明，實在要緊。」薛讓說著，從袖中拿出一塊玉珮，放在朱楨的書桌上。

正是他送給元瑾的那塊。

朱楨一時怔住，問道：「這玉珮你是從哪兒得來的？」

薛讓見靖王殿下竟然如此平靜，也有些不解。「這是我新收養的繼女薛元瑾手中之物。

我一見便起疑，這是殿下貼身所佩之物，怎會無緣無故落到她手中？所以才拿過來想問問殿下，可是當中出了什麼事？」

朱槙聽到這裡，輕嘆一聲。

薛讓驍勇善戰，對他也極為忠心，唯有一點，那就是……不夠聰明。幸而他有位極聰明的母親，能幫他把持住定國公府。可老夫人終有逝世的一天，希望他那個新繼子足夠聰慧，能繼續為他把持定國公府。

他往後靠在椅背上，笑道：「薛讓，你難道就沒想過，我為何讓你立薛聞玉為世子？」

這話一出，薛讓立即怔住。

他自然想過，但他以為是殿下看重薛聞玉的緣故……等等，莫非靖王殿下根本就不是看重薛聞玉，背後的原因其實是薛元瑾？

薛讓突然想到當初在山西時，有一次因事去找靖王殿下，那時殿下的住處有一位姑娘因闖入被擒，殿下十分焦急……難道，這姑娘其實就是薛元瑾？

當時他回去，只和老夫人說了立薛聞玉為世子，以為是靖王殿下賞識他，殊不知背後真正的關鍵是薛元瑾。據他所知，薛府還差點換掉薛元瑾，想以薛元珍代替她過繼。後來經過一番折騰，才變成兩人都過繼。

若那時過繼的變成了薛元珍，恐怕才會真正觸怒殿下。

「殿下原是因……」薛讓神色不定，又問：「殿下將貼身之物給她，可是她得了殿下的喜歡？」

這些年，靖王殿下再未動過娶妃的心思。難道是對薛元瑾有別意？但又為何放任她成為自己的繼女，而不收歸他身邊呢？殿下實在不能怪他沒有猜到，他著實不明白殿下所想。

「不全是。」朱槙道：「說來其實你應該感謝她，當初襖兒都司部的輿圖，還是她看出有問題，救了你一命。不過如今她既已是你的繼女，她弟弟還做了你的世子，也算是你報答她了。」

原來還有這層原因在裡頭！

薛讓不禁反思自己對待元瑾的態度。他平常的確沒把元瑾當回事，想著不過是收養給老夫人解悶罷了。如今看來，她救過自己的性命，的確當得這定國公府繼小姐。但她一個小姑娘，又如何看得出襖兒都司部輿圖的問題？

這事薛讓暫且沒管，但他還是覺得蹊蹺。

就算有這件事的緣故，也不到讓殿下將貼身之物送人的地步。想到那日殿下對元瑾的神態，難道殿下就不喜歡元瑾嗎？

只是殿下在想什麼，他是猜不透罷了。

薛讓沒有再提別的，而是問道：「那殿下……這玉珮可要我再拿回去給她？」

朱槙略一出神。

他本來決定離這小姑娘遠一些，不願自己感情淪陷，也不想讓她陷入政局的爾虞我詐，畢竟對於一個小姑娘來說，這些東西太過沈重和深奧。他倒是希望自己在她心裡只是一個單純的陳幕僚，也希望她舒心地過日子，其他不重要。如今回京，本來也決意不見她，但薛讓卻鬧出了這樣的事。

且前幾天，他還查到一些定國公府的異動，似乎跟她有關。

朱槙回神後，輕輕摩挲著玉珮，說道：「不必，我親手交給她吧。不過你不要告訴她我的身分就是了。」

薛讓聽殿下這麼說，總算解決心中的疑惑，舒暢了許多。他笑道：「難怪我問她這玉珮是誰的，她說是陳幕僚，我還正驚詫呢。原來是小姑娘不知道殿下您的身分，您又何不告訴她？」

朱槙看了他一眼。「你如今倒越發多話了。」

薛讓只能笑笑，畢竟殿下不想讓他再問下去了。

這一日，元瑾被崔氏和姜氏拉著一起去京城的西市逛綢緞莊。

京城有專供這些世家小姐們逛的綢莊，裡頭還分隔出雅間，提供茶水、點心，店家會一一將布疋拿到雅間供貴人細看。自然，這價格也是不菲。

崔氏雖進了定國公府，但也沒什麼底子，不過是沾著兩個兒女的光罷了。姜氏卻一向有錢，買了四、五疋好布料，準備給薛元珠做衣裳。

最讓崔氏覺得詭異的是，周氏竟然也跟過來。即便崔氏和姜氏對她都沒好臉色，她也是笑咪咪地同兩個妯娌說話。崔氏看中一疋布料捨不得買，周氏竟還要買了送她。

自然，崔氏沒有那種吃人嘴軟、拿人手短的觀念，反正周氏送她就收著，東西她是拿了，別的再說就是了。

但對於周氏的反常，她著意看了元瑾兩眼，元瑾搖頭示意不必理會。

周氏如今想當她們的盟友，自然想盡力討好，隨她去就是了。

一直到華燈初上，姜氏提出去祥雲樓吃飯。

如今正值秋季，京城正好有時興的桂花菱粉糕、糖藕和白糖梨酥等吃食，正熱騰騰地在路邊販賣。可她們不能在路邊吃，一行人在酒樓要個包廂，再派婆子下去買來嚐嚐。

京城西市極其熱鬧繁華，人來人往，絡繹不絕。賣東西的小販沿街都是，新奇玩意兒比太原多出許多，讓人看得目不暇給。

元瑾雖長在京城，但她之前身為縣主，極少能出宮，因此也未曾見過民間的熱鬧。趁崔氏她們吃東西的工夫，她走到酒樓的迴廊上，趴在窗邊，俯看著來往的人群。遠處的屋頂鱗次櫛比，做飯的炊煙一縷縷飄出來，暖紅的燈火映照著屋簷。

她凝神，似乎在人群中看到一道熟悉的身影。

高大的身形、一身青色布袍，正從賣紙筆的鋪子裡走出來，手裡提了一大捆紙。

那是……他嗎？

真的十分像他，動作也極和緩。

元瑾心下一動，待仔細去看，那人卻幾個閃身，消失在人海中，再不曾看到。

她一時有些失落。

陳慎留給自己的玉珮被定國公拿走，拿走後又什麼都沒說，她心裡翻來覆去思量許久，不明白是怎麼回事，想問他個究竟。

但這裡又不是山西，他怎麼會在京城呢？

「妳在找什麼？」她背後突然傳來一個聲音。

元瑾回頭，就看到他站在她身後，神情平淡，依舊是高大的身影，將迴廊照過來的燈光擋住大半。

她一時有些錯愕。「你、你怎麼……」

為何正想著他，他就突然出現了？

光影落在他身上，越發襯托出他的高大。

朱楨走上前，手放在欄杆上。外面除了人潮和屋簷外，沒什麼特別的。

他問道：「妳看了這麼久，有這麼好看嗎？」

他回頭，卻發現她仍舊怔怔地看著自己，眼神錯愕得像一隻小動物。

朱楨一笑。「見到我就這麼驚訝？」

怎麼可能不驚詫，他不是應該在山西嗎？難道是定國公叫他到京城的？

「先生如何會出現在這裡？」元瑾自然要問他。

朱槙卻朝窗外看了一眼。他回到京城後，出行必須謹慎，畢竟不是在山西地界，暗中極有可能潛伏對手派來的探子。

「進來說吧。」他道。

雖然疑惑陳先生為什麼突然出現在京城，但元瑾對他還是放心的，叮囑柳兒回去同崔氏說她半個時辰內會回去，便跟著陳先生一起進了雅間。

兩人進去後，兩個侍衛才悄無聲息地站到迴廊口，重新將這條迴廊封起來。

這酒樓的屋內都是一樣的陳設，只是桌上擺的不是吃食，而是幾本書。

他竟然包下酒樓雅間，然後……在裡面看書？

元瑾瞧了眼那些書，頓了頓，問：「陳先生如此努力，難不成是想考明年春闈？」明年正好是會試年。

他不過是已經等了她很久，所以看看書罷了。

而且他只喜歡看兵書而已，他當年上御書房都只為混日子，怎麼可能喜歡看書。

「閒來無事罷了。」朱槙說著靠在椅子上，又繼續問她。「妳方才在看什麼？」

下屬通傳，他知道她上了酒樓，和她家中一行人吃了會兒點心，就走到迴廊這邊來看風景，沒想到就這麼一直看，像個孩子般認真。

元瑾不想說，便坐下來，翻了翻他桌上的書。「古人可以采薇而食，可惜我卻不能以書為食。先生，你看叫幾道菜如何？」

她方才沒吃什麼，現在還當真餓了。

朱楨聽到這裡，看了看元瑾，她可沒動，仍是笑咪咪地看著他，那意思昭然若揭。

沒想到他一個權傾天下的藩王，竟還得親自去給她點菜？不過朱楨最後還是起身，走到門外，隨後傳來對話的聲音。「先生有何吩咐？」

「上菜吧。」他想了想，小姑娘家正是長身體的時候，又囑咐道：「多要些肉菜。」

元瑾也聽到了，不過並未出言反對。她的確是長身體的時候，要好生吃飯才行。

不過一會兒菜就端上來了，只見是冰糖肘子、紅燒魚、糟鵝掌，以及整隻烤鴨，還有燉得香糯的東坡肉，果真都是肉菜。

元瑾一邊吃飯，一邊問他怎麼會在京城？

朱楨道：「有事來辦罷了。方才正好看到妳在外面，便叫妳進來。」

元瑾卻看著他，表情漸漸平靜下來。

「不對。」她說：「你在說謊。」

「哦？」朱楨笑了。「為何？」

他覺得自己的話聽起來條理清晰，並未有什麼不對。

元瑾緩緩道：「我在外面站了這麼久，未聽到你這裡開門的聲音。若真是如你所說，我應該會聽到開門聲，但卻沒有。或者——你不是從這裡出來的。」她指了指房門。

這小丫頭怎地這麼機敏，竟還看出這個漏洞？
「但你說謊了，那證明你分明是在這裡等我。」元瑾一笑。「你是刻意來見我的。」
朱槙被她說得一時啞口無言，笑了笑，問道：「那我為何要刻意來見妳？」
元瑾放下筷子。「我也想問你，你若是想見我，為何不直接在定國公府找我？你送我的玉珮究竟是何物，為何定國公看到便嚴肅質問我？」
她看著他許久，最後才問：「陳慎，你當真只是個普通幕僚嗎？」
元瑾頭一次沒有叫他陳先生，而是叫了他的名字。
朱槙竟被她問得一頓，畢竟難得有人敢這般質問他。
看她的神情十分鄭重，是決意要追究到底的，他嘆了口氣。「我的確並非普通幕僚，其實我與國公爺關係匪淺，還曾在戰場上救過他的性命。」這話也不算假，他的確救過薛讓的性命。
「那你的玉珮又作何解釋？」元瑾卻不肯輕易放過他。「為何國公爺看到，反應會如此激烈？」
朱槙這次停頓許久。其實他並不是很想說。
元瑾又問：「先生不想說？」
朱槙才看著她，淡淡道：「妳若真的想知道，那我告訴妳便是。那玉珮是我的貼身之物，故定國公認得。當日料定妳會去京城，我便把這玉珮給了妳，若妳有危險，可以拿這枚玉珮找定國公救妳。」

元瑾聽到這裡，一時錯愕。

那玉珮……原是他的貼身之物。既然國公爺都認得，勢必對他而言是極重要的。

那他為什麼要給她？

就只是為了什麼時候能幫她一次？

她動了動嘴唇，才輕輕道：「當真？」

朱楨笑了笑，用她之前常說的論調。「自然，當時妳要去京城了，我也沒其他值錢的東西可以送妳。」

元瑾沈思片刻，知道他的話中還有一些疑點。但是罷了，既然他同定國公交好，還把他的貼身玉珮給她，也是為了庇護她，自然不會對她有什麼算計。

每個人都有自己不想說的事，她何必追根究柢？

元瑾才坐下來，道：「你休想再誆我，上次在晉祠廟會見到你，你喝的秋露白不止三兩銀子一罈。你既是定國公的親信，如何會缺銀子使？我送你銀子的時候，你肯定在心裡笑我。」

這倒是真的。

朱楨一笑，又淡淡道：「這次來找妳，卻不只是因為這個，而是有件正事。妳可知道妳弟弟認識貴州土司的人？」

貴州土司？

她知道貴州土司，貴州有些少數民族極為彪悍，派去的官員都無法治理，故選當地大戶作為土司，久而久之，土司越發壯大，有時若太過壯大，甚至還會危及朝廷。但聞玉怎麼可能認識什麼土司的人？

「應當不認識。」

朱槙聽到這裡，眉頭一皺。「元瑾，茲事重大，若是有，妳必須要告訴我。」

貴州土司那些人不是他們招惹得起的。

元瑾自然果斷搖頭。弟弟什麼性子，她還會不知道嗎？

「聞玉的性子是不會結交這些人的。」當然，她又思索了一下。「亦可能我弟弟也未必知道這些人的來歷，我回去問問他便知。」

朱槙便不再問了，這種事小姑娘應當不會瞞他，但薛聞玉身邊的人有些古怪也是真。

元瑾停下筷箸，她估計半個時辰已經到了，再不走崔氏該著急，便說了聲自己該走了。

朱槙頷首，看著她走到門口。

突然，元瑾聽到身後那人叫她。「元瑾。」

元瑾回頭，就看到他攤開的手心上，放著那枚玉質溫潤的玉珮，正是定國公拿走的那一枚。

「這其實是崇善寺高僧開過光的，妳隨身佩戴可保平安。玉是需要養的，平日不要取下。」

元瑾伸手去取，指尖觸到他溫厚的掌心，竟微微一酥。他攤開掌心任她拿，頗有種縱容她的感覺……

她立刻收回玉珮，反駁他道：「若這都能保平安，人人都能平安無虞了。」

朱槙一笑。這玉珮能保平安著實不假，不過不是高僧開光有用，而是他有用。

元瑾將玉珮收起，又看了看他，猶豫道：「若我有事要問你，能在京城找到你？」

朱槙卻問：「妳有何事要找我？」

怎麼，難道她還想再找他不成？

元瑾道：「你說就是了，一個住處罷了，弄得神神秘秘的！」

好吧，陳幕僚的住處自然沒什麼神秘的。

朱槙才告訴她。「我現在暫住西照坊米行旁的一個四合院中，門口種了一棵垂柳。」

元瑾才點頭應了，又道：「我看你既是定國公府的人，倒不如住到定國公府，方便也更寬敞。國公爺應當不介意，不如我跟國公爺說一聲吧？定國公府的前院還有幾個院子空著。」

「……」朱槙沈默。她要是真的和薛讓提了，可能會把薛讓嚇死。「還是算了吧，我這人住慣陋室，不會習慣國公府的奢華。就算國公爺不介意，我也過意不去。」

聽到他拒絕，元瑾也沒有多勸。

她跟朱楨道別，便要邁步離開。

「元瑾，」朱楨突然又道：「妳沒有別的事要我幫忙了？」

既然來都來了，便再幫她一次吧。

元瑾想了想，肯定地搖頭。「沒事，有事你也幫不上忙，便不麻煩你了。」

朱楨只能笑了笑。「好，那算了吧。」

直到看到少女纖細的身影消失在樓梯角，朱楨才吩咐下屬。「備轎，去紫禁城。」

有些事情該由他親自去解決了。

靖王的轎輦剛過午門，就已經有人飛快地去通傳皇上和太子。

整個紫禁城都慎重起來，正在處理朝事的內閣、金吾衛、羽林軍首領、司禮監秉筆太監、掌印太監，以及主宮的掌事太監，皆紛紛來到太和門跪拜迎接。

靖王殿下是誰？

當年若沒有他，皇上能不能坐穩這個位置還是一說。如今他仍舊是坐擁西北和山西軍權的大藩王，無人敢不慎重。

朱楨在太和門前下轎，身前全是跪拜之人。

他淡淡問：「太子何在？」

有掌事太監立刻回道：「回稟靖王殿下，太子正在文華殿處理公事，應當馬上就來了。」

朱楨低低一笑。「太子殿下公事繁忙，怎可叨擾？還是我這個做叔叔的親自去找他吧。」

說著便帶人朝東宮的方向而去。

聽說靖王來了，東宮裡的人也是匆匆走出，在文華殿外跪迎。

朱楨剛走上臺階，就聽到一個疏朗的聲音傳來。

「叔叔大駕光臨，應當我來迎接才是，怎敢煩勞叔叔來找我？」

只見文華殿中走出一人，來人束銀冠，身穿緋紅色的太子朝服，容貌清朗，唇帶笑意，眉眼間卻有種深藏不露的凜冽。

「太子勤勉，這是天下百姓之福。」朱楨說著，走上臺階。

朱楨是行軍打仗出身，即便朱詢也生得高大，但和朱楨比還是差了一些。當這個叔叔走上來時，他能感覺到這叔叔渾身都散發出一種隱約的壓迫感，那是從戰場上鍛鍊出來的。

一個人一旦有了威名，其實並不需要做什麼才能讓人覺得可怖。他只需站在那裡，即便是和氣的微笑，人人都自然敬畏他。

朱詢也感受到這種壓迫，但他畢竟不是普通人，否則這皇宮中奪嫡慘烈，為何獨他能勝出？他仍然微笑，看到朱楨跨入文華殿，隨後也跟了進去。

文華殿是他辦公之處，如今皇上病重，由他監國，許多內閣的摺子都會呈到這裡給他批閱，故長案上放了許多摺子。按說這些都是呈給皇上的奏摺，若沒皇上的旨意，旁人是不能看的。

但朱楨卻坐下來，拿起一本奏摺打開。

「姪兒處理朝事可辛苦？」他問。

「叔叔這是哪裡話？正如叔叔所說，為天下黎民做事，怎會辛苦？」朱詢走過去道。

朱楨笑了一聲。「你還年輕，凡事要懂得掂量什麼能做、什麼不能做。」

朱詢道：「這話我不明白，叔叔所謂的能做與不能做是什麼？」

「怕是要我做點什麼，姪兒才會明白吧。」朱楨笑道，眼神卻陡然凌厲起來。「但若我做了，你恐怕連後悔的機會都沒有。」

沒有人不對靖王的手段印象深刻。

朱詢聽到這裡，不再說話了。

朱楨見他不說話，扔下奏摺道：「定國公府的這場鬧劇該結束了，想必姪兒也明白我在說什麼。」他看向朱詢，語氣冰寒。「明白了嗎？」

朱詢才又笑起來。既然靖王已經插手，這事就容不得他繼續了。靖王的凶悍之名，他並不想嘗試。

「原來叔叔是為定國公世子一事來的，若叔叔早說，便沒有這番說頭了。既然叔叔出面，我自然是賣這個面子的。」說罷喊道：「來人，拿紙筆來，我親自擬定定國公世子的封位。」

朱楨看了他一眼，英俊的臉上不再有笑意，而是站起身，帶著人離開。

他還要再去探望太后。

朱詢看著朱楨走遠，眼神才漸漸變冷，如獸群中年輕力壯的狼，妄圖挑戰成年頭狼。

天下至主，到最後只會有一個。靖王不會甘心被他削藩。而就算他繼承皇位，有這樣一個人在，他也會寢食難安。

這時門外走進一人，正是傅庭。

他向朱詢拱手。「殿下。」

朱詢嗯了聲，問道：「你近日和裴子清交好，是否看出他有什麼異樣？」

靖王手底下有很多人，但最堪大用的無非就是那幾個，而裴子清是靖王暗中最鋒利的刃。

傅庭想了片刻，說道：「他近日沒什麼異動，除了看上一名女子。」

「女子？」朱詢皺眉，對傅庭這個說法感覺不甚滿意。

傅庭又想了片刻，才能精準定義。「這女子酷似丹陽。」

這句話是什麼涵義，只能留給朱詢自己體會。裴子清不會把真正的意圖流露給傅庭知道，正如朱詢也不需要他說太多話。

丹陽……

姑姑。

朱詢出神片刻，接著似乎想到什麼，嘴角勾起一絲冷笑。

姑姑已經死了，其餘像她的人也只是東施效顰罷了。只有她才是她，別人像她都是對她的褻瀆。

裴子清怕也是瘋了吧？

朱詢並未把這件事放在心上。

第三十三章

坤寧宮的重重金色琉璃瓦下守衛森嚴，清靜無人。朱楨將侍衛留在宮門外，踏入殿中。殿內香霧瀰漫，木魚輕輕叩響。

守在門口的宮婢在他面前跪下，將陶盞舉過頭頂。「請殿下淨手。」

盞中盛無根清水，寓意洗淨塵埃，潔淨污垢。

朱楨面無表情地看了一眼，還是依言淨了手，才繼續往裡走。

殿內幔帳垂地，火燭長明。淑太后正跪在絨毯上唸經文，她面前擺著一張長案，長案上供奉著一尊觀世音菩薩。

朱楨走到她身後，撩起衣袍，半跪下請安。「母后。」

淑太后聽到動靜才轉過身，她早已容顏老去，但依稀能看得出年輕時是極難得的美人。她露出笑容。「一別半年，楨兒可算是回來了。」又問：「你哥哥得了風寒數日未好，你可去瞧過了？」

朱楨道：「兒子回宮先來探望母親，皇兄那裡還未來得及去。」

「你一會兒還是去看看他吧，他掛念你已久。」淑太后走過來扶他起身。「那日你平定了襖兒都司部，他甚是為你高興，本想宣你回京受賞，你卻不願意回來。你哥哥一向是易多心之人，為此幾日不能安寢，以致染了風寒。」

朱楨卻不願多說，只是笑了笑，坐在椅子上。「母后既是想禮佛，去小佛堂不就是了，何故設在寢宮內？」

淑太后卻道：「你哥哥一病頗久，我實在放心不下。再者，蕭太后一死，我內心總是不安。」她說著嘆氣，似有若無地看了二兒子一眼。「蕭太后待我不薄，當時即便你助你哥哥奪權成功，也不該囚禁殺之！她身邊的丹陽，更是我看著長大的，豈料會被毒死宮中。」

朱楨聽到這裡，眉峰一皺。他抬頭，語氣微寒道：「當初蕭太后執掌政權，蕭家日益壯大，長此以往動搖國本。母后也說想皇兄手握大權，我便謀劃了這場宮變，但我囚禁蕭太后卻未曾殺她。不知母后為何以為，她是我所殺？」

淑太后見兒子似乎因此不高興，便不敢過多言語，但內心卻在腹誹。

不是他，那還能是誰？誰有這樣的手段、有這樣的魄力？

他二十歲在寧夏征戰的時候，當時的寧夏總兵見他年輕，不聽從他指揮，正是戰事逼近、生死存亡的危急關頭，他竟一刀斬下寧夏總兵的頭顱，砍斷了所有非議他的聲音。雖這場戰役奪得勝利，但他煞星之名卻也傳遍大周。

「罷了，我也只是一提罷了。」淑太后勉強地笑了笑。「倒是你如今二十有八，可考慮再娶王妃一事？」

朱楨淡淡道：「這事倒不必母后操心，兒子暫沒這個打算。」

「但你哥哥說，你身邊長久無人照顧家事，也是不好。如今淇國公曹家的嫡長女正值芳華，意欲許配給你。」淑太后想勸他。「如今這滿朝野，也就淇國公家這位嫡長女配得上你了。」

朱楨聽到這裡一笑，眼中微冷，但語氣仍舊平和。「皇兄曾給我賜婚過一次，如今還是算了吧。」

淑太后低低一嘆，不再多勸。說得越多，二兒子只會越發不痛快。

朱楨不欲再久留，告退離開。

他出來的時候，天已漸黑，深藍的天際浮上幾顆微寒的星子。

朱楨上了轎輦，示意抬轎前往乾清宮。

他其實不願意見淑太后。淑太后生性單純，她能在這皇宮中活這麼久，的確是因先皇和外家的庇護，再加上蕭太后不是個喜歡和妃嬪爭鬥的人，自然能讓淑太后安全無虞。淑太后也確實是好命之人，當年入宮就接連生二子，鞏固了她的妃位，到如今不費吹灰之力坐上太后之位，只需得旁人庇護她就行，到如今也還是單純的性子。

朱楨不大喜歡和淑太后說話，一則是因兩人觀念不同，完全無法交流。二則她總是三句話不離皇帝，自小到大便是如此，他聽了就覺得煩悶。但總歸也有生養之恩，淑太后的話他也不會完全不理會。

轎輦很快到了乾清宮。

落轎、壓轎，朱槙自轎內跨出。

乾清宮宮燈萬千盞，浮於傍晚中。天際泛著暗紫色，將這一切襯托得越發端重。看到靖王殿下，乾清宮門口的守衛和太監紛紛跪下行禮，有人立刻進去通稟。

朱槙突然想起，他上次來這裡正是宮變那時候的事。

蕭太后被他困在乾清宮裡，這個手握大權、叱吒風雲一輩子的女人，面色居然尤其平靜，甚至若你只看她的神色，會以為她早已預料到今日的情景。

當時蕭太后語氣平和地說：「我敗於你之手，倒也是無怨無悔。我年過半百，便是死也無妨。但我那姪女丹陽卻不足雙十，還請殿下饒她一命，放她歸回山西老家。」

他當時聽到還一笑。

丹陽縣主……他不僅知道此人，還印象深刻。因為她曾派人刺殺他五次之多，甚至有一次差點得手。她大概不知道，自己其實是知道她的吧。因為從未有人離殺死他這麼近。

後來，他還知道丹陽縣主的一些事情，甚至這些事情，恐怕她自己也不知道。

他當時並未答應太后什麼，只是告訴她。「我亦不是濫殺無辜之人，太后放心就是。」

蕭太后這樣一生攝政的人，如何不明白，其實這句話是再薄弱不過的。朱槙不殺，但別人卻未必會放過她，所以她只是緩緩地閉上眼睛，嘆了口氣。

其實後來朱槙覺得，丹陽縣主活著也未必好。對於她這樣的女子來說，活著恐怕也是生不如死。

他正要走進去，卻看到一女子被宮人簇擁著走出來，身穿遍地金褙子，戴鳳吐東珠的金簪和整套頭面，面容嬌豔。一見著朱槙，她先是一愣，隨後眼睛微微一亮，才笑道：「剛聽到外頭的請安聲，原是靖王殿下回來了！」

「徐貴妃。」朱槙道。

徐貴妃卻看著他片刻，才說：「邊疆清苦，甚是勞累，殿下似乎看上去清減了一些。」

「勞貴妃掛心。」朱槙與徐貴妃並不甚熟，略一點頭，隨後示意要走，跨入了殿內。

徐貴妃看著朱槙高大寬闊的背影，失神了一會兒，才對宮女道：「走吧。」

靖王回京的消息，很快傳遍了京城。

因為他手段雷霆地抓了朝廷中好幾個武官，革除官職，投入大獄。一時間京城中人人自危，不知殿下為何肅清官場，自己又會不會大禍臨頭？

而靖王回來的第三日，宮中就傳來消息——薛聞玉的世子封號下來了。同時還將薛聞玉選入金吾衛，任總旗一職。

定國公府自然一片喜樂，薛讓還特意擺了席面，邀請薛家和幾個相熟的世家一併過來赴宴。又因上次傅庭邀請定國公府去傅家家宴，故老夫人也邀請傅家前來赴宴。

元瑾、薛元珍和老夫人一起在花廳待客，薛讓則領著薛聞玉在外接待男賓朋。

當看到徐婉和傅庭一起自馬車下來時，元瑾笑容微微一滯，老夫人卻帶著她迎上去。

「傅少夫人難得來一次。傅夫人不曾來？」左右不見傅夫人，老夫人便問一句。

傅庭就道：「家母本是想來的，怎奈身體抱恙不能見風，還望老夫人見諒。」

老夫人自然只是笑了笑說無妨，對身後的拂雲道：「去告訴國公爺，就說傅庭傅大人來訪。」

她本以為傅庭是不會出席的，畢竟這多是女眷來往，男子總還有公事要做，多半不得空，沒想到他竟然來了，自然要趕緊通知定國公一聲。

元瑾也是微微一笑，從老夫人身側退後一步，告訴要奉茶的丫頭。「上茉莉香片即可。」

今兒宴請賓客，皆用霍山黃芽，但她記得傅庭是喝不慣的。

等眾人到花廳坐下，上了茶，徐婉打開茶蓋，聞到是茉莉花香的味道，便笑道：「貴府這茉莉香片香極了，我聞著也覺得清爽。」

老夫人聽到這裡，看了元瑾一眼。「方才便聽元瑾叮囑了上茉莉香片，不想正好得了傅少夫人喜歡，卻是她心巧了。」

老夫人卻是誤會了，女孩家多愛香片，她以為元瑾是看到徐婉來，所以才讓丫頭換了香片。

元瑾不想解釋，便應道：「少夫人喜歡就是最好了。」

徐婉聽到「元瑾」二字，神情一怔，連一旁的傅庭都停下喝茶，看向元瑾。

「這位姑娘名喚元瑾，倒不知是哪兩個字？」徐婉問道。

當初二人在宮中初見時，正是夕陽向晚、餘暉滿天的光景，元瑾告訴徐婉。「妳不必喚我丹陽，可以叫我的名字。」

尚才十歲的徐婉問：「那妳叫何名字？」

元瑾才告訴她。「我叫元瑾。元是首，因為我是家中的嫡長女。瑾，便是美玉之意。旁人都叫我丹陽縣主，但妳是我的朋友，可以叫我的名字。」

徐婉溫柔地笑了笑。「那我人前還是叫妳縣主；人後，我便稱妳為阿瑾。」

徐婉生性溫柔，容易被旁人欺負，元瑾一向會護著她一些。

直到有一日，她聽到徐婉焦急地和傅庭說：「蕭元瑾她這般跋扈驕縱，她根本就不配擁有如今的一切！你又何必……」

徐婉不知道，當時她就帶著宮婢站在一牆之隔的地方，靜靜地聽著。

之前元瑾聽過很多人這樣說她，不僅說她跋扈專橫，還說蕭家把持朝綱、惑亂大周，她一直從未在意過，但她沒想到這話是出自徐婉之口。那時她並沒有急著衝出去找徐婉討個說法，而是靜靜思索很長一段時間。她有什麼地方做得不對？有什麼地方讓徐婉對她有這樣的看法？但始終沒有得出一個結果。

後來她只領悟到一句話——高處自是不勝寒。站得越高，旁人就越想在妳身上得到更多東西。

所以太后只信任她和父親，因唯有血親不會背叛、不會算計。

後來她就日漸疏遠了徐婉。

不知為何突然想到當初的情景，元瑾就緩緩道：「我名喚元瑾，元字乃首，瑾是美玉之意。」

聽到這裡，徐婉的神色霎時就變了！

她表現得太過明顯，以至於老夫人都怔了一下。「少夫人怎麼了，可有什麼地方不合意？」

徐婉搖搖頭，勉強笑道：「沒事，只是姑娘的名字……和我一個故人的名字相似罷了。」

老夫人便笑了。「原是如此，那少夫人還和元瑾有緣呢。卻不知是妳哪位故人之名？」

徐婉沒有說話，在她旁邊的傅庭卻淡淡道：「是丹陽縣主。」

老夫人更是錯愕，卻聽傅庭繼續道：「她雖名滿京城，卻非親密之人不知，她本名叫蕭元瑾。」他抬起頭看著元瑾。「這位姑娘非與她有緣，而是與丹陽有緣。」

老夫人一時不知該說什麼好，過了半晌才道：「那倒真是巧了。」

元瑾垂眸站著，似乎並未感覺到傅庭在看她。

徐婉一愣，對傅庭突然接話感到不大舒服，笑道：「正是丹陽縣主。不過如今蕭家都已覆滅，她也不在了，蕭家那些亂臣賊子也已伏誅，所以也沒有再提的必要。」

丹陽縣主已經成了一抔黃土。縱然有人再不情願，過去也只是過去了。

元瑾聽到她說這句話，眼神一冷。

亂臣賊子？

蕭家這些年便是沒有功勞，也有苦勞，父親長年在外駐守邊疆，為國征戰，即便是有些不妥之處，又何至於被人說成亂臣賊子！她知道徐家勢必針對了蕭家，在蕭家覆滅的過程中，徐家肯定出了不少力。而看徐婉這個態度，恐怕也是在其中出了不少力吧！

她柔和的外表下，當真藏著一顆縝密而陰毒的心。若不是親眼所見，恐怕她也不會信。

她如何能容忍旁人對蕭家的侮辱！

徐婉雖是笑著，抬頭卻對上元瑾冰冷的眼睛，她一時愣住，等到再看去時，又發現元瑾的神情已經恢復平常。

她有些懷疑是自己看錯了。

就在這個時候，有個小廝匆忙地跑進來，在老夫人面前行禮，道：「老夫人，國公爺讓我過來傳話，太子殿下要過來，讓您且準備著，一同去門口接駕！」

此話一出，眾人皆是譁然。

太子殿下竟要過來！

而元瑾，則緩緩地抬起了頭。

第三十四章

眾人到影壁恭迎太子殿下。

此時已然深秋，秋風蕭瑟，在外吹一會兒風便覺得冷。

元瑾心中默默腹誹。這些人成了大人物，怎地一個、兩個都喜歡弄這般排場，偏要叫人等不可。想她當年還是丹陽縣主時，何曾耍過這樣的威風？每次赴宴都準時到場，從不拖延。

雖然她的一切已經成為過去。

眼見已經過了晌午，大家都有些站不住了，但又不敢不等。

薛讓看向傅庭，問道：「傅大人可有提前得到消息，卻不知太子殿下什麼時候來？」

倒不是他不願等，而是這裡等著的人不只有他，還有各家的賓朋，他又怎能讓他們多等？

傅庭是東宮輔臣，自然比旁人更清楚。

傅庭搖頭。「我也不知。殿下如今要監國，應當是一時忙得不能脫身。」他想了想又說：「不如去宴息處等吧，殿下不會介意的。」

薛讓也這麼想，正要安排賓客先去宴息處，就在這時，門房響起了通傳聲。

「太子殿下駕到——」

眾人這才反應過來，立刻跪下行禮，元瑾也隨之跪下。

不過片刻，一位青年由眾大內侍衛簇擁著走進門內。他身穿一件繡遊龍長袍，銀冠束髮，面容俊朗，笑容璀璨，只是眼角略有冷厲之色。這樣的面相，倘若不笑時極其迫人，有種寶劍出鞘的凌厲。

元瑾略抬起了頭。

當她看到那張熟悉的臉時，忍不住血液湧動，手指幾近顫抖。

終歸還是見到了朱詢！

她袖中的手越發握緊。

當初將他從冷宮中帶出來時，正是隆冬的情景。大雪瀰漫紫禁城，她也還是個孩子，但比他要高出半個頭。那時候的他弱小又懵懂，茫然地抬起頭，看著端重華麗的慈寧宮，有些懼怕地往她身後瑟縮。

因為以前他若靠近這樣的地方，是會被侍衛們驅趕的。

元瑾摸了摸他的頭。「從此以後，你就和姑姑一起住，不用怕。」

他露出一個膽怯而小心的笑容，然後輕輕點頭。

那是雪下得最大的一年，他後來時常對她提及那場大雪，訴說當時她如何改變了他的命運，然後語氣堅定地說：「……姑姑，我會一輩子保護妳。任何想要傷害妳的人，我都不會放過他。」

那時候的眼神，實在讓人信以為真。

但是後來，他卻投靠皇帝，參與了靖王的宮變，奪了太后的攝政大權，最後有了如今的太子之位。

而他的確也不是省油的燈，被封為太子後，迅速掌握大權，將其餘幾個皇子陷害的陷害、打壓的打壓。如今他是太子，也是唯一的皇位繼承人，甚至還有監國之權。這樣的人中龍鳳，真是虧了他在自己身邊隱忍這些年。

至於那句承諾更是可笑了。若是真如他所說，那他自己就不該放過自己吧！

元瑾淡淡地垂下眼眸。

若說徐家、傅家這些人只是助力，那朱詢才是真正導致太后下臺的原因。

她無比清楚他的心智、手段有多可怕，清楚自己面對的是什麼樣的人。最可怕的地方是，他其實才是真正最了解她的人，畢竟他在她身邊近十年的潛心侍奉，說不定他比她自己都要了解自己！

她現在暫時不能拿裴子清如何，就更別說是朱詢了。

一切都需要等待時機。

朱詢看了眼眾人，表情並沒有什麼變化，只淡淡道：「既是微服出訪，便不必多禮，都起吧。」

眾人才謝了太子殿下起身。

隨後薛讓迎上去，引朱詢往裡走去。

跟著朱詢的大內侍衛們，則迅速分站到定國公府門外和主要幹道上，將定國公府包圍起來。這位可是太子殿下，是國家未來的繼承者，身邊的守衛是非常嚴格的。

老夫人安排了眾賓客入席，元瑾、薛元珍和徐婉一席。

徐婉卻因剛才的事，對元瑾有了戒備之意。因為這小姑娘給她的感覺太像蕭元瑾了，而且方才對她的態度總有一絲說不出的古怪。但現在人家小姑娘卻是言笑晏晏，對她十分有禮，聽說她胃口不佳，還吩咐丫頭給她一盞山楂水開胃。

徐婉自然不能有什麼表示，只能對元瑾道謝，隨後將目光投向薛元珍。

其實她這次來的主要目的是薛元珍。

自家三妹自從見過顧珩一面後，便心儀顧珩已久。顧老夫人也想欣然受之，無奈顧珩一句話便拒絕了。

這勛爵之家不同於文官家庭，是以當權者的話算數。顧珩不喜歡三妹這樣驕橫的女子，正如當年他不喜歡丹陽縣主，所以就算顧老夫人說破嘴皮也沒轍，只能轉而找可能合乎他心意的女子。

但是三妹喜歡大於天，徐婉自然要為她打算。若是突然讓這不知哪裡冒出來的繼小姐奪去這門親事，那真是要丟盡三妹的臉面。

「我聽聞，大小姐要同魏永侯爺說親？」徐婉笑問道。

薛元珍聽到後只是含笑，卻也不言。

她也不蠢，一聽徐婉提起此事，心中便警鈴大作，知道徐婉怕是為她妹妹問的。

「一切姻緣皆是天定，卻還是不清楚的。」老夫人笑了笑。「也是我們這些老婆子操持罷了，指不定到頭來就是白忙活一場。幸而不日魏永侯爺便要回來，到時候自然分曉。」

徐婉聽了，妙目一動，笑著說：「若是好姻緣，便是一定能成的，老夫人也不必擔憂。」

薛元珍能聽出她這話中的涵義：好姻緣能成，但誰知道這是不是一樁好姻緣呢！

她立刻看向元瑾，見元瑾只是吃菜，她心裡不免有些焦急。元瑾上次回答得似是而非，不知肯不肯幫她？現在這樣，真是讓人猜不出來。

老夫人也不願意提太多，又笑說：「這事是小，倒是未恭喜傅少夫人，我聽說令尊要加封一等公了。」

老夫人的這句話讓元瑾一驚，手中的菜不覺落了筷，幸好也沒人注意到。她繼續淡定地挾菜，內心卻思緒翻湧。

一等公？

之前徐家在京城的世家中十分不起眼，後來徐家大小姐做了貴妃，家族才有了起色。再後來替皇帝對付蕭家餘黨，便是真正得到重用，難道就要加封一等公了？

那徐家的勢力豈非更上一層樓！

徐婉道：「是聽家父提過，卻不知成不成呢！」

元瑾手指微動。原來還沒成！

能封一等公的多是開國功臣之後，如今忠義侯僅僅想憑藉嫁女兒封一等公，絕不是一件容易的事。

所以他才需要徐瑤嫁給顧珩！

元瑾突然明白了其中的關竅。

顧珩是軍功卓越之人，當年他十七歲時，就曾因大退匈奴，立下過一等軍功。有如此軍功之人，朝廷中還是少數。若能成功，她們家便靠著顧珩有了軍功，自然有了封一等公的可能。

那她還必須全力幫薛元珍去爭了，至少絕不能讓徐家得逞！

「既是好事，那總會成的。」元瑾亦是笑著，看了薛元珍一眼。「我與大姊也得先恭喜少夫人才是。」

元瑾端起酒敬徐婉，她手中的是極為清淡的梅子酒，女孩家喝也不要緊。

元瑾有了這般舉動，才叫薛元珍心中一鬆，知道元瑾這是徹底把兩人視為一體，也笑著舉杯祝賀徐婉。

徐婉接過梅子酒喝下，亦是唇邊泛著笑意，看來是覺得此事大有可能。

元瑾卻眸色清冷，看著徐婉。

眼看他高樓起，眼看他樓塌了。

當初蕭家何嘗不是在權勢中忘了這點？徐家如今的富貴更是極為虛浮，不過是靠著徐貴妃和皇帝有好日子過罷了。倘若一朝得意忘形，那麼坍塌便是遲早的事。

酒過三巡，吃飯的人漸漸散了，元瑾和薛元珍也離席。方才的兩杯梅子酒還是喝得有些上頭，二人想去外頭吹吹風醒酒。

兩人走到亭臺水榭，薛元珍才看向元瑾，低聲問：「妹妹覺得，我該作何打算？」

元瑾看著眼前的景色，說道：「魏永侯爺不久便會回了，到時候自然有機緣出現，我也會幫姊姊的，姊姊不必操心。」

薛元珍才笑了笑。「此事若成，我亦不會忘了妳的好。」

她隱隱覺得，元瑾現在的態度和之前有些不一樣。之前她分明是被動的，但如今她的態度突然變得分明起來。她不知道為什麼，但只需知道這是好事就行了。

元瑾卻凝望著外面，水榭之外是一片荷池。

不覺到京城已有一段時日，來時還是綠荷遍池，如今已是荷葉凋萎、蓮蓬支棱的蕭瑟情景。

今天的天色本就十分陰沈，不過一會兒，竟然下起細密的雨絲，將整座荷池都籠罩在雨中。

兩個人也走不了，只能留在亭子裡看雨。

薛元珍心裡藏著對未來的憂慮。原來到了京城，也不如她想的那般好過。只是已經走到這步，便是無論如何也要走下去。

眼下看著這秋雨綿綿的景色，她有感而發，輕輕道：「秋陰不散霜飛晚，留得枯荷聽雨聲，倒真是此情此景。」她轉過頭，看向元瑾。「我最愛的花便是蓮了，可此時節蓮已凋萎，不知妹妹愛什麼花？」

元瑾知道薛元珍不過是跟她說說話。她看著浩瀚無垠的雨幕，眼中自然帶著幾分凜冽，淡淡地道：「若說愛什麼花，唯一句，我花開後百花殺，只有這個了。」

兩人都未曾留心，直到身後突然傳來一個清朗而略帶磁性的聲音。

「我花開後百花殺？」

兩人俱是一驚，立刻回頭看，就見大批侍衛將湖邊團團包圍，而薛讓、老夫人等人正站在一位青年身邊，似乎也是到亭子裡來躲雨的。

那青年正看著她們，竟然是朱詢！

薛元珍沒想到太子殿下竟聽到她們說話，一時愣住，直到薛讓輕咳一聲，她才連忙同元瑾一起跪下來。

元瑾在看到朱詢的瞬間，心裡一沈。

朱詢怎會突然出現，而且還聽到方才她和薛元珍說話！

他為什麼會接她的話？

如果說裴子清對她的言行只是熟悉，那朱詢對她的一切就是瞭如指掌。大自言行思維，小至習慣愛好，他無不知道得清清楚楚。

她喜歡菊，之前因她不聞花香，而菊卻無香，慈寧宮因此種了許多菊，甚至朱詢還親自搜羅過許多珍貴罕見的品種送她，他怎麼會不清楚？

他突然插話，恐怕就是聽到這首詩的緣故，否則堂堂太子殿下，何以突然和兩個小姑娘搭話！

元瑾也知道，之前裴子清對她異常感興趣，是因她似曾相識。一個人的容貌能改變，但言行舉止豈是能輕易改變的？只要是熟悉她的人，多和她接觸，就算不知道她是誰，也會有極其強烈的熟悉感。

但她絕不能讓朱詢察覺到什麼！

電光石火間，元瑾就下定決心。

她立刻開口道：「殿下恕罪，我等二人只是在此避雨，不想擾了殿下的清靜。」她的語氣有些怯弱，神情也有些慌張。

元瑾的異常，讓老夫人輕輕皺眉。

元瑾面對誰一向都是端重大氣，怎地突然表現得如此慌張？難道是一時看到太子殿下，太過懼怕？

朱詢的目光在兩人身上一掃。

如今元瑾的容貌越發出眾惹眼，宛如一朵雪蓮展開花苞，一下子便奪去旁人的注意。但他出言卻不是因為她的容貌，而是聽到這詩便想起了姑姑。

可此女語帶慌張、神情怯弱，又哪點像姑姑沈穩機敏的樣子？

朱詢皺了皺眉，便不再感興趣，只是淡淡道：「起來吧，本宮亦是到此處避雨，未曾怪妳。」

元瑾才千恩萬謝地站起來。

而朱詢已經失去垂問的興趣，獨立於天地浩然之間，凝望著雨霧重重，神情凝肅，身側侍衛林立，不知在想什麼。

元瑾漠然地站在一旁，不再出聲。

她表現得絲毫不像自己，他自然不會再留意。他不留意，自己才能好好隱藏著，慢慢壯大。

夜色泛起，定國公府的賓客散盡，太子殿下也已經起轎回宮。

除了薛聞玉早回了前院歇息，定國公府眾人都在正堂坐著。

薛讓神色有些憂慮，老夫人也是一改方才的言笑晏晏，似乎在思索什麼。

元瑾一看便覺得不好，開宴席時還好好的，怎麼兩人突然這般神色，難道是因為朱詢的緣故？無事不登三寶殿，他這次來定國公府，肯定不是參加宴席這般簡單。

「祖母，究竟發生何事了？」元瑾問道。

老夫人勉強地笑了笑，心想這樣的事，讓兩個女孩家知道做什麼，便道：「也沒什麼事。」

但一旁的薛讓卻看了眼元瑾，想到她和靖王殿下的關係。

「其實是妳弟弟的事。」他道。

老夫人有些驚訝，兒子一向不喜歡女子插手官場之事，怎會突然告訴元瑾？

「妳弟弟被選入金吾衛做總旗。」薛讓嘆了口氣，繼續道：「我原以為不過是個虛差，誰知方才太子殿下親自告知，才知道聞玉是真的要進入金吾衛，立刻就要上任了。」

薛元珍聽了卻有些不解。「這難道不是一件好事？」

薛讓搖頭。「並非如此。聞玉年歲太小，這時候就進入金吾衛任職，對他毫無益處，恐怕還會招致旁人的不滿和暗中排擠。再者，金吾衛是紫禁城的防衛，聞玉毫不熟悉金吾衛和紫禁城，若是出了什麼差池，難免會被皇帝責罰，累及他自身。更何況……」

薛讓說到這裡頓了頓，還是繼續道：「日後若是政局有變，聞玉便成了太子手上的一枚棋子，恐怕對我們定國公府不利。」

元瑾聽到這裡，才知道是怎麼回事。

靖王回京，插手世子一事，朱詢便直接給了聞玉封位。但他也沒這麼輕易認下，給聞玉這個職位，實則是將聞玉置於火坑。他對定國公府的態度其實很微妙，並不全是打壓之意，反而有引誘定國公府投誠的意思。倘若定國公府投誠於他，聞玉在金吾衛自然能步步擢升。但若定國公不投誠，那便很難說了。

他這步棋走得著實妙！

「那該如何是好？」薛元珍也聽懂了薛讓的意思，有些齒寒。

今時不同往日，她現在跟元瑾在同一條船上，自然也關心薛聞玉的事。

薛讓嘆道：「事已至此，抗旨不遵是不行了，也只能現在開始栽培聞玉，倘若他當真能鍛鍊出來，也是好事一樁。我打算再給他找兩個老師，教導他軍事和防禦。」

如今也的確沒有別的辦法了。

元瑾聽了薛讓的話後想了許久，才道：「雖然聞玉如今有徐先生，不過徐先生多攻書籍學識，的確應該再找個人教導他。」

元瑾幾乎立刻就想到了陳慎。她見識過陳慎的身手，亦知道他行軍布陣有多厲害。倘若能請他來做聞玉的老師，日後聞玉成了定國公，他必是聞玉最重用之人，也不算是辱沒他的才華。

因此她建議道：「國公爺，您的幕僚陳慎陳先生，我之前倒是見識過他的才華，若能讓他教導弟弟，應該也不錯。」

薛讓聽到這裡時正在喝茶，還沒反應過來元瑾說的是誰。隨後反應過來，突然嗆了一口茶，咳了好半天。
陳慎……不就是靖王殿下嗎？
她居然想請殿下來教導聞玉！
看來她仍然不知道靖王殿下的身分，當真是不知者無畏！
老夫人對兒子底下有什麼幕僚並不清楚，聽元瑾這麼一說，也是同意。「元瑾這說法倒也不錯。你不日就要去京衛上任，也無法兼顧聞玉的事，若當真有這麼一個人教導聞玉行軍布陣，那是極好的。」
「但這人不可。」薛讓說：「他向來……閒雲野鶴慣了，恐怕不喜被人束縛。」
元瑾眉頭微凝。這大好前程的事，有什麼好閒雲野鶴的？
她道：「國公爺不妨勸勸他？」
薛讓只能道：「……我恐怕勸不動他。」
別說勸不動，給他十個膽子，他也不敢去勸啊！
元瑾再想了想，國公爺不願意去勸，可能是有什麼顧慮。她也不再多說，打算改日親自去找陳慎問他願不願意。若不願意就罷了，但總要問問才知道。
老夫人看了看兒子，沒有深究這件聽起來有些蹊蹺的事，不知道她錯過了一個得知真相的機會，而為日後埋下隱患。

說過話後，薛讓才讓她們各自散去歇息。

得知金吾衛這事後，元瑾思慮重重，放心不下，一時半會兒睡不著，便準備去找聞玉，同他商議、商議。

此時薛聞玉沒有睡，而是站在槅扇前，凝望著外面的雨。

庭院深深，寂寥無人，唯有屋簷下的燈籠長明，綿長的黑夜宛如這雨一般沒有盡頭。

徐先生站在他身後，看了許久，欲言又止道：「世子之位既然已經下來，您應該感到高興才是，何故這樣不樂？難道您是擔心被選入金吾衛一事？」

薛聞玉突然回過頭，凜冽的目光直直地看過來，淡淡道：「有什麼好高興的？」他轉過頭去，繼續說：「自到了京城後，姊姊對我便不如從前關心。如今世子一事解決……勢必會更忽視我了。」

他的神情是冰涼的。也許他自己都不知道。

徐先生聽到這裡，心中有些膽寒，但他不敢表現出來。

他同薛聞玉朝夕相處，其實應該才是最了解薛聞玉的人。

世子爺之前在太原的時候，雖是絕頂聰明之人，但其實心智是有問題的。性格十分偏執，大概是因自小沒有人關懷的緣故。如今眼看著正常了，能同旁人談笑，甚至還認識幾個世家公子做朋友，其實只有他才知道，世子爺的心智仍然是不正常的，只是他這種偏執的情緒，如今都只在一個人身上，那就是二小姐。

他是愛二小姐的，這不是簡單的親情或者其他，而是那種眼裡只有這個人，別人都不存在的情緒。

對世子爺來說，二小姐是一個領著他走出黑暗、指引他蹣跚前行的人。若沒有二小姐，恐怕也沒有如今的薛聞玉。

這究竟是一種怎樣的感情，徐先生並不知道。但他知道，自從到了京城，二小姐與旁人更親密，跟世子爺的關係沒這麼緊密，世子爺便一天天變得焦躁起來。

他甚至覺得，眼下都還是好的，至少二小姐的大部分心神還是放在世子爺身上。他真不敢想像，倘若哪天二小姐……對其他事情的重視超過了世子爺，世子爺會怎麼樣？

其實世子爺的內心的確藏著一個偏激、極端的人格。

「那世子爺……是否要將那件事告訴二小姐？」他試探著問。

「不可！」薛聞玉聽到這裡便皺眉，立刻反對，語氣冰冷。「姊姊待我這般好，皆因我是她弟弟的緣故，倘若她知道真相，知道我不是她的親弟弟，勢必不會再像現在這樣待我……」

徐先生低聲道：「二小姐深明大義，聰慧機敏，不是這般的人……」

「不行。」薛聞玉停頓一下，仍然說：「你不能告訴她！」

他無法冒這個險。

自從到了京城，發現姊姊時常心不在焉，似乎有其他更重要的東西，薛聞玉就知道自己的心態慢慢變了。他發現，自己竟無法忍受姊姊將注意力放在別的東西上。之前姊姊一直關注他，他尚沒有感覺，現在姊姊稍微疏離一些，他卻突然體會到了某種焦躁。

但他安慰自己，他是姊姊的弟弟，旁人跟她總不會比他親密。但他也不能忍受再有任何可能性，讓姊姊想遠離他。

所以當他知道那件事的時候，他就壓根兒沒想過告訴姊姊。

就在這時，外頭響起請安聲，似乎是伺候他的大丫頭正和什麼人說話。

「二小姐安好，您來了怎麼不進去呢，可要奴婢去通傳世子爺一聲？」

薛聞玉聽到這句話，背脊一僵。

姊姊在外面！

她是什麼時候來的！

又……在外面聽了多久？

第三十五章

元瑾漠然地站在門外。

實際上，她並沒有站很久。但只要聽到最後幾句話就夠了。

丫頭在背後給她撐傘，微斜的屋簷下仍不斷有雨絲飄落，打濕了青石磚，亦濕了元瑾的裙襬。

元瑾轉過身，說道：「妳去幫我通傳吧，就說二小姐來了。」

薛聞玉的丫頭似乎也察覺到有些不尋常，很快進了房中通傳。片刻後，薛聞玉走出來，他的面色發白，眼神有些游移，看著元瑾許久。

元瑾一直看著不斷飄落而下的雨，嘴唇微抿，不知怎的想到前世的最後一夜。

她對那些人的信任倚重，如這雨絲一般，無根無由，所以最終賠上了自己的命。她為何還會重蹈覆轍地這麼信任聞玉，而對他和徐先生的怪異之處視若無睹？她一心替他謀劃，殊不知自己卻也被人謀劃著。

「姊姊進來說吧。」薛聞玉開口道：「外面下雨，妳的裙襬都濕了，會受涼的。」

元瑾的目光慢慢落在他臉上。薛聞玉以為她會說什麼，但她仍然不說話，只是徑直走進薛聞玉的書房中。

徐先生還沒來得及離開，不免有些尷尬，畢竟方才若不是他提及，二小姐在外面也不會聽到。

他看到薛聞玉暗中示意，便道：「夜色已深，我先退下吧，免得叨擾了二小姐和世子爺說話。」

丫頭端了熱騰騰的薑湯進來，元瑾接過來喝了口，看到徐先生正要離開，她道：「站住，我說你可以走了嗎？」

徐先生動作一僵，又求救般地看向薛聞玉。

薛聞玉則輕輕搖頭。

他們二人不開口，是等著看自己在外面聽到了多少？

或者，賭她根本沒有聽到重要之處？

元瑾斜睨徐先生一眼，說道：「你們如果真的有事瞞我，現在說還來得及，日後若是釀成大禍，恐怕就不是這麼簡單的事了。」

他們仍然不說話，元瑾便放下茶盞。

「你們不說，那我先說吧。」她看向徐先生。「我其實早有疑惑，徐先生天才橫溢，學富五車，何以屈居做聞玉的老師，而不求前程。徐先生可能告訴我為什麼？」

「姊姊，」薛聞玉道：「這事……妳就不要再追問了吧，只當它沒有發生過。」

「我問你了嗎？」元瑾突然眼神凌厲地看向薛聞玉。薛聞玉嘴唇微動，還是閉上了嘴。

元瑾站起來，走到徐先生面前，又問：「徐先生可能告訴我，你生自山西，為何會跟著聞玉到京城來？你接近聞玉究竟是什麼目的？」她看了薛聞玉一眼，沈聲問道：「你方才說，聞玉並非我親弟弟，你為何這麼說？」

她果然還是聽到了！

薛聞玉睫毛微動，手指一根根地握緊。

雖然元瑾這般逼問，但沒有薛聞玉同意，徐先生也不敢開口。他看了薛聞玉一眼。

元瑾冷笑一聲。「徐先生若不肯說，那我也只有請國公爺來，好生把事情都問清楚。到時候是黑是白、是曲是直，就都知道了。」說完便轉身。

她這話是在威脅他們。

徐先生低聲道：「世子爺……」

薛聞玉看著她的背影，沈默了一下。

「姊姊——」他低聲喊道。

元瑾霍地轉過身來。「世子當我是姊姊嗎？」

薛聞玉一怔，胸口起伏了幾下。「妳自然是我姊姊，永遠都是。」

元瑾卻冷笑起來。「那你可知道我為了我的弟弟做了多少事？」

薛聞玉垂下眼眸，長睫落下一片暗影。「聞玉知道。只求姊姊莫要用這種語氣，我都告訴妳，不敢有一絲一毫隱瞞。」

「若我沒有誤打誤撞聽到，你要隱瞞到幾時？」

她一句比一句冷漠，薛聞玉面上露出一絲痛楚。

徐先生上前行了一禮。「茲事體大，全乃在下一力主張世子爺瞞著小姐的，還請怪罪在下，莫要錯怪世子爺。世子爺實非您父親的血脈，亦不是您的親弟弟，若是洩漏出去，只怕一損皆損，令二小姐的籌謀全盤落空，恐怕還會連累整個四房乃至薛家。此事您父親是知道的。」

元瑾雖有準備，心中仍然大吃一驚。

薛青山竟然知情？她沈吟片刻，眉頭微皺。她如何知道徐先生的話是真是假？她走到薛聞玉面前，深深地看著他。「聞玉，我曾同你說過，你有什麼事都要告訴我。現在我問你，你可還記得這句話？」

薛聞玉沈默良久，終於轉過身，燈火下但見他如玉雕鑿，寸寸都是精美的臉。

「這世上，姊姊是聞玉心中最重要的人，我自然記得，也會將一切都告訴妳。」

徐先生欲言又止。

元瑾點點頭，語氣帶著一絲堅決。「你若再瞞著我什麼，我便沒有你這個弟弟，你也沒有我這個姊姊。」

薛聞玉點點頭，心中終於放下一塊大石。

元瑾雖然得到他的承諾，卻沒有穩下心神。

她望著綿綿不斷的雨幕，突然感覺到，她即將面對的也許是一個非常複雜且隱密的事情。

元瑾隨後連夜去找了薛青山。

薛青山同崔氏剛剛睡下，燈都還沒來得及滅，就聽到元瑾前來見他。

薛青山從床上起來，披了件外衣。

崔氏已經睏得不行，勉強睜著眼睛問：「她大半夜來找你，究竟有什麼要緊事？」

「我也不知道。」薛青山說：「妳好生睡著吧。」

崔氏也知道，元瑾半夜來找薛青山必然有要緊事，可她睏得眼睛都睜不開了，勉強看薛青山走出房門，眼睛就瞇起來，片刻後已呼呼睡去。

元瑾坐在書房的東坡椅上，端茶自飲，看到薛青山進來，先定定地看了他一會兒，才將茶杯放在一旁的高几上。

「叨擾父親休息了。」

薛青山也坐下來，把披在身上的衣裳攏緊一些。「妳這時候來找我，必是有什麼急事，究竟怎麼了？」

「我是為了聞玉之事而來。」元瑾實在沒心力跟薛青山兜圈子，逕直道：「我今晚剛得知關於聞玉的一件事，著實非常震驚，所以半夜來向您求證。」

薛青山仍未察覺女兒要說什麼，只是點點頭。「妳說吧，出什麼事了？」

元瑾緩緩道：「聞玉身邊的徐先生，父親可還記得？」

聞玉身邊的先生，他怎麼會不記得？薛青山點點頭。「記得。」

「他今天剛告訴我，」元瑾說話的聲音一停，然後略低了幾分。「——聞玉並非父親的血脈。」

元瑾仔細盯著薛青山的臉色，她明顯看到在她說出這句話的時候，薛青山立刻就變了臉。

元瑾繼續說：「我實在疑惑，聞玉自小在薛家長大，怎會不是您親生的？這徐先生又是何許人也，怎麼會知道這樣的事？您能否說說這究竟是怎麼回事。」

原本薛青山的神情掩飾不住地變了，但慢慢地，他又恢復平靜。

「妳為何要知道這個？聞玉已經落在薛家族譜上，他現在姓薛——」他竟是隱隱地不想提及。

元瑾沈聲道：「父親，聞玉如今是定國公府世子，牽一髮而動全身。若是出了什麼事，誰能擔得起？我當他是親弟弟，自然要把這事情弄清楚才能防患未然！」

薛青山聽後，沈默良久。元瑾跟他們夫妻倆都不像，她果敢勇毅，膽大心細，謀定後動，所以才能幫助聞玉得到世子之位，讓他們有今天的日子。她既然知道了這件秘辛，那也許外人也會知道，若是外人知道了……

薛青山頓時不寒而慄。

良久，他終於長嘆一聲。「……十五年了，我原以為這事永遠不會再說出來。沒承想那些人終於還是找上門。」

元瑾一聽果然有內幕。「聞玉當真不是我親弟弟？」

薛青山點頭，望著跳動的燭火，似乎回憶起過去。

「當年我進京趕考，在保定結識一個年輕男子。我被路匪搶劫，是他救了我。他見我在京城沒有住處，便邀我住到他家中。那時候我覺得很奇怪，他家中雖無人經商、做官，卻十分富裕，吃穿不愁。當時他求我幫他辦一件事，我受惠於他，自然滿口答應。」

他繼續說：「可我不想他提出來的竟是叫我收養他的一個小妾，當時那小妾已有三個月的身孕，是他唯一的血脈。只是他怕情況有變，不能護自己孩兒周全，便叫我代養。並且告訴我，讓我將這孩子當作親生，萬不可走漏風聲，若是他們沒有了危險，自然會回來尋這孩子。」

「我早已將他當作恩人，聽了他的話，連夜就將這小妾帶回太原。妳母親當時知道我帶回一美貌女子，還要收做妾室，對我大發雷霆。不過那小妾已有身孕，她也無可奈何——後來，這孩子九個月出世，他母親因生他沒有了，他卻活到現在，就是妳的庶弟，薛聞玉。」

薛青山講完後，向元瑾看過來。「我從未告訴你們，是因當時答應他，一定將這孩子當作自己的。我瞧得出他的身分有些不尋常，更不敢有絲毫不遵。」

元瑾聽後震撼了許久。聞玉……原來當真不是薛青山親生的！

她這父親雖然膽小謹慎，卻是個極其聰明的人，竟然瞞了這麼久。若不是她來問，恐怕他一輩子也不會說。

「母親也不知道？」

薛青山笑了。「妳母親那性子，我是真不敢告訴她。」

的確，崔氏那性子的確不能知道，她若知道，全天下便都知道了。

她又問：「您就不知道那人是何許人也？」

那畢竟是聞玉的生身父親。

薛青山搖頭。「我的確不知道，只知道他身側有高手護衛，必定不是普通人。而後這麼多年，他們都沒來找過聞玉，我甚至還派人去保定打探過，得到的結果是那裡無人居住，早已破敗。我便想著，恐怕當真是遭遇了不測……從此以後，我便將聞玉當作自己的親生孩子養大。而那位徐先生，恐怕正是他們的人找回來了。」

薛青山大概也沒想到，對方會突然找上門來。畢竟他已經等了這麼多年，對方卻毫無音訊，還以為此生都是這樣，沒想到又突然有了消息。

況且找上門來都不告訴他，只是默默地留在聞玉身邊，卻不知道究竟是什麼意思？

薛青山想了想，又問：「既然他找回來了，應該有他的目的，他現在在何處，我同妳一起去見見他。」

這麼大的事，他也不放心女兒一個人去辦。

元瑾也想跟著薛青山一起去，還能看看徐先生的話是否屬實，便等他整理好衣著，父女兩人一起去了薛聞玉的院子。

「方才，我已經從父親那裡知道聞玉的身世了。」元瑾看向徐先生。「但是，我們還有很多問題想問。」

薛青山則問：「我想知道這麼多年了，他是否還活著？為何一直不來找聞玉？」

這個他，指的自然是薛聞玉的生身父親。

徐先生聽了沈默，接著才開口。「他並沒有活下來，在您帶走世子爺的那一年，他就死於旁人之手——正是因為他沒有活下來，所以我們不知道世子爺的下落，才一直沒來找世子爺。」

薛青山聽了，表情一時有些怔忡。

大概是想起自己這位昔日的友人，沒想到再次聽到竟然已是死訊。

不過聞玉的生身父親已死，卻是元瑾早就猜到的，否則都這麼多年了，他們又怎麼會突然回來找聞玉？

只有一種情況，聞玉是那人唯一的遺脈！

「既然如此，聞玉的生身父親到底是誰？」元瑾直接問出她最想知道的問題。

徐先生道：「二小姐，並非我存心不讓您知道，而是您知道了也沒有好處。您只需要知道，世子爺的生父亦不是個普通人就是了。我們也絕不會對二小姐和薛家有任何不利之圖，只會盡心盡力輔佐世子爺。」

薛聞玉卻抬頭，突然出聲。「好了，徐先生，既然都說到這裡，剩下的我也不會瞞姊姊。」

徐先生聽了，神色有些不對，低聲勸道：「世子爺，請三思！」

他原想讓薛聞玉說的不過是非親生這一點罷了，畢竟這麼重要且隱密的事，怎能全告訴旁人！

薛聞玉卻不管他的阻止。「我會將事情說清楚，但是此事我只能告訴姊姊——」他的目光看向薛青山。「還請您見諒。」

薛青山有些訕訕的，他將薛聞玉當兒子養了十多年，還比不過元瑾養半年的。

不過他性子平和，也知道這時候事從權宜，讓女兒知道再說，便依言先退了出去。

等薛青山出去後，元瑾才看向兩人。

「我的身世是我被選為世子後，他才告訴我的。」薛聞玉的表情已經很平淡。「一開始我也不信，因為我不願承認自己不是妳的親弟弟，但我的理智告訴我，他說的是真的。」他轉向徐先生。「你來說。」

徐先生見迴天無力，才無奈開口。「我不想告訴二小姐，當真因這事——不適合告訴您。」

「你且說就是，適不適合我會判斷。」元瑾讓他繼續。

「世子爺的生父的確不是普通人。若是說給二小姐聽，您必然覺得荒謬。」徐先生道：「我也不是普通先生，而是一個家族中的幕僚。我們已經找了世子爺很多年，但是都一無所獲。直到半年前發現了重要線索，才終於在貴府找到世子爺。我們當時在薛府周圍尋了很多人問，確認了世子爺的生母被帶回去的時間，以及世子爺出生的時間，再對照世子爺同他生父的畫像，才終於確定是他。

「當時知道您在為世子爺招老師，我便乘機混了進去，將很多事告訴世子爺。他一開始也不信，甚至非常反感。」徐先生露出些許苦笑。「其實直到現在，世子爺都沒有答應或承諾過我任何事。」

元瑾卻敏銳地抓到他話中的不尋常之處。「你說你乘機混進來，那聞玉身邊可還有別人是混進來的？」

徐先生點頭。「薛維也是。畢竟我們實在放心不下世子爺獨自在薛府，萬一他有什麼差池，我們恐怕就前功盡棄了。」

「說到現在，聞玉的生父究竟是誰，你卻還沒有告訴我。」元瑾道。其實在徐先生說的時候，她已經隱隱有了一種預感。這樣慎重和精密的照顧、保護，薛聞玉的出身必然不一般，但他們卻沒想過將他帶回去，那只能說明他出生的家庭其實非常凶險，甚至凶險和貴重得超過了定國公府！

普天之下，如此重視血脈又這般凶險的——

除了皇族外，絕不會有第二個！

徐先生繼續道：「當年，世子爺的生父是家中唯一的嫡子，只是他的母親被庶長子的族人所害，他便從此流落至民間。而這庶長子的族人，從未停止尋找過嫡子，後來終於讓他們找到並除去了他——但是他們並不知道，這嫡子還留下唯一的血脈，便是世子爺。」

元瑾聽到這裡，似乎有所感覺。

她對皇族的一切人事瞭如指掌，正在腦海中飛快回憶，究竟有哪段事能和徐先生說的對上。

她突然想起了一件事！

這是當年太后跟她講過的事。

太后說在她之前，其實先皇還有一個皇后，只是這個皇后的家族被人誣陷，說是蓄意謀反，不僅家族被皇帝所平，而且皇后本人也被幽禁冷宮，賜了毒酒。

當時皇后本還生有一個八歲的太子，那件事後，這太子也莫名其妙消失了。

太后一直懷疑，當初誣陷皇后族人的，其實就是當今淑太后的族兄。

太后一直想尋找這個太子，畢竟他才是真正的大統。但實在年深日久，她又未曾參與當年之事，還被朝事所累，所以並沒有尋找到這個太子的下落。

徐先生所說之事，和太后親口告訴她的事太像了！
元瑾的心中突然有了種莫名的戰慄。
難道……聞玉其實是那太子唯一的血脈？
其實是她無意中遇到太后找了許久的人？
「所以聞玉的生父其實是……」徐先生的語氣一頓，似乎很猶豫，終於還是下定決心，看著元瑾道：「那位流落民間的嫡子——前朝的太子殿下。」
他本以為元瑾會震驚或是慌亂失措，沒想到元瑾卻站起身，走到薛聞玉面前，將他的臉打量很多遍。
她見過那幅太子畫像，只是從未將聞玉和這種事情聯想在一起。如今仔細看聞玉，果然跟那畫像有幾分相似。
她的手指微微顫抖，知道自己一直等待的時機到了！
其實太后一直都不喜歡當今皇上，她本就想找回太子，繼承皇位，可惜無果，才不得已立了當今皇帝。
而太后找了很久的遺脈如今就在她面前，他才是皇室正統，才是能繼承大統之人！
元瑾的眼眶瞬間有些濕潤，並不只是因為薛聞玉的身世，而是她找到了太子遺脈，找到了太后的遺願！
她轉向徐先生，問道：「先生方才說你出自某個世家，能否告訴我，現在究竟是誰在找聞玉？你們究竟有什麼目的？」

徐先生的神情又為難起來。「這背後勢力卻又不好說。您只需知道，是不滿當今皇帝統治的人，他們想要擁護世子爺登基……只是我早已同世子爺說過這件事，他卻沒有同意，世子爺顧慮的不僅是前路，還有您……」

薛聞玉再次提醒道：「先生，對姊姊可知無不言。」

元瑾則淡然道：「先生不告訴我，無非是怕我不理解、不支持這樣的事。但我告訴先生一句：聞玉是我的弟弟，永遠都是。無論何事、何地，我都支持他。先生只有言無不盡一條路，只有告訴我，我才知道其中的可能性。」

徐先生被元瑾後面這句話嚇了一跳，然後瞬間，他又激動起來。

聽起來二小姐對這件事並不恐慌也不排斥，不僅不排斥，看她剛才的神情，似乎對前朝秘事了然於胸，並且是支持這件事的。

雖然他不知道二小姐為什麼會支持這樣的事，但如果二小姐同意的話，世子爺必然也不會再反對了！

徐先生整理思緒，飛快道：「我便是出自先皇后娘娘家族程家之後，而薛維則是貴州土司的人。支持世子爺的勢力還有幾個邊疆武將，以及曾經在西北侯手下的舊部們，他們對西北侯心懷敬意。西北侯一代英雄，為國盡忠，卻被奸人所害，因此他們也心存不忿，希望世子爺能繼承皇位。我跟薛維入京後多有不便，他們還時常幫忙。」

元瑾聽到他的話一怔。

父親的舊部們竟然也在暗中促成這件事！原來還有人記得蕭家、記得西北侯，還有父親的舊部，一直想著給父親報仇雪恨。

她一直以為自己孤軍奮戰，無數次幾近絕望，到了這一刻，她才發覺並不是。

元瑾心懷激盪，眼中一熱，怕被他們察覺出什麼，轉身來回踱了幾步，在心中幾經衡量，平靜下心緒，抬頭問道：「為何貴州土司的人會參與這件事？」

這些土司雖然強盛，但向來與朝廷隔絕，怎麼會關心政事，參與皇位之爭？

這件事徐先生也不知。「我問過薛維，他也不知道，只說有一股神秘的勢力，將苗疆土司也捲入其中。」

說完後，徐先生又道：「二小姐，世子爺的生父、祖母和原家族，慘死於這些人之手，他要復辟皇位是理所應當的。且當今皇帝昏聵無能，任用奸人，迫害賢良，惹得朝中勢力不滿，這更是世子爺的一大助力。自然，世子爺若怕前路危難不願去做，我們亦不能強迫他，畢竟這件事未必會成功，道阻且難，只能伺機而動。」

這些元瑾都是知道的。

想把一個流落民間的皇族推上帝位，也絕不是一件簡單的事。甚至說，是難如登天！

「你們對聞玉忠心到什麼地步？」元瑾仔細問。

徐先生想了想，肯定地道：「我們留在世子爺身邊的都是死士，至死都會效忠世子爺。

而其他幾方勢力，二小姐更不必擔心，若世子爺立刻決定這麼做，他們便會用盡一切辦法幫助世子爺。」

元瑾當然願意幫助聞玉去做這件事，她甚至為此而激動、戰慄。只是這是一件艱難的事，需要小心謀劃。畢竟他面對的對手不只是皇帝，還有當今太子朱詢，甚至還有靖王。

尤其是後面兩人，都不是省油的燈。

最重要的是，還要看聞玉自己是怎麼想的，他若是不願意，元瑾自然也不會勉強他。

元瑾走到薛聞玉面前，想了想才說：「聞玉可願意？你若不願意，我們也絕不再提此事。」

薛聞玉靜靜地看著元瑾。

方才那一幕，他其實看得出來姊姊是高興的。她居然願意自己去做這件事，雖然他並不知道為什麼。

但只要她喜歡，他就會去做。

不過是爭奪帝位而已。

「如果姊姊喜歡，我會去做。」薛聞玉低聲說。

元瑾笑著搖頭。「聞玉，不要看我的喜好，你要問問自己喜不喜歡——你想不想奪回你父親的帝位，想不想成為萬人之上的人？」

萬人之上，就是想要什麼有什麼。能保護所有自己想要保護的人，能得到自己想要的一切東西。

薛聞玉記得，徐先生跟他說過這句話。

「我是喜歡的。」薛聞玉輕輕地說。他看著元瑾，又問：「姊姊還是會一直在我身邊幫我做這件事？」

元瑾笑了。「我自然會一直幫你。」

實際上這是她現在覺得最重要的事。不只是幫他，更是幫她自己。

徐先生等姊弟倆都說完，才道：「那我們就要合計一番，究竟應該如何做。眼下就有一件非常棘手的事。」

元瑾看向他。

什麼棘手的事？

第三十六章

「本來我們為了世子爺的安全，並不打算讓他這麼快就接近皇家，無奈世子爺被選入金吾衛。聖旨已下，也無法抗旨不遵……不過二小姐不必擔心，我們在金吾衛是有人的，可以照顧世子爺一二。」徐先生道。

元瑾聽出他話中涵義。

徐先生其實想說他們也是有籌謀的，絕非簡單地接近聞玉。本來現階段他們要做的事就是保障聞玉的安全，不要輕舉妄動，這也是最合理的。眼下皇帝執掌大權，靖王手握重兵，而朱詢也絕不是省油的燈。他們若是冒頭，自然是死無葬身之地。

其次，徐先生說他們在金吾衛有人，那也是在告訴她，他們的勢力可能比她想的大一些。

政治本就是錯綜複雜，表面上花團錦簇、一片祥和的朝堂，內裡肯定藏著很多秘密，徐先生自然不會一一跟她這個小姑娘道來。

雖然元瑾還想知道更多，但徐先生未必會再告訴她。

他這樣的態度，元瑾反倒放心一些。若真的什麼都對她說，才是不可靠的。

「既然徐先生早有準備，我自然放心。想必徐先生也累了，今兒先回去歇息吧。」元瑾說罷叫了小廝進來。「送徐先生回房。」

徐先生卻看向薛聞玉，神情欲言又止。

見薛聞玉輕輕對他點頭，他才放心一些，隨著桐兒離開了。

元瑾自然也看到他們倆之間的動作，問道：「他這是想讓你對我有所保留？」

聞玉居然還點頭了？

薛聞玉就笑，說道：「姊姊放心，我對妳肯定是知無不言的。」

既然元瑾最在意的點已經知道，且她好像沒有對他有所疏遠，其他的薛聞玉根本就不在乎。元瑾是他最信任的人，他自然不會對她有絲毫隱瞞。

元瑾諒他也不會瞞自己。

她讓桐兒去尋了圍棋過來。她已經許久沒有同他一起下過棋了。

元瑾擺好棋盤，將黑子遞給薛聞玉。

「以後我每日吃過晚飯，便來教你下棋吧。」

其他事她不敢保證，唯有棋這事，她敢確定這天底下沒有幾個人能比得過她。畢竟她師承的是當年聞名天下的圍棋聖手，前翰林院掌院學士。

圍棋能鍛鍊心智、陶冶情操，更重要的是，他現在周圍肯定不簡單，她更得時時看著他，免得他這裡又出什麼她不知道的么蛾子。

薛聞玉何其聰明，怎會猜不到元瑾是要加強對他的監管。自然，他是肯定不會提出反對意見的。

兩人下著棋，元瑾發現薛聞玉的棋藝竟然又有所精進。分明這一個月來，她同他下棋的次數也不多。

薛聞玉落下一子，開口道：「姊姊問吧。」

她應該有很多想問的吧。

既然他同意了，元瑾便不再客氣。

「這些人的事，你究竟知道多少？還有，他們可有告訴你，他們到底有什麼打算？」

薛聞玉說：「他們其實並未告訴我太多，徐先生只告訴我，現在還不是時機，他們不會輕舉妄動，也在等。」

「等什麼？」元瑾又問。

薛聞玉想了想。「政局的變數。」

元瑾的手指輕輕摩挲著棋子光滑的表面。

如今政局還能有什麼變數？自然就只有靖王了。

從聞玉世子封位一事上，能看出其實太子與靖王早已不和。而太子代表的是誰？還不就是那位紫禁城正主。靖王和皇帝之間恐怕必有一爭。

徐先生他們等待的應該就是這樣的時機。

兩方相鬥，必有一傷，只是不知道究竟是什麼時候？

她囑咐薛聞玉。「你凡事小心為上，有什麼解決不了的事，一定要告訴我。」

薛聞玉略挑了挑眉，看元瑾神色鄭重，便笑了笑。「我知道。」他又接了一句。「姊姊放心，他們比我更怕我死。」

他這時候的眼神讓元瑾想起了朱詢。那是一種屬於上位者的沈著和從容。

元瑾突然覺得，假以時日，這弟弟必然會成為人中龍鳳。

元瑾回到鎖綠軒時，薛青山還在等她。他還等元瑾和他說聞玉的身世之事。

只是元瑾知道了後，卻覺得不宜告訴薛青山。這樣的事，知道的人越少越好，且正如徐先生所說，其實普通人知道了並沒有什麼好處，反而徒增累贅。

她只能告訴薛青山。「……他們也並未告訴我確切的事，只知道聞玉的生父顯貴，只是家族已經不復存在，聞玉是不能再回去了。但是他們會留在聞玉身邊保護他。」

薛青山雖然是個懦弱之人，但並不愚蠢，也不像崔氏那樣好騙。

他知道女兒的話中有疑點，但女兒咬死不承認，他也問不出什麼來。最後只是嘆息道：「……總之，若有什麼問題，一定要來找爹爹，知道嗎？你們二人畢竟都還小，遇到事情不要逞強。」

元瑾一時有些動容。薛青山平日沈默，但對孩子真是極好的。

她笑著點頭，親自送了他出去。

薛聞玉進入金吾衛的第二天，正是薛讓去京衛赴任的日子。

今日薛讓即將去京衛赴任，家中來了幾個同僚好友為他餞行，老夫人便在花廳略擺了薄酒，請了同住在鳴玉坊的國子監祭酒宋家的夫人和小姐過來吃飯。

因忙聞玉的事，元瑾還沒來得及去找陳先生，想著等過了今日宴會再去找他。

此時已至冬日，雪正是將落未落時，又乾又冷。

屋內雖然燒了暖和的地龍，但元瑾怕冷，還抱了個手爐暖手。

薛聞玉挑簾進來，臉色在外面凍得玉白，因為一進屋就是暖流，他還被衝得握拳低咳了幾聲。元瑾便摸了摸他的手，果然凍得像冰一樣，就把自己的手爐給他。

薛聞玉道：「姊姊用吧，我何至於用這個！」

「你不懂，手暖腳暖，便是全身都暖和了。」元瑾硬是將手爐放在他手上。

薛聞玉還想拒絕，但手爐上熏著元瑾身上淡淡的香味。他一聞到這味道，便沒有拒絕地握住了。

果然，從掌心一直暖到身上。

元瑾笑咪咪地道：「你們這些男子就是愛逞強，暖暖和和的有什麼不好？」

薛聞玉就笑道：「姊姊這話說的，還有誰跟妳逞強過不成？」

元瑾聽到他這麼說，一時怔住。

當年朱詢習武的時候，也是大冬天的從不燒地龍和暖爐，只穿件薄棉衣，她勸他的時候，他說自己身子硬朗挺得住，結果凍三天得了風寒，頭疼腦熱半個月才好。從此老老實實地燒地龍並且保重身體，還感悟似地對她道：「人啊，還是暖暖和和的好。」

她那時候差點笑出眼淚。

她笑容微收，道：「……便是你罷了。」接著又說起別的話題。「你在金吾衛中可艱難？」

薛聞玉道：「我暫未正式上任，而是跟著金吾衛的副指揮使學習，所以並不難，只是手底下的人的確並未把我當回事罷了。這也正常，慢慢來就是了。」

這本來是早就預料到的，他進入金吾衛，肯定不能服眾。元瑾看聞玉眼下微青，就知道其實不如他說得那般輕鬆，只是不願意讓她擔憂罷了。

兩人正說著話，就有丫頭通傳，說老夫人請他們一起去正堂。

元瑾穿了件綢面纏枝紋的厚斗篷，和薛聞玉一起出門。

薛元珍正帶著幾個丫頭在剪花枝。

她一向喜歡摘些花花草草，以前在太原就是如此，很有閒情雅致。

她旁邊還站著一個陌生的、約莫十四、五歲的小娘子，身穿粉紫色的杭綢面夾襖、湖藍色馬面裙，生得嬌俏水靈，身段也極好，應當就是宋家的小姐了。

宋家小姐指著枝頭，笑著對薛元珍說：「元珍姊姊，妳快看那枝，那枝好看！我們要那枝吧！」

薛元珍正要叫丫頭去剪，就發現元瑾站在一旁看著她。她笑著對元瑾招招手。「妹妹可算過來了，來一起剪花枝吧！」

宋家小姐聽到薛元珍的話，便回過頭看。

只見一個長得極美的少女穿著件紅色斗篷立在那裡，她背後是個形貌昳麗、容貌極為出眾的少年，玉刻般精緻典雅的五官，卻有種冷然的氣質。他比那少女高了大半個頭，穿著一件玄色斗篷，越發顯得高眺。

這少年的眼神落在她身上，她竟然一下就紅了臉。

畢竟這少年風姿奪人，實在迷人心神。

「這位是宋家小姐吧？」元瑾先笑問。

薛元珍才給兩人介紹那少女，果然正是宋家三小姐，緊接著她又向宋三小姐介紹元瑾。「這是我二妹。」

說完又介紹薛聞玉，只不過因男女有別，便只說：「這是我們定國公府的世子爺。」

宋三小姐喊了元瑾一聲姊姊，然後再看向薛聞玉，眼睛亮亮的，聲音輕了許多，屈身道：「……世子爺安好。」

薛聞玉對外人一向冷淡，所以只是對宋三小姐略微頷首，對元瑾道：「……我先去正堂了。」

隨後帶著小廝走了。

那宋三小姐有些失神地看著他的背影。

元瑾注意到這位宋三小姐的異樣，她又看了薛聞玉的背影一眼。

不知不覺地，聞玉竟已長大了。小時候只覺得長得好看，如今卻是俊美迷人，她已經很多次看到小姑娘對著聞玉臉紅了。

她們一行人前往花廳，宋三小姐回過神後，開始向薛元珍旁敲側擊地打聽起來。

「……我看姊姊今年不過十六，元瑾姊姊年紀也不大，不知世子爺今歲幾何了？」

薛元珍也看出一些端倪，笑道：「他是我們的弟弟，今年十四了。」

宋三小姐聽了便有些出神。原來跟她正是同齡，男孩這時候長得快，薛聞玉個子抽得高，她還以為有十六、七了。

元瑾覺得這次似乎有點不同尋常，這位宋三小姐好像真的對聞玉動了心思，不然一個姑娘家，何至於這樣打探起來？

三人踏入堂內，就見裡頭老夫人、崔氏和一個衣著富貴的陌生婦人正相談甚歡。

老夫人一看到三位姑娘進來，笑著對她們招招手。

「阿瑾可算是來了，快過來見過宋夫人。」

原來這位就是宋夫人。

元瑾走過去，給宋夫人屈身行禮。

老夫人拉著她的手，將她帶過去，對宋夫人道：「我是老了，多虧還有這伶俐的孫女陪著，才不覺得日子難熬。有朝一日她若被人求了去，真不知道老身該怎麼辦才好。」

宋夫人笑著將元瑾上下打量一番。「二小姐果真是花容月貌。一家有女百家求，老夫人恐怕很快就要犯愁了。就是不知二小姐可會女紅、灶頭、管家、算帳？還有，可曾讀過什麼書？」

崔氏也在旁坐著，聽到宋夫人的話後，不停給元瑾使眼色，肯定想讓她說什麼都會。

雖然實際上，元瑾的女紅和灶頭讓人一言難盡。

元瑾聽著宋夫人的語氣似乎有點不對，就笑道：「我女紅、灶頭一般，管家、算帳不好說。書本略懂。」

其實元瑾的算術非常厲害，且她博覽群書，學識也不錯。但現在她只是個庶房小娘子，沒怎麼進過學堂，自然不能說太多。

宋夫人聽了，笑容就有些勉強，畢竟很少聽到姑娘這麼坦誠地評價自己。

崔氏在旁聽了，很是痛心疾首。女兒怎麼就不按照她的指示來做呢！

她暗暗瞪了女兒一眼，同宋夫人笑道：「她是謙虛罷了，其實都還行的！」

元瑾聽了嘴角微動，但仍然什麼都沒說。

老夫人爽朗地大笑起來，輕輕拍了元瑾一下，替她解圍道：「妳啊，倒知道祖母捨不得妳的心。」

等入了席，元瑾才低聲問崔氏。「妳們剛才究竟在說什麼？」

崔氏才告訴她，原來宋夫人的嫡次子正當齡，她欲給兒子尋個好婚配。老夫人也有心替元瑾找一門好親事，故這次才請宋夫人上門，想將元瑾許配給這國子監祭酒家的二公子。國子監祭酒雖然只是四品，但其掌大學之法和科舉考試，實權極大，且在讀書人中聲望頗高，日後很可能擢升六部侍郎。且清流素來名聲上佳，不參黨爭，他們家的嫡次子據說敏而好學，頗有才華，自然是一門好親事。

就方才來看，這門親事是肯定不會成的。像宋家這樣的書香門第，比其他家族更在意姑娘正統的出身和女德。如今元瑾雖是定國公府小姐，但畢竟是收養，本身只是太原小門戶所出，身分不夠高。

宋夫人方才的表現，明顯就是沒有瞧上她。

自然，元瑾也並未想在這時候跟什麼國子監祭酒家的公子成親。

崔氏有些惋惜。「妳方才說都精通，日後再下工夫練習不就得了嗎？這樣一門好親事……」

元瑾淡淡道：「我還沒及笄，您何必著急這個？」

崔氏聽了，卻不同意她的觀點。「妳以為妳還小嗎？人家一般十四、五歲就訂親了，拖到十七再不訂親的，就會被旁人指指點點，說妳有問題了。」崔氏又想了想，腦子一轉。「或者，薛元珍與魏永侯爺的婚事，妳也不是不可以爭取……」

元瑾看了她一眼，警告道：「絕對不行，您可千萬別動什麼歪腦筋。」

崔氏成天究竟在想什麼！

崔氏卻覺得可惜。「魏永侯爺可比這國子監祭酒更富貴，那可是侯夫人的位置……」

元瑾兀自吃著菜，不理崔氏了。

崔氏向來便對這種事火燒火燎的，生怕她嫁不出去一般。方才老夫人看宋夫人的神態，就知道宋夫人已經無意，便提都不提了，她卻還在說個不停。

這種事既然不成，自然點到為止，也絕不會說明白，免得傷了姑娘家的臉面。大家能心領神會就行。

雖是如此，但遇到這樣的事，總是讓人有些心煩。

元瑾現在還不想嫁人，只是她的確快要及笄，女孩兒過了十六，最多十七，再不訂親就要被人說閒話，所以她仍然是需要訂親的。

不過即便訂親，她也要選一個自己喜歡的。她並不想嫁侯爺或者書香門第的嫡子，只想嫁個普通人。並非她不喜歡富貴權勢，而是上輩子受夠了身邊之人的爾虞我詐，只希望能同一個普通人白頭偕老，歲月靜好，而他永遠不會背叛她。

元瑾想到這裡，腦海中卻突然出現陳先生的身影——端然而坐，寧靜平和，還有他攤開手任她將玉珮拿走的樣子。他的神情有些縱容，又似乎還有一絲寵溺。

可能……大概就是這樣的吧……

元瑾搖搖頭，暫時把這種想法趕出思緒。怎麼會突然想到了他！

吃過午膳，薛元珍帶著宋三小姐走過來，邀請元瑾一起出去玩。

薛元珍笑道：「咱們正堂外有個泉眼，冬天都冒著泉水。宋三小姐想過去看看，妹妹同我們一起去吧。」

宋三小姐的眼睛亮亮的。「元瑾姊姊一起去吧！」

元瑾方才已經知道了，這位宋三小姐名喚宋思玉。這名字倒是巧了，和聞玉極有緣。不過正堂是男眷吃飯的地方。想想剛才宋思玉的表現，不難猜出她的真正心思，恐怕是想去看聞玉的。

盛情難卻，元瑾答應了。看到宋三小姐似乎立刻就要往外走，元瑾笑道：「這樣的寒冬去水邊可是極冷的。三小姐抱了手爐、披上斗篷，咱們再去吧。」

宋思玉方才一心想著去正堂，根本沒注意到，經元瑾一提醒，才發現自己竟連手爐都沒有抱，甚至披風都沒披，才跑回去抱了手爐，紅著臉對元瑾說：「多謝姊姊了。」

因方才的事，一路上宋思玉很熱情地和元瑾交談。「……姊姊是世子爺的親姊姊？」

元瑾點頭，宋思玉就眨了眨眼睛，對她更親熱了。

「我方才聽說，姊姊似乎要和我家二哥說親？說來我家二哥只比姊姊大兩歲，倒是十分合適。姊姊花容月貌，二哥見了一定喜歡！不如改日我叫他過來……」

宋思玉想的是，元瑾若和她哥哥成了姻親，來往就更密切了，她自然也能多見見那個美少年。

宋思玉的婆子聽她這麼說，有些著急，立刻低聲提醒。「小姐，這婚配的話可不能亂說！」

夫人就這麼一個女兒，因此極其寵愛，所以宋思玉的性子才活潑開朗。

但方才便能看出夫人已經對這門親事無意，三小姐怎能說這樣的話，惹得人家定國公府二小姐誤會了怎麼辦？

元瑾聽了笑笑。宋思玉這小姑娘直來直往，這心思也是昭然若揭。

宋思玉不過是聽聞她是聞玉的姊姊，所以想親近她一些，便是親哥哥都能拿來用用。

不過人家宋夫人並沒有看上她，宋思玉恐怕要白費力氣了。

眾人走了約半刻鐘，便到了正堂的泉眼。泉眼外有幾株高大的蒼柏掩映著，還佈置了假山、魚池、石桌、石凳。

只是這泉眼所在的地方，其實離正堂還有些遠。

「妹妹快過來看吧！」薛元珍道：「泉眼裡還養了一些錦鯉，我叫丫頭去拿些魚食來，妳餵著玩。」

薛元珍自然要對宋思玉好，她哥哥可是要考科舉的，而宋思玉的父親正是國子監祭酒，這簡直是得天獨厚的條件，她要好生利用。

只是宋思玉的心思根本不在泉眼和魚上面，所以隨意地掃了眼那魚塘，就笑著跟薛元珍道：「這裡的確很冷，我看前面那花也開得好，不如我們還是去看花吧。」

那些花就種在正堂外。

薛元珍猶豫片刻就答應了。

元瑾則走得有些累，便讓她們二人去，她在這裡一邊餵魚一邊等。

一會兒丫頭拿了魚食過來，元瑾就將魚食掰碎，撒在水池裡，看到一條條的紅色錦鯉聚過來，爭相搶食。

元瑾喜歡養動物，她之前在慈寧宮養了一條京巴狗、一對珍珠鳥、一隻小鳳頭鸚鵡，以及一池子的魚。個個都被她養得體肥圓滾，油光水滑。

她正撒下一把魚食，背後突然傳來一個聲音。

「妳在餵魚？」

元瑾回頭，就看到裴子清站在身後看著她。

今天定國公就要去京衛上任，他是定國公的好友，自然是來給定國公餞行。

只不過，他是什麼時候站到自己身後的？

「裴大人怎麼沒在裡頭喝酒，反倒到這裡來了？」元瑾回過頭，又撒了一把魚食進池子裡。

「裡頭燒的地龍悶熱，我出來透透氣罷了。」裴子清也走過來坐下看她餵魚。她餵魚的方式很仔細，掐一點魚食，仔細地揉碎，再均勻地撒在水面上。這樣的動作又似曾相識。

裴子清有些出神。

太液池裡養著許多錦鯉，丹陽時常靠著欄杆餵魚，身上遍地金的裙子散落在長凳上。她一邊和他交談，一邊將雪白的手腕伸出去，那時手肘上鏤雕西番蓮的金鐲子滑落下來，映照著水面餘暉，襯托著她白皙中略帶冷淡的面容，宛如一幅嵌刻在金碧輝煌宮中，濃墨重彩的美人畫。

她彷彿生怕噎著了魚兒，細細地將魚食揉碎再撒下去。

裴子清眼睛微瞇。「我覺得妳很像一個人。」

元瑾心中突然咯噔一聲，回過頭看他。

就見他沈默地盯著水面良久，手裡還拿著一小塊魚食揉來揉去。

這貨怎麼了，喝多了？

「裴大人這話是什麼意思？」

「隨口說說罷了。」裴子清也將手裡的魚食撒入池子裡。「妳在這裡餵魚卻一副悶悶不樂的樣子，可是發生什麼事了？」

他果然是喝多了……神智不清。

元瑾就說：「我在這裡餵魚，自然怡然自得，哪裡煩悶？」

裴子清正想繼續說，就聽到外面傳來丫頭的交談聲。

「夫人讓我們來找小姐回去，卻不知道小姐去哪兒了……」

那聲音又一頓，接著說：「姊姊可看到方才那崔氏了？可當真是個沒見識的婦人。咱們夫人就算真的看上二小姐，也會因她算了。」

因這泉眼周圍蒼柏掩映，若不是熟悉的人，是不知道裡頭還有個泉眼的。所以那兩個丫頭並不知道這裡有人，反而開始肆無忌憚地說起剛才席間的事來。

另一個聲音有些不屑地道：「那二小姐長得雖美，原出身卻太差。咱們二少爺出身世家，滿腹經綸，她怎麼配得上咱們二少爺！」

兩個丫頭說完這幾句後，見這裡沒人，就去前面尋找她們家小姐了。

不難聽出這兩人是宋家的丫頭，而且還說宋夫人沒看上她的事。

元瑾的臉色變得有點不好看，她雖然知道是這麼回事，也不在乎，但是在裴子清面前被聽到，還是有些丟人。

裴子清卻笑了笑。他笑起來的時候如書卷展開，有種格外舒服的感覺，驅散了他周身的陰鬱。

「這就是妳不高興的原因？」他問她。「她們看不起妳？」

元瑾卻抿著嘴唇，不想說話。

「說的是哪家公子？」裴子清又笑。「不用不好意思，我不會說出去的。」

元瑾忍了又忍，才勉強按捺著聲音道：「裴大人雖然有閒心，這樣女兒家的事也要過問，但是礙於我的名聲，不能告知您一二。我還有事，不能奉陪了。」

她一刻也不想留下來，說罷屈了身就走人。

裴子清笑著看她。

小姑娘和丹陽實在很像，性格甚至一模一樣，生氣時都是這般驕氣。

他看著便覺得舒服，彷彿丹陽就在他面前，他如何能不喜歡？

元瑾房中的丫頭紫蘇卻逗留一下，怕二小姐就這樣走了，裴大人會不高興，屈身向他解釋道：「裴大人莫怪我們小姐，今日宋家夫人只是過來作客，亦不是真的談婚論嫁，那兩個丫頭說的也非真的。只是我們小姐聽了難免生氣，沒有別的意思。」

裴子清道：「我亦不怪她。」

「如此奴婢便退下了。」紫蘇含笑退下。

裴子清卻看著元瑾遠去的背影怔了怔。

他不是沒見過小姑娘對旁人的樣子，一向溫和有禮，唯獨對他總是一副凶巴巴又不想理會他的樣子。但他卻偏偏一見著她就心情舒暢，和當年跟丹陽在一起時一模一樣。

所謂宋家夫人，應當指的是住在鳴玉坊的國子監祭酒宋家吧？那宋二公子雖然不錯，但不過是凡夫俗子罷了。小姑娘這般空靈脫俗，性子又有趣，配這二公子卻是浪費了，配他還差不多。

裴子清把玩著桌上留下來的，一個用來裝魚食的豆青釉小碗，心中突然有了個念頭。

配他？

他怎麼突然想到這個？

不過要是……他娶了她呢？

這個想法剛一浮上心頭，裴子清的心就猛地跳動起來。

他娶她……這怎地不是一個好主意呢！

他因為在丹陽身邊，一直到如今都沒有成親，拖到現在已經二十六。他身為錦衣衛指揮使，想嫁給他的人自然如過江之鯽，絡繹不絕。母親催促他，媒人踏破了他家的門檻，但他一直沒有興趣。

但是薛四娘子這般像她……或許是上天見他失去丹陽，所以才讓一個和丹陽如此相似的人出現在他面前。

且和丹陽不一樣的是，她現在很弱小，需要他保護。

丹陽出事的時候，他沒有來得及保護她。但是現在，他可以彌補在她身上。

他身為錦衣衛指揮使，自然比什麼宋家二少爺強數倍，能給她一輩子的錦繡榮華，讓她不必受任何風雨驚擾，還能夠揚眉吐氣，高嫁一回。

裴子清越想此事，心中便越發肯定。

他當真是想要娶她的。

他手指微動，既然想做，那就應該趕緊做！

應該先回去同母親商量，看是不是應該找個人來提親才是。

第三十七章

元瑾卻未察覺到此事，她正想著明日去見陳先生，是不是該給他帶點什麼？畢竟要請人家做聞玉的老師。

眼下已經知道他不窮困，自然不能和以前一樣送銀子。文房四寶什麼的又太過常見，最後元瑾決定親自下廚，給他做幾道精巧的點心。

一聽說她要下廚後，對她的廚藝極為了解的柳兒和杏兒卻嚇了一跳，很含蓄地勸她。「小姐想吃什麼，吩咐我們去張羅就是了，何必自己下廚呢？」

元瑾看一眼她們忐忑的神色，就知道她們在想什麼。「妳們別擔心，我來京城之前，跟著灶上的媳婦學過幾道做點心的手藝，眼下做的應當還是好吃的。」

說罷她挽起袖子，準備洗手作羹湯。

杏兒低聲問：「柳兒姊，咱們怎麼辦？」

柳兒低聲回道：「見機行事。」

於是等元瑾在廚房裡準備和個麵，柳兒便勤快地從她手裡接過去。「小姐您調餡就行了，這個費力，讓奴婢來。」

她想炸個果子酥，杏兒就把鍋鏟從她手裡拿走，笑著說：「油太燙了，二小姐給我，我幫您炸就是了。」

元瑾頓了頓，覺得整個小廚房都挺忙碌的……除了說要親自下廚的她。

到最後，她只做了些包餡、擺盤的工作。可能因為大部分都不是她做的，嚐起來竟還挺好吃的。

元瑾嚐過後很滿意，讓柳兒她們把點心包起來。

「我說了，我做的味道還可以吧？」元瑾有了些廚藝上的自信，決定以後要多下廚。

柳兒她們只是笑著應是，將東西包好。

元瑾又拿了兩支老夫人賞的十年參，才和崔氏一起出門。

今日崔氏要去薛家探望薛老太太，元瑾正好同她一起，只是在十字路口就要分開。

「妳不是要跟我一起回去看妳祖母嗎？這是要去哪兒？」崔氏納悶，看了看她手裡的人參。「這不是給妳祖母的？」

元瑾道：「女兒聽說這附近的靈雲寺求姻緣很靈，所以才想去拜拜。您放心就是，這不是還有柳兒跟著嗎？」

崔氏一聽說女兒是去求姻緣的，立刻就不反對，面上還出現幾分欣慰。「妳現在總算知道重視自己的親事了吧！以前娘跟妳說，妳還不耐煩，娘也是為妳好，什麼好都不如嫁得好。」然後還問她。「要不要我同妳一起去？」

元瑾以「母親去了就不靈」為由拒絕了崔氏，很快就上了另一輛馬車走了。

崔氏的馬車跑了一會兒，她才反應過來不對，皺眉道：「怪了，她說是去拜佛的，怎地還提那些東西？」

她身側的婆子低聲道：「再者，太太，小姐的馬車跑的是去西照坊的路，靈雲寺不在那個方向……」

崔氏拍了拍大腿，道：「這鬼丫頭又騙我！」撩開簾子，朝後面望了幾眼，卻已不見馬車的影子，嘟囔道：「又不知道幹什麼去了……」

但是朱楨這時候並不在西照坊。

淑太后說這兩日身子不舒服，讓他進宮瞧瞧。朱楨想著她生病，就帶了些補品和稀罕玩意兒進宮探望。

坤寧宮仍然陳設著佛像，地龍燒得暖暖的。淑太后被人扶起，靠著迎枕喝湯藥，她面色紅潤，未瞧出病得嚴重。

朱楨坐在太師椅上，讓人將他帶的匣子打開。「母后雖然在宮中，但這樣上百年分的人參也不是尋常能得到的。我亦用不上，便給您拿過來。」

宮人打開的匣子裡頭鋪著紅綢，一支老參正躺在上頭，端看蘆頭就有手掌長，參鬚也極長，果真是年頭極深的人參，就是貢品也罕有這樣的好參。

但淑太后只是看了一眼，就叫人收起來，然後問道：「我聽說你最近抓了幾個朝中大臣，竟把神機營指揮使和兵部侍郎都下獄了？」

朱楨沈默後一笑，道：「母后既然身子不適，就不必過問朝中之事了。這些兒子自有分寸。」

他似乎不大想說這個話題，又叫人拿了個盒子上來，打開後是個五彩琉璃的玲瓏球。

「這樣的琉璃球極難燒製，一共有五層，裡頭是顆鴿蛋大的夜明珠。夜中便可透過五彩琉璃，看起來極漂亮。您一貫喜歡五彩琉璃，故我在珍寶閣看到，便給您買了回來。」朱楨說完，就把這五彩琉璃的如意球遞給淑太后看。

淑太后卻完全沒有要接的意思，而是坐直身子，語氣也更重了一些。「楨兒，你究竟要做什麼！你明明知道這些人都是股肱之臣，於朝廷有益，就算犯了一些小錯，何至於要下獄這樣嚴重？你哥哥現在身體染恙，你便這般作亂朝野，可對得起他、對得起先皇？」

朱楨收回手，淡淡道：「兒子做事，自有兒子的道理。這些人是留不得的。」

「什麼叫做留不得！」淑太后越發生氣。「他們是搶了你的功勞，還是占了你的榮勛？」

朱楨一開始還算勉強忍耐，聽到這裡，眼眸迅速冰冷起來。「母后覺得我抓他們，是為了自己的功績？」

「不然還能是為了什麼？難不成是為了江山社稷！」

朱楨因為忍耐，手捏得極緊，手中的五彩琉璃球竟發出咯咯的聲音，剎那間，琉璃球竟被他生生捏碎，五彩斑斕的碎片落了一地。

他的手還未放鬆，鋒利的碎片扎進手掌中，他卻不知道疼痛一般，冷笑道：「原來在您心中，我便是這種自私自利、只為自己名利的人。若我說，我抓他們是因為他們刺殺我，恐怕您就更不信了吧？」

淑太后自然是不信的。「他們在京城，你在山西，山西又是你的地界，更何況你身邊隨時都有親兵圍繞，他們怎麼刺殺得了你！」她似乎越說越生氣。「你殺他們，莫不因為他們是當年直諫過你的人。不是為了名利，還能為了什麼！」

朱楨心裡一片冰涼，他略俯下身，冷笑道：「母親，若我當真如此重名利，在宮變那天，就應該把皇兄和蕭太后一起鏟除，自己稱帝了！我沒這麼做，只是因我不想而已！」

淑太后知道這兒子的性子看似和氣，其實極其冷漠殘忍，異常強勢。只是他之前從不曾用這樣的態度對待自己。

「你……」她嘴唇微抖。「你這是什麼態度！你那話又是什麼意思，還想奪你皇兄的皇位不成！你何時這般自私自利了？」

朱楨隨即冷笑。「自私自利？當初需要靠我鏟除蕭家勢力的時候，怎麼不覺得兒子自私自利？現在不需要我了，便覺得我自私自利了？」

淑太后一拍桌子，氣得手指都在抖。「你這是對母親說話的語氣嗎?!母親還不是怕旁人詬病你無故害人，你可知道旁人私底下都怎麼說你……」

朱楨嘴角又扯出一絲冷笑。「我沒興趣知道。」

他冷漠地道：「今日就告辭了，您好生休息吧。」說完拂袖離開，大批親兵頃刻退去。

淑太后在他身後厲聲喊他「站住」，他也置若罔聞。

淑太后氣得發抖。

朱楨的馬車疾馳在回西照坊的路上時，已近黃昏時分。

他神情冷漠地閉目休息，手攤開朝上放在膝蓋上，他的掌心扎進琉璃碎片，一直在滲血。

近身侍衛李凌將碎片一一小心取下，將血擦乾淨。「殿下且忍片刻，這車上沒有備金瘡藥，回府後小的再給您包紮……」

朱楨嗯了一聲，閉目不言。

李凌是他從戰場上救下來的，對他極為忠心。

李凌見殿下神色疲憊而冷漠，不大想說話的樣子，便不再出聲。

太后娘娘一貫是偏聽則信的性子，難免會受旁人挑唆。而殿下只有太后娘娘和皇上兩個血親，他如何會不在意？那琉璃如意球還是殿下特意買來給太后的，結果卻遭了這樣的待遇。

今日之事，恐怕讓殿下對太后娘娘更失望了。

馬車剛到西照坊外，就有人跪地稟報。

「殿下，定國公府的那位姑娘來了，正在米行的小院外等您。」傳話的人說：「殿下可要見她？」

朱槙睜開眼睛。

薛元瑾怎麼這個時候過來了？

他沈默許久沒說話。

「殿下可是不想見她？若殿下現在不想見她，屬下就派人去告訴姑娘一聲，就說您已出門遠遊。」李凌小心翼翼地揣度殿下的心思，但殿下似乎在思索什麼，沒有回答。

他又喊了一聲。「殿下？」

朱槙才回過神，淡淡道：「不必。」

李凌喔了一聲，又有些疑惑。殿下這個不必，是不必見呢，還是叫他不必去說呢？

元瑾找到陳先生的院子，只是大門緊閉，柳兒叩了好幾下門，都沒有人應答。一直等到太陽西斜，淡金的陽光落在門簷下。

柳兒問道：「小姐，要不咱們回了吧？」

元瑾看著自己帶的東西，就說：「再等等吧。」

許是他下午有事出去呢，晚上總該回來了吧。再者，她帶這麼多東西來，不給他難道還往回搬？

她吩咐柳兒。「妳去問問米行的夥計，這院子裡住的人是什麼時候回來一次。」

柳兒應諾去了。元瑾則下了馬車，在門口轉兩圈，才從門縫往裡看有沒有人。

從門縫能看清這小院的全貌，裡面收拾得很乾淨，靠牆處掛了一副蓑衣、斗笠，立靠著釘耙和籮筐。另一側放了個石磨盤，還有一張竹椅。可能是主人走得急，靠背上還搭著一件棉外褂。

元瑾看到這院中的陳設，便覺得十分舒服。院子佈置得非常質樸，給人一種日出而作、日入而息的安穩感。

元瑾正看著，突然聽到身後有道聲音傳來。「妳為何在偷看旁人的屋子？」

元瑾被這聲音一驚，回頭才看到是陳先生回來了。他表情略有些冷淡，正看著她偷窺自己的屋子。

元瑾笑了笑。「先生怎麼這時候才回來？」

「有事出去了。」他說著，上前用鑰匙開了門鎖，推開門。

元瑾讓剛回來的柳兒在車上等她，隨後進了屋中。

她環顧四周，發現這堂屋中的陳設簡單清貧，窗扇支開，從窗扇能看到後院。後院有個馬廄，養著幾匹高大的馬，皮毛油光水滑，一看就養得極好。

「妳找我有何事？」朱槙將桌上的茶壺拿來，倒了一杯茶給她。「夜深路險，妳一個姑娘家不安全，說了便趕緊回去吧。」

元瑾覺得陳先生似乎不希望她久留的樣子，且他的態度比以往更顯得冷漠。他的眉間有幾道細紋，上次見到他時還是沒有的。

她接過茶杯。「不瞞先生。我其實是為了我弟弟聞玉而來……」元瑾說到這裡，卻摸到茶杯有些濕漉漉的，拿開手指一看，才發現竟然是血！

這杯上如何會有血！

她眉頭一皺，兩步走過去，捉住朱槙的手看。

他的掌心竟傷得血淋淋的，有些傷口還非常深。元瑾問：「你怎麼會傷成這樣？」

朱槙並不想提這傷口的事。這傷口剛才分明已經沒在流血，竟不知為何又開始滲血。他將手抽回來，道：「妳究竟有什麼事？說了便快走吧。」

元瑾猜測陳先生是遇到了什麼棘手的事，不想讓她知道，否則他何以是這種表情？陳先生幫了她數次，如今他遇到問題，她也該幫他才是。

她坐了下來。「你是不是遇到了什麼事？告訴我便是。我雖是個弱女子，卻還是能有些用的。」

陳先生是個極為聰明的人，雖身居陋室，但她知道他才智不凡，他究竟遇到了什麼事，連他也無法解決？

「沒什麼事。」朱槙只是簡短地道。這樣的事他根本不想說，也不願元瑾知道。

他隨手從桌上拿了張帕子，將手上的血擦乾淨。

元瑾看到他拿帕子擦，眉頭又是一皺。「處理傷口怎能這般馬虎！」說著將他手上的帕子奪走。「傷口若是處置不好，可是會潰爛的。身體髮膚受之父母，就是你自己不在意，你家中父母總會擔憂的！」

聽她提起這句話，朱槙卻凝視著自己掌心的血，冷笑道：「父母擔憂？我只當自己無父無母，無人掛心罷了。」

他這話是什麼意思？可是他父母做了什麼對不起他的事，否則怎會說這樣的話？

元瑾看他身子挺拔地站著，周身卻帶著一種強烈的孤獨，突然就想起他在佛寺時，那個時候他分明是很寧靜的，好像天地間沒什麼事能干擾他一般。

每個人的父母，都應該是最愛他的人才是。

她心中一軟，突然道：「便是父母不掛心你，總還是有人掛心你的。」

朱槙回頭看她，淡淡問道：「妳說這話，難不成是妳掛心我？」

元瑾見他問自己，也態度認真地說：「先生三番兩次幫我，我自然掛心你的安危了。我是家中的長女……一貫都是保護別人的人。」不論是前世還是今生，有很多人受她庇護、靠她吃飯，所以對外人她習慣了剛強，但對他則不是。

她笑了笑。「但是先生是少有幾個保護我的人，所以在你身邊我便覺得很安心。若是先生當真有什麼三長兩短，我自然會傷心的。」

朱槙看她的態度非常真誠。

的確，他保護過這個小姑娘很多次，一開始僅是出於行善，或者是為了報答她輿圖的恩情。但是時間越久，他就越來越喜歡她，習慣了幫助她。

小姑娘看著自己的眼睛極為清澈，對他的擔心也是真的。就算方才他對她的態度比往常冷漠，她也沒有在意，並不覺得他在疏遠她，反而認為他出了什麼事，一定要幫他不可。

他種了多年善念，竟難得的一顆善果。

元瑾看他的情緒似乎好了一些，又繼續道：「再者先生智勇雙全，性子又好，長得也好，我也是喜歡先生的。」

朱槙眼睛微眯，很快找到了這句話的重點。他輕輕地道：「妳喜歡我？」

小姑娘竟然是喜歡他的！

元瑾一愣，覺得「喜歡」二字實在容易讓人誤會，立刻打補丁說：「自然，換個人也會喜歡先生的。主要是先生智謀過人，身手不凡，常人沒有能比得過先生。我所說的喜歡，也是指對你的欣賞。」

朱槙的嘴角卻出現一絲笑意，又重複一遍。「妳當真喜歡我？」

元瑾還是嗯了一聲，繼續打補丁。「或者說仰慕更為恰當。」

他雖然是個普通人，但是和他在一起的時候她覺得非常安心，就好像當初在太后身邊一般，知道自己是被人所保護的。

但這樣的喜歡，究竟多少是仰慕，又是不是真正的男女之情，元瑾自己也不知道。反正，她是真的掛心他的安危就是了。

元瑾試圖繼續開導他。「若真是因為父母，先生倒不必為此不痛快。天下有許多不是的父母，就是兄弟間也有許多反目成仇的。你若傷心，關心你的人會為此心痛，但不在意你的人卻會為此喜悅。正所謂親者痛，仇者快，只需記得父不慈子可不孝、君不仁臣可不義即可……」

元瑾的語氣認真，朱槙一直凝視她說話，嘴角甚至出現一絲隱然的笑意。

她這般努力開解他，應該是極其關心他吧，因為她平日也不是這樣愛說話的人。其實他並未傷心，只是憤怒和失望罷了，但是看她這般努力，卻又有種異樣的感覺瀰漫心頭。

他走近了一步。

元瑾說到一半，卻發現朱槙突然走近她。她不知道怎麼了，說話的聲音漸漸弱下來，她後退到背已碰到牆，看著他如潭水一般的深眸、高挺的鼻梁，甚至隱隱聽到他的呼吸聲。

元瑾遲疑地道：「怎麼了，可是……我說的有什麼不好？」

她想起上次兩人在崇善寺中遇險，藏在藏經閣的書架間時，他將她換在裡面，便也是這樣看著她。然後他覆住她的眼睛，抽刀殺人，將她救出重圍。

兩人之間的距離無限靠近，呼吸甚至都交織在一起，然後朱槙突然伸出手。

他要做什麼？

但他只是輕輕地撫摸了一下她的臉。

她的肌膚滑膩，彷彿上好的絲綢，讓他內心冰冷的情緒溫暖起來，忘記了方才的暴戾。

喜歡……以前有很多人對朱楨說過這兩個字，他只是從來不信。他之前放開小姑娘，是想讓她過平靜的生活。但現在他凝視著她微紅的面頰，水潤的眼眸裡充滿信任，他知道，這一刻開始他想抓住她。

她能強烈地牽動他的心神，現在他又知道她是喜歡自己的，雖然她說她的喜歡並非那種涵義。但是他也會把她抓住，以後即便她反悔，也不可能離開他。

「我很喜歡妳的喜歡。」朱楨低聲告訴她。

小姑娘嬌小的身子都被籠罩在他高大的身軀下，她似乎有些緊張，身子僵硬。他便笑了笑，退遠了一些。

元瑾緊張片刻後，發現他並沒有做什麼，反而還退開一些。

「好了，告訴我妳今日來找我是為了何事吧。」朱楨決定先替她處理她的要事。

元瑾這才清醒一些，鎮定了會兒，先指了指他的手，依舊很堅持。「傷藥在哪裡？我先給你包紮。」

講什麼之前，總得先把他的傷口處理一下。

其實這只是朱楨養馬的小院，偶爾會有小廝睡在這裡，傷藥在哪裡或是有沒有傷藥，他根本不知道。

元瑾最後只找到一卷紗布，只能將就著給他包紮。

朱楨的手放在桌上，元瑾聽到他淡淡的呼吸聲。方才那一幕的情景似乎不曾存在。

她也暫時不去想剛才，否則她會思緒混亂。

她先和他提起薛聞玉進金吾衛的事。「……他初入金吾衛，什麼事都還不懂，亦沒有人照顧他。再者他還年少，在金吾衛中總有些危險……所以我才想來問問你，願不願意當他的老師？」

朱楨嘴角微動，他不知道怎麼說。

讓他去教導她弟弟，恐怕薛讓會被嚇到不敢進府吧？

「我實在沒有這個空餘，不過我可以推薦妳其他幾位定國公的幕僚，都可堪用。」朱楨拒絕了，又安慰她。「妳弟弟在金吾衛應該是不會有什麼危險的，放心吧。」

有他看著，怎麼會出事？

元瑾聽了略有些失望，但也沒有再問，畢竟定國公也早說了他不會願意的。

她擔心的倒不僅是聞玉初入金吾衛，而是現在她知道他的真實身世，自然也知道，皇宮對他來說危險重重。若被皇帝發現他與前朝太子相似，後果難以設想。

只希望他不會接觸到皇帝。而朱詢出生太晚，自然不會對前朝太子有所了解。

朱楨垂眸看到了元瑾的腰間，突然問：「為何還是不見妳戴那玉珮？」他停了片刻。

「妳可是不喜歡那樣式？」

其實是元瑾知道了那是他的貼身之物，就裝了個香囊掛在腰間。既然說是辟邪，那掛在裡面或外面不都一樣嗎？不然要是還有人認得他那塊玉珮，認為兩人私相授受怎麼辦？

但她不想說自己每日戴著，就道：「我沒戴。」

朱槙笑道：「為何不戴？」

「……就是不想戴。」

朱槙不知道她在想什麼，只覺得小姑娘的心思大概就是那樣沒有定性，又有那麼些任性的可愛。

「記得一定要佩戴。」之前讓她戴是想保她平安，如今這意思卻是變了，只是她不知道罷了。

元瑾卻看了他一眼，才說出真實原因。「我若佩戴這玉珮，給旁人瞧出是你的，我怎麼辦？要是被人說成你我有私，我可是跳進黃河也洗不清了。」

朱槙心想這有什麼要洗清的，他既已決定不放開她，自然是要嫁給他的，難不成還能嫁給別人嗎？但片刻後他反應過來，現在在元瑾眼中，他的身分還是定國公府的幕僚。

朱槙頓時眉頭微皺，覺得有些棘手，他的真實身分該怎麼跟她說呢？

不知小姑娘知道真相後，會不會直接嚇到不敢見他了？

更何況，她還極討厭別人騙她。

畢竟她之前覺得他過得很窮苦，沒身分、沒地位，對他心存憐憫，還時不時救濟他。若是現在知道他便是那個大名鼎鼎的西北靖王，且當初在太原屢次幫她，都是以直接命令定國公的形式。而他還是她口中曾經說過的那個，遲到爽約的靖王，肯定會覺得之前都是被他耍了吧？

朱槙看她垂眸認真地給自己包紮傷口，決定還是暫時不告訴她，等找到一個合適的時機再說吧。

元瑾對於包紮傷口不是很在行，收尾的時候，在他的手背打了個蝴蝶結。手指碰到他手背微鼓的經絡，這是手極有力量的象徵。

她指尖微酥，立刻收了手。

眼看時辰不早，門口的柳兒都探了兩次頭，元瑾才說：「我要先走了。我給你帶了人參和糕點，糕點放不久，你記得早些吃……」

她猶豫了一下，想到方才兩人靠得極近的情景，覺得自己是不是有必要再解釋一下，萬一先生誤會了那種喜歡怎麼辦？

「我方才說的喜歡，你不要太放在心上，真的只是仰慕罷了。」

說完她從凳上站起來，然後出門，飛快地上了馬車離開。

朱槙笑了笑，望著她遠去的馬車，目光深沈。

第三十八章

裴子清回到了保定侯府。

他時常忙於公事，四處奔波，便很少回來。

保定侯家早已沒落，裴子清的生父死後，他的嫡兄繼承侯位。那時候裴子清已經是錦衣衛指揮使了，他嫡兄不敢怠慢他，笑說「兄弟一家不要分家」的話，將保定侯府西園都給了裴子清，還尊裴子清的生母柳姨娘為柳夫人，待遇不比他的生母保定侯老夫人還差。

柳夫人苦了半輩子，等到兒子有了出息，才終於開始享福。

裴子清走進屋子時，丫頭正給柳夫人捶腿。

裴子清先打量四周一眼，佈置妥貼，炭爐燒得暖暖的，屋中至少有五個丫頭守著，看來嫡兄的確待母親上心。

母親有咳疾，尋常的炭聞了就會咳嗽，所以必須用三兩紋銀一斤的銀絲炭。屋中暖暖的卻沒有絲毫嗆人，想必應該是早早給母親上了好炭的。

裴子清朝母親走過去，只見她閉目養神，面色紅潤。

他不想吵擾母親睡覺，便叫丫頭給他搬椅子，他在旁坐下等待。只是他剛坐下，柳夫人就聽到動靜，醒了過來，見兒子坐在旁邊，還以為在作夢，揉了揉眼，才驚喜道：「你什麼時候回來的？」又問：「你怎地回來都不叫母親！」

裴子清道了句「剛才」，然後笑著問母親。「您今日怎在屋裡睡覺，沒去跟許氏她們打牌？」

許氏便是保定侯老夫人。

柳夫人道：「每日不是看戲就是打牌，我也厭了。再者你哥哥的小妾生了個兒子，這是頭生子，她把這寶貝孫子當金疙瘩看，凡事都要親力親為。」

柳夫人說著，看了裴子清一眼。

說到孫子，她就想到兒子的親事。

她不是沒勸過兒子娶親，只是他緬懷過去，不願意娶別人，柳夫人也沒有辦法。她不盼兒子娶個多出眾的女子，只需身家清白、溫和孝順就夠了。但不管是她找的，還是保定侯找的，都被他給謝絕了。

裴子清知道母親是什麼意思，笑了笑。「母親可是覺得沒事做，無趣了？」

柳夫人輕輕嘆氣，按了他的手說：「你也別怪母親多嘴。我是半截身子進土的人了，若是我將來去了，誰能照顧你、關心你？有個人在你身邊，生兒育女，我也放心一些。」

裴子清眉頭一皺。「母親這說的是什麼話！」母親是他唯一的至親，他聽不得母親說這個。

柳夫人又說：「侯爺也掛心此事，給你相看了承恩伯家的四姑娘。他已經同對方說了，你若真的不願娶正妻，人家願意做妾……」

柳夫人也知道兒子心裡記掛著一個人，這正妻之位應當是給她留的。但就算不娶正妻，妾總是能有的吧？人家姑娘也打量著這個，若永遠不娶正妻，那做妾生了兒子，地位也不差了，所以才願意不要這個名分。

裴子清沈默片刻，他也知道母親一個人住難免寂寞，縱然家裡錦繡堆砌，富貴無雙，還有許氏等人陪她，但那些人都不是血緣至親，不能讓老人家覺得心中慰藉。

不過，他現在已經改變主意。

柳夫人以為兒子沈默是打定了主意不娶，有些失望地嘆息。「你要是真的不願意，娘也不想勉強你……」說著要讓丫頭扶她起來，去洗把臉。

「母親，等等。」裴子清突然出聲，看向柳夫人，抿了抿唇說：「我願意。」

柳夫人腳步一頓，還以為自己聽錯，回頭看向兒子。「你說什麼？」

還沒等裴子清重複，她就又問一遍。「你當真願意？」

裴子清點頭，柳夫人就笑起來。「那可真是太好了！你願意就好、願意就好！我立刻就去和侯爺說，安排這四姑娘來一次！」她臉上突然散發出喜悅，一副馬上就要出門去給他張羅婚事的樣子。

裴子清笑了笑，道：「母親您別急，先聽我跟您道來。」

柳夫人有些緊張。他又要說什麼，還要出什麼么蛾子不成？

「我想娶的不是她。」裴子清說。

這讓柳夫人稍微鬆了口氣，還以為他要說什麼「我又反悔了」之類的話。她笑道：「你想要哪家姑娘，跟母親說就是了。」

「是定國公府家的繼二小姐。」裴子清說著，才想起自己還不知道她的本名。

「繼小姐也好，我叫侯爺上門去說就是了。」柳夫人想了想，又問：「你不是和定國公交好？既然是他的繼女，也應該告訴他一聲吧？」

裴子清搖頭。「他去京衛上任了，一時半會兒不會回來。再者您還是先請個人去提親吧，叫裴子成去算什麼回事？您不是和淇國公家的曹老夫人交往嗎？她同定國公老夫人也認識，便請她去提親吧。」

兒子說的話，柳夫人自然滿口答應。但是片刻後，她又意識到不對。「不過，你娶來做妾，何必要叫人家曹老夫人出馬？人家畢竟是……」

她話說到一半，頓時愣住。「難道你要娶正妻？」

看到母親驚愕的神情，裴子清卻笑了，他的語氣和緩，帶著一種確鑿。「對，我要娶她做正妻。」

柳夫人一怔，繼而更是激動。「正妻好，娶正妻好！」

兒子既然願意娶正妻，就說明他的心結已解，她如何能不高興？她坐下來，讓兒子趕緊仔細地跟她說說，這家小姐的性格、人品如何，他又是怎麼看上的。

裴子清卻看向窗外。

窗外天色灰暗，飄起了雪。

雪紛紛簌簌地落在屋簷上、草地上、太湖石上。庭院中本是冬日的蕭冷，因為雪，一切都變得溫柔起來。

他的嘴角微微出現一絲笑容，想起第一次見到丹陽時也是這樣的雪天。

對於丹陽，他永遠無法釋懷，但是她那麼像她，幾乎就是她，他正在重新地愛上一個人，並且想給她保護和溫暖。

他希望，這個人能永遠留在他身邊，陪伴他到永久。

這場雪竟斷斷續續地下了兩天，直到第三日早上才轉小，只飛著碎雪。

崔氏在元瑾的屋裡整理絲線，一邊跟她說：「那宋夫人轉頭就定下了都御史家的小姐，好像生怕我們纏著她似的……」崔氏自己說著也不高興。「她覺得自己兒子是金子打的不成！」

元瑾兩手撐開線讓她理，說道：「宋老爺是國子監祭酒，宋夫人也是書香門第、大家閨秀，必然在乎女子的出身和女德，看不上我的。」

當然看上了她也不會嫁，必然會想盡辦法攪黃，所以正是皆大歡喜。

崔氏當時的確想把元瑾嫁給宋家的公子。畢竟這是一門好親事，其次她也想著，元瑾若成了宋家媳婦，錦玉日後靠姊姊進國子監讀書就方便了。那國子監是多難進的地方，一般人削尖腦袋都進不去。

「妳別怪為娘操心，但凡妳自己主動些，娘都不會管妳。妳看薛元珍，為了能嫁給魏永侯爺，每日都還在學女紅針黹、管家灶頭。妳呢！」薛氏說到這裡，尤為恨鐵不成鋼地點了下元瑾的腦袋。「成日圍著妳弟弟轉，那有什麼用？京城裡出眾的好姑娘這麼多，人家好的公子也是挑花了眼，若不出眾些，怎地看上妳！」

崔氏之前在家裡時地位最低，受過幾個妯娌的氣，因此在女兒嫁人這事上就尤為積極。但是元瑾卻很不積極，她對這種事實在積極不起來。薛元珍的勤奮她看在眼裡，非常衷心地祝願她能嫁得顧珩。

母女倆正說著話，有個丫頭進來通稟。「二小姐，老夫人派人來請您和太太過去。」

崔氏疑惑。「這大雪天的，老夫人有什麼事？」

丫頭帶著笑容說：「老夫人只說是大喜事呢，讓快些趕過去！」

崔氏聽到還是狐疑，問向女兒。「難道是妳要進宮的事？」

過幾日是太后的壽辰，老夫人要進宮拜見太后，打算把兩個孫女都帶進宮去見識見識。

元瑾披了斗篷說：「不知道，不過去了不就知道了？」

畢竟老夫人是個非常沈穩的人，如果不是大事，必不會用什麼「大喜事」來形容。

母女二人到了正堂，只見外面竟站著許多陌生的丫頭，看衣著就知道不是一般人家出來的，正垂手肅穆地等著。

崔氏跟元瑾竊竊私語。「難道是來了哪個大人物？」

老夫人的貼身丫頭拂雲站在門口等著二人，看到崔氏就笑著說：「太太請先跟我到偏房來，您稍後再進去。」

崔氏覺得奇怪。「不是叫我一起進去嗎？」

「您稍候便是。」拂雲是個行事俐落的丫頭，什麼也沒說，先讓崔氏去了偏房，才對元瑾虛手一請。「二小姐進去吧。」

究竟是什麼事，竟然還需要把崔氏隔開才能說？元瑾更加狐疑了，等丫頭打了簾子，便一步跨進去。

只見老夫人正和一個身穿青織金綢面夾襖、長相貌美的陌生婦人相談甚歡，還有一位身穿檀色褙子、笑容祥和、銀白頭髮梳得整整齊齊的老婦人，也坐在一旁笑著看兩人。

元瑾雖不認識那位跟薛老夫人說話的婦人，但旁邊那老夫人她卻是認識的，是淇國公府家的曹老夫人。淇國公府亦是開國功臣之後，算是京城名門，從不參與任何政治勢力，卻能在任何政治勢力間如魚得水。

能讓曹老夫人都坐在旁邊的，這位陌生婦人究竟是誰？

元瑾一邊思忖，一邊上前微笑屈身。「祖母見諒，孫女來遲。」

老夫人才把她拉過去，對陌生婦人道：「妳看，便是這個了！」

那陌生婦人聽了，立刻把目光放在元瑾身上，看著她的眼神又柔又亮，上上下下將她打量許久。這更讓元瑾覺得奇怪，怎麼好像是專程來見她的一樣？

「好孩子，妳今年多大了？」婦人問道。

「我今年十四。」元瑾恭順答道。

那婦人聽了連連點頭，笑道：「是個美人胚子，我看了都覺得好！」

元瑾聽到這裡，更是覺得莫名其妙。

老夫人才跟元瑾介紹。「這位是淇國公家的曹老夫人，這位是保定侯府的柳夫人。」

元瑾一一行禮，老夫人又讓元瑾先去偏房等。

元瑾出去後，老夫人才笑著對曹老夫人道：「曹老夫人方才說，有一門極好的親事要給元瑾，倒不知道是何人？我雖非她的親祖母，卻將她視作親生的，凡事都得給她打點好。」

她一早起來，就聽說曹老夫人和保定侯府柳夫人來訪。她跟曹老夫人有來往，拜訪也不奇怪。這柳夫人她也知道，是裴子清的生母，不過這柳夫人原來是保定侯府的妾室，所以不大常出來走動，為何今天會突然來？

她把二人迎進來，曹老夫人便說了來意，原是有一門極好的親事要說給元瑾，但想先見一見她。

曹老夫人笑道：「我今兒只是來保媒拉纖的，既本人在這兒，妳問她就是了。」說完向柳夫人點點頭，示意本人指的就是柳夫人。

柳夫人才笑了笑。「說來也是我太急躁，本叫曹老夫人來就夠了，是我想先見見您家姑娘，所以就跟著一起來了。」

「這……」老夫人有些遲疑。「柳夫人的意思難道是……」

她心裡有了猜測，可想起來都覺得有些不可思議。

「正是。」柳夫人緩緩說：「我是為我兒裴子清來求娶府中二小姐的。他因為忙於公事，多年未成親，卻是極喜歡你們家二小姐。」

老夫人實在難以掩飾自己的震驚。

裴子清竟然想娶元瑾！他這般身分地位，是什麼時候看上元瑾的？

她半晌才回過神，給自己灌了口茶。

不過仔細想想也合理，裴子清因和國公爺相熟，時常出入定國公府，見到元瑾幾次，對她有意也是有可能的，畢竟元瑾這小姑娘長得好看。只是這保定侯家不是沒給裴子清說過親事，但他們家要求比較特殊，很多世家貴女都是不能接受的。那便是女子嫁進去只能做妾，不能做正妻。

這條件比較苛刻，所以京城中很多人都知道。

裴子清難道想讓元瑾給他做妾？

老夫人思索片刻，還是開口直說：「柳夫人一番好意，我們心領了。只是我們元瑾雖是繼小姐，卻也是我們的正經小姐，若是夫人想讓元瑾給裴大人做妾，那也是不行的……」

柳夫人一笑，立刻解釋道：「老夫人誤會了，子清求娶二小姐是做正妻，不是妾。」

聽到這裡，一貫穩重的老夫人竟差點沒拿住茶杯。

她當真萬萬沒想到，裴子清是娶元瑾做正妻的！

她將茶杯放下，非常鄭重地問：「柳夫人可是當真？」

這事可不能作假！

「自然。」柳夫人笑道：「子清晚上下了衙門，會親自過來跟您說此事。畢竟我們兩家也算認識，他和國公爺又是那樣好的交情。就是有個問題……」柳夫人停頓。

「什麼問題？」老夫人問。

一旁曹老夫人也放下茶杯。「柳夫人是想說，裴大人與國公爺平輩相稱，眼下卻要娶他的繼女為妻，倒是不知道這輩分怎麼論了。」

柳夫人道：「我們想著，老夫人跟國公爺商量著來就是了。」

老夫人發現，柳夫人雖原只是妾，卻談吐不錯，大方有度，難怪能培養出裴子清。

曹老夫人等柳夫人說完，才笑著說：「俗話說郎才女貌，裴大人這般身家，又是錦衣衛指揮使，身邊卻連通房都沒有，更沒有什麼妯娌之擾，實在是個佳婿。二小姐容貌出眾，柔嘉表度，我看正是一對相配的璧人。若是老夫人也有意，我便保了這個媒，兩家交換庚帖，定了親事。等二小姐及笄再過門，老夫人意下如何？」

老夫人聽了曹老夫人的話就是一喜，但她畢竟是個穩得住的人，換了更為克制的語氣道：「自然是一件好事，只不過元瑾這孩子的親事，非我一個人作主，還得問她親生父母和國公爺的意思，商議了才能給個回覆。」

這是自然的，只有那種迫不及待嫁人家的女兒，才會在提親後立刻答應。

曹老夫人笑道：「那我和柳夫人也不打擾了，等老夫人先和家人商議吧。晚上裴大人會過來，老夫人當面再問問他，心中更有些底。」

老夫人點頭應了，神情自若地親自將兩人送到影壁。等轉回去的時候卻是腳步匆匆，健步如飛，等不及要回去和元瑾、崔氏商量這件喜事。

拂雲看老夫人喜得嘴角不住上揚，也笑道：「這倒是一樁好親事！裴大人那樣的權勢地位，不會虧了二小姐。」

老夫人也是精神振奮。「我原覺得只給元珍找了門好親事，對元瑾有些薄待了。上次宋家的事，總還是有些我的不是。眼下宋家沒答應正好，裴大人卻想娶元瑾，實在是再好不過了。」

錦衣衛指揮使豈是說著玩的？正二品大員，權勢在手，可不是什麼宋家二少爺能比的！

等老夫人到了住處，沒把元瑾和崔氏叫過來，而是去偏房找她們。

元瑾等得太久，已叫丫頭拿了一盤棋和崔氏下五子棋。因為憑崔氏的腦袋，根本無法理解圍棋。

崔氏正抓耳撓腮地想著該下在哪裡，好不容易才下定。

元瑾看著她笑。「確定下這裡？」

崔氏聽女兒這話就不好，一般她問了這句，都是有棋崔氏沒看到。根據經驗，她下一步就要贏了。

「算了、算了，我再看看。」崔氏把自己剛下的棋撿起來。

老夫人看著兩人下棋，嘴角微微揚起。

她走進去，元瑾和崔氏便停下手，兩人喊了她一聲。

老夫人嗯了一聲坐下來，滿臉笑容地看著元瑾，但是又不說話。

這把崔氏和元瑾都看得有點心裡發毛，元瑾先問：「祖母，曹老夫人她們來找您，可是有事？」

不難看出，老夫人就是因為曹老夫人她們說的事才這樣的。

老夫人也想把笑容壓下去，穩重地和她們說這件事。但是試了好幾次都不成功，最後她終於放棄，先趕緊讓丫頭把棋盤搬下去，任由笑容揚起，才問元瑾。「阿瑾，妳告訴祖母，妳和裴大人可是相熟？」

老夫人為何會問起裴子清？

元瑾沈默後道：「曾和裴大人在山西見過幾次，卻也不熟。」

老夫人這才想起，似乎是有這麼回事。當初衛家小姐誣衊元瑾勾引衛衡，裴子清還曾對此說過話，看來是之前就見過了。

她又問：「那阿瑾覺得裴大人如何？」
元瑾心裡咯噔一聲，她抬起頭看著老夫人，臉蛋映襯著雪光，顯得白皙無瑕。
「祖母便和阿瑾明說吧，究竟發生什麼事了？」
老夫人也就不賣關子，笑道：「方才曹老夫人她們是來為裴大人提親的。裴子清想娶妳。」
元瑾聽到這裡，腦中頓時一片空白。
裴子清……想娶她？
崔氏也非常震驚。她當然知道裴子清是誰，這樣的權貴人物，她怎麼會不知道？
元瑾卻是心亂如麻，裴子清怎麼會想娶她，他究竟在打算什麼？
再說她怎麼可能會嫁給裴子清，她恨他都來不及！
她要找個理由拒絕！
「祖母，我聽說與裴大人議親的世家貴女都只能做妾，可孫女絕不想給別人……」
話還沒有說完，老夫人就含笑打斷她。「不是妾，裴大人要娶妳做正妻。」
元瑾更驚訝了，手裡捏著的棋子漸漸收緊。
他居然想娶她做正妻！
老夫人又說：「晚上裴大人會過來，妳到時候可以親自和他說。」
元瑾聽後微抿嘴唇，垂下睫毛，目光中一片冰冷。

第三十九章

這樣的大事，老夫人覺得不能光和崔氏商量，便派人去接薛老太太和姜氏過來。

「幸虧與宋家的親事不成，否則哪裡有這樣的好親事！」崔氏滿面笑容。「我常說阿瑾花容月貌，性子溫和，以後肯定能嫁大官，果不其然就應驗了！」

元瑾聽到崔氏這麼說，嘴角微抽。

崔氏不是一貫說她好吃懶做，毫不上進，現在怎麼又變成花容月貌，性子溫和了？

薛老太太卻神色複雜地看了旁邊的薛元珍一眼，就見她的笑容中果然也有一絲勉強。畢竟要和薛元珍說親的顧珩還未回京城，而元瑾卻有了這樣的大喜事。

姜氏很為元瑾高興。「裴大人位高權重不說，相貌還不錯。阿瑾日後成了指揮使夫人，便一輩子榮華富貴享用不盡了。阿瑾可高興？」

元瑾聽到這裡，眼皮微動。

「我打算寫信給國公爺說說此事，他若沒有異議，咱們就應允了。」老夫人笑著說：「不過總還要先合一下八字，再跟裴家商議彩禮，才能定下來。」

「祖母。」元瑾突然站起來。「我有話想單獨跟您說。」

老夫人有些疑惑。「妳且說便是，在座也不是外人。可是親事上妳還有什麼要求？」

元瑾搖頭。「您跟我來就是。」

她必須要跟老夫人說清楚，縱然根本沒有找到好的推脫藉口，但也不能讓她們再商量下去。

老夫人也是了解元瑾的，便頷首隨她一起去了偏廳。

進了偏廳後，元瑾沈默片刻，才道：「祖母，我不想嫁給裴大人。」

饒是老夫人如此沈得住氣的人物，也忍不住大吃一驚。「妳說什麼？」

這天底下，竟然還有女子是不想嫁給裴子清的！

「我不想嫁給他。」元瑾堅定地重複一遍。

內室中，老夫人、薛青山分坐著，崔氏轉來轉去的想不通，又忍不住拿手指點元瑾的頭。

「妳頭腦壞了不成！這樣難得的好事，妳說不想嫁就不想嫁了？」

「妳也不要太激動了。」薛青山也是剛下衙門就聽說裴大人要娶女兒做正妻，進而又知道女兒不肯嫁，便立刻趕過來。「總得知道阿瑾是因為什麼不想嫁。阿瑾，妳究竟是怎麼想的？」

元瑾沈默，才淡淡道：「初見時，裴大人便對女兒並不友好，甚至還曾幫別人指認過女兒，所以女兒並不喜歡他。再者，裴大人二十五、六都還未成親，卻不知道是何故，恐怕有我們不知道的問題。」

「能有什麼問題？原先不娶，不就是因他不想娶正妻的緣故？現在人家願意娶妳做正妻，妳有什麼可挑剔的！」崔氏差點跳起來。「妳可莫要犯了這個糊塗！」

這個恩怨，老夫人卻是知道的，畢竟她當初也在場。她以為元瑾是因為這個不想嫁，嘆道：「阿瑾，妳現在是小女孩心性，不知道輕重。這事若換了旁人，肯定是欣喜若狂地答應了。俗話說什麼好都不如嫁得好，妳若只嫁個普通公子，哪有嫁給裴大人這般尊榮？再者，裴大人這般身分地位，妳當真是不能拒絕的。」

「別管她同不同意，反正姻親是父母之命。今兒我和妳爹在這裡說定了，妳是嫁也得嫁，不嫁也得嫁！」崔氏幾乎就想押著女兒上花轎了。

元瑾深吸一口氣，雖然她早料到這個局面，但崔氏的激動仍超過她的想像。

她已經不再是丹陽縣主，普通人家的親事便是由父母商定，怎容得兒女說一個不字？何況從表面上看，這門親事也沒有任何不妥的地方，別說崔氏，就是老夫人恐怕都不會答應她的拒絕。

裴子清，他這是要把她架在火上烤啊！

老夫人又道：「阿瑾，妳娘這般激動，絕不是因裴家的權勢，她也是為妳好。妳須知這真是一門好親事，若妳現在不抓住機會，恐怕到了將來是會後悔的。」

元瑾知道此事需要從長計議，便向老夫人屈身道：「阿瑾都明白，大家無非是為了我好。只是我想先同裴大人談談，希望您不要先應承下來。」

崔氏聽了又要跳腳，卻被薛青山抓住。

老夫人點頭，看著她道：「祖母答應妳，但妳也要答應祖母，凡事不可任性，否則害了自己一輩子。」

元瑾也應下來，心中有幾分苦笑。

在他們眼中，自己自然是任性了。

但沒有人會知道為什麼，沒有人知道她對裴子清有多恨，不僅因蕭家的覆滅，更因他背叛了自己。要是他真的娶了她，與她同榻而臥，她覺得自己哪天也許真的會給他一刀。

但這事需要從長計議，她想直接拒絕，可看幾位長輩的態度那是絕不可能的。

眼下只看能不能勸得裴子清不娶她了。

漸漸入夜，雪天已霽，庭院中的雪卻沒有掃，草地、枝椏都蓋著雪被，映著大紅燈籠的光，有種冬日的溫暖。

老夫人她們並未將元瑾的拒絕當一回事，反而覺得她不過是一時任性，等想通了就好。再者就算她沒想通，她們也不會讓元瑾犯渾的，因此兀自開始討論起嫁妝。

元瑾沒有留在那裡，而是回到自己的院子練字。

不過片刻，紫蘇來回稟。「二小姐，裴大人的轎輦已經過來了，先去拜訪了老夫人。」

元瑾嗯了聲，問：「可能聽到他們在正堂說什麼？」

紫蘇道：「……似乎在說聘禮的事。」

元瑾長吁了口氣，扔下筆。果然她們就沒把她的拒絕當真。

紫蘇看著她，有些小心翼翼地問道：「二小姐，請恕奴婢多嘴，只是奴婢有些不明白，這樣一門好親事，您為何要拒絕呢？這些年，京城中想嫁給裴大人的世家貴女太多，即便是他不願意娶正妻，也有人上趕著想給他做妾……」

元瑾露出若有所思的神情。

其實，她也可以嫁給他，然後利用他去接近靖王，將這些前世害了她家的人都拉下馬。只是她生性不喜歡耍這樣的陰招，再者，她也不知道自己能不能忍受跟裴子清同臥一榻。

她認真地對紫蘇笑了笑。「我會想想的。」又說：「一會兒裴大人來了，帶他到花廳。」

紫蘇有些納悶。花廳沒有地龍，還四處透風，小姐怎會選那樣的地方見裴大人？

裴子清沒有跟老夫人她們說太久，他剛從宮裡回來，本來是應淑太后的吩咐去封查蕭太后留在慈寧宮中的遺物。

直到他發現一樣東西。

他平靜的心頓起波瀾，幾乎無法再抑制下去，立刻就從宮中回來，到定國公府來拜訪。

他想知道自己所猜是不是真的？

他淡淡道：「原本還能和老夫人長談的，只是我想去見二小姐一面，不知她現在在何處？」

老夫人聽說他要去見元瑾，便叫了拂雲過來。「妳帶裴大人去二小姐那裡。」

雖說成親前男女不便見面，但裴子清畢竟已經見過元瑾多次，再者兩家又是相熟的，所以便沒有計較。

拂雲是老夫人的心腹，一看老夫人的眼神就知道是什麼意思，應了諾，領著裴子清前往鎖綠軒。

紫蘇站在廊廡下，就看到被眾侍衛簇擁的裴子清走過來。

她迎上去，笑著屈身道：「裴大人安好，我們小姐在花廳等您。」

裴子清解下身上的玄色斗篷，遞給下人，裡面是寶藍色飛魚服，衣襬繡金色游魚。這飛魚服襯得他更加身姿筆挺，面容俊冷，比平時更有氣勢。

裴子清淡淡嗯了聲，隨著紫蘇往花廳走去。

拂雲也跟上去，但隨即柳兒就從旁邊走上來，笑道：「拂雲姑姑安好，花廳那處沒有地龍，實在冷得很，不如姑姑隨我去東廂房烤火，再吃些點心如何？我看您一路過來手腳應該也凍僵了。」

拂雲不好拒絕，更何況花廳四處開放，她著實無法站近聽，便只能跟著柳兒去東廂房。

紫蘇留在花廳的捲簾外，虛手一請。「裴大人進去吧。」

裴子清跨步而入，舉目看去，兩把東坡椅中放了個火爐，爐上燒著熱水。元瑾正認真地盯著水，她身上穿了件瓔珞紋粉色夾襖，嵌著毛茸茸的邊，將她的臉襯得瑩瑩可愛，菱形的眼尾斜長，睫毛低垂，清澈明潤的眼瞳中倒映著跳動的爐火。

「為何不在屋內見我？」裴子清走過去，卻沒有坐下。「這裡不冷嗎？」

元瑾道：「我與裴大人男女之別，自然要找個開闊的地方見面，免得旁人誤會。」

裴子清聽了，失笑道：「我已要娶妳，便沒有什麼男女之別。」

元瑾卻沒有說話。爐上的水已經咕嚕嚕冒開，她提起水壺，將小几上的兩個茶蓋揭開，單手按著茶柄給裴子清倒水，然後將其中一杯推到他面前。「大人雪夜前來勢必很冷，喝杯薑茶祛祛寒吧。」

裴子清垂眸一看，澄亮明黃的茶湯中的確泡著幾枚薑片。

他伸手端起茶杯卻沒喝，而是笑著說：「二小姐倒真是會挑，知道裴某不喜薑茶，竟專門為我備下這個。」

「大人實在言重。」元瑾露出些許驚訝。「我竟不知道大人不喜歡薑茶，這不過是意外罷了，怎是我專門為大人準備的？不如我叫丫頭過來給大人換過。」說著就立刻要叫丫頭過來。

裴子清卻一把抓住她的手。「二小姐，妳究竟想做什麼，不妨直接告訴裴某。」

他的手掌寬厚而燙人，元瑾掙了幾下才掙脫，隨即站起來。「既然如此，那我明人不說暗話，不管裴大人是因何想娶我，我都希望大人您收回這話，我是不會嫁給你的。」

她看到身著飛魚服的裴子清時，瞳孔微縮。

當年裴子清坐上錦衣衛副指揮使的位置，是她親自從太后那裡討來這件飛魚服。他既穿著飛魚服前來，應該是才從宮裡過來吧。

裴子清看著她笑了笑，並不生氣，整了一下袖子。「非裴某太過有自信，而是裴某也知道，這京城想嫁給我一步登天的人多得是。二小姐倒是特別，我要娶妳，妳竟不想嫁給我。」他的目光深若潭水。「我能知道是為什麼嗎？」

元瑾笑了笑。「大人曾說，我極像您的一個故人。我與大人並未見過幾次，說大人多喜歡我恐怕不可能吧？那我斗膽猜想，大人娶我，可是因為這位故人的緣故？若是因為這個，小女不做任何人的替身，還望大人見諒。」

裴子清眼睛一瞇，慢慢道：「我什麼時候說過，妳像我的故人了？」

「上次為國公爺餞行，大人偶遇我時，親口跟我說的。」元瑾淡淡道。

「哦，是嗎？」裴子清似乎對此並不記得，語氣很平靜。

他坐下來，往後仰靠，看著元瑾。「妳的確像那個人，我也的確是愛她的。但我想娶妳，卻不是什麼替身的緣故，妳倒是不必多心。更何況我決定的事向來是不會反悔的。」

他這是揣著糊塗裝明白還是真糊塗，聽不出她的弦外之音？

那看來必須要用這個辦法了。

元瑾在他面前半跪下，說道：「裴大人恕罪。其實真正的緣由是，我早就有了意中人。他是個幕僚，只是他身分不夠高，所以他想等金榜題名後再上門提親。我們已經私定終身，我想裴大人也不會娶一個心有旁人的女子。」

她不信裴子清這般高傲的人，會娶一個心有所屬的女子。

她說到這裡時，裴子清的笑容變成冷笑。

看來，她是當真不想嫁給自己，竟連什麼「已經有意中人」的話都說出來。

裴子清自大權在握後，還從未被什麼人拒絕過，誰知竟在求娶一個小姑娘的時候被她拒絕了。

自他當權以來，除了那個人，還從沒有誰拒絕過他。

真是像極了啊！完全就好像……是同一個人一般。

他站起身走到元瑾面前。「妳一個閨閣小姐，就不怕這話傳出去，壞了妳的名聲？」

「我自是信得過裴大人的人品。」元瑾道。她覺得再怎麼想娶她，聽到這麼明顯的拒絕後，也該不會想了。更何況裴子清因為幼年的遭遇，非常討厭別人拒絕他。

「若是裴大人答應，那我就先回去了，也請裴大人回去吧。」

元瑾說完後站起來，正要轉身離開，背後突然傳來裴子清淡淡的聲音。

「蕭元瑾，妳站住。」

元瑾渾身一震。任誰聽到自己的名字，都會忍不住有反應。

裴子清為何喊蕭元瑾？是試探她，還是發現了什麼？

他能發現什麼！

元瑾控制著自己的情緒，當作沒聽到般繼續往前走。

但身後的人又說：「妳聽到這個名字，難道就沒什麼反應嗎？」

元瑾閉了閉眼，只能轉過身笑著說：「裴大人說的名字我從未聽過，哪裡來的什麼反應。」

裴子清卻從懷中拿出一物，扔到小几上，似乎是一本書。

「說來也巧，太后不日前想要慈寧宮中一個白玉鐘磬，用來禮佛。而自蕭太后死後，太子殿下便把慈寧宮封住，再無人能進入。我進去後，無意中發現了這本書——」

裴子清盯著她的眼睛。「這書叫做《奇陣解兵》，是先秦時趙國一賢人所著，因講的都是些他自己所創的奇技淫巧，所以流傳不廣。到如今也只有當年的丹陽縣主收藏了一本，就是現在我手裡這本，並且早已是孤本，除了丹陽縣主，根本不會有第二個人看過。

「既然這本已經是孤本，那麼二小姐如何會知道其中製作暗針一法呢？除非二小姐看過這本書？那我更好奇了，妳自小長在山西，怎麼會看過丹陽縣主看的書呢？」

這便是當初她用來害薛雲濤那法子的來處！元瑾只是看過記住了，卻從不知道這書竟然是孤本。

說實話，她當年收藏的那些書，極珍貴的孤本不少，都是太后費盡心力為她蒐集的，她怎會知道哪些是孤本？更何況，當初薛雲濤摔下馬，她又怎預料到會被裴子清發現？現在他竟還偶然找到這本書，並且知道這其實是孤本。

什麼意思？

這書未必只有丹陽縣主一個人看過，太后或她的貼身宮婢也有可能看過。但是一個山西的小姑娘知道，卻是絕對不符合常理的。這只有一個解釋，她曾是丹陽縣主身邊的人，或者……她就是丹陽縣主本人！

裴子清透過對她的長期觀察，確定了後面那點。

元瑾道：「裴大人這話不準，此書並非孤本，我在別處看過。我的確自小長在山西，跟什麼丹陽縣主沒有半點關係，只希望大人推拒這門親事，我便是極感謝了。」

她說罷屈身便要離開。

跟裴子清糾纏這個根本沒有意義，越糾纏他只會越懷疑。

裴子清卻突然站起來，一把抓住她的手，將她扯到自己近旁。

「妳跑得這麼快，是不是心虛了？」他冷笑。「妳說妳在別處看過，告訴我在哪裡，我去找，倘若沒找到，那便是真的確認了妳就是丹陽。」

元瑾的臉色也不好看起來。「裴大人這是幹什麼？什麼孤本不孤本的，若因這點就覺得我與丹陽縣主有什麼關係，那才簡直荒謬！再者你若不放手，丫頭就守在外面，我大聲喊來丫頭，裴大人可還要自己的名聲？」

裴子清卻冷笑起來，眼眸中有種驚心動魄的亮光。「那又如何，反正我都要娶妳了，還怕別人怎麼看嗎？」

這人瘋了吧！

元瑾一個狠心想要掙脫，裴子清卻手如鐵鉗，緊緊抓著她，繼續道：「這些都只是懷疑，就算妳給我的感覺或行為話語再怎麼像，畢竟是完全不同的兩個人，怎麼會是同一個呢？我雖然有這個想法，卻也不能確定。妳可知道是什麼讓我確定的？」

「我只知道裴大人現在恐怕是神智不清了！」元瑾說話毫不留情。

裴子清卻毫不在意地笑了。「那就是妳拒絕我的提親！倘若妳真是個普通小姐，怎麼可能會拒絕我的提親？並且還是不惜以誣衊自己的方式。我不信妳會和一個普通幕僚私定終身，我更不信妳會為了一個普通幕僚，不願嫁給錦衣衛指揮使。就算真的如此，我便將妳搶走。他不過是個普通人，還能跟我為敵不成！」

元瑾聽到這裡，反倒氣笑了。

雖然與陳慎有私情這件事是她編造的，但其實她真的更願意嫁給陳慎而不是他，裴子清未免太狂傲了！

元瑾繼續說：「我與那人是完全不同的人，不知裴大人為何聲稱我是她？但我建議裴大人好生清醒一下，況且我的確極愛那位幕僚，因此才不想嫁給你。我要回屋休息了，還請裴大人放手！」

裴子清這般執著地要找到她，不過是他愛而不得，如今發現一絲蹤跡便瘋魔罷了。

「我雖不知道是因為什麼，但我知道妳就是她。」裴子清嘴角揚起一絲笑容，眼眸中全是志在必得。「元瑾，我之前便愛著妳，我只會愛著妳。所以就算妳換了樣子，我仍然能認出妳，並且繼續愛妳。而不管妳承不承認，妳的才智、妳的行為習慣，妳給我喝我討厭的東西，都讓我知道妳就是妳。

「妳不想承認，不過是因為妳恨我背叛了妳，所以才一直以來都對我冷言冷語——但其實我做的一切都是有苦衷的，我也從不想害妳，因為我愛妳。」

裴子清越說，就越明白元瑾過去種種行為的原因。看著她雖然神色鎮定，唇色卻越來越白，他更加知道自己猜對了。就算她再怎麼不願意承認，他已經認出了她。

他笑道：「蕭元瑾，我愛妳這麼多年卻得不到妳。如今，我終於有機會娶妳了，而妳毫無反抗之力。妳說——我會就這麼放妳離開嗎？」

裴子清俯下身，在她耳邊說了三個字。「妳休想！」

熾熱的氣息熨燙她的耳際，元瑾如何能掙脫得開？她知道，其實裴子清心細如髮，怕是早就有所懷疑，但這件事實在太荒謬，他也不能確定。如果今天不是他找到那孤本，聽到她親口拒親，恐怕是怎麼也不能確定的。

可就算他確定又如何？只要她永不承認，這件事就永遠只是猜測。

元瑾抿了抿唇，看著自己被他抓得泛紅的手腕。

裴子清現在位高權重，發現她是丹陽，更加不會放手。而她現在不過是個繼小姐，根本毫無反抗之力！

她能怎麼辦？

第四十章

許是兩人的動靜終於驚動丫頭，有人隔著簾子問：「二小姐，可是發生了什麼事？」

裴子清示意元瑾，低聲說：「妳不希望妳的丫頭進來，看見我們兩個這般樣子吧？」

元瑾狠狠瞪了他一眼，才說：「無事，妳退下吧。」

丫頭應諾退下，頃刻間黑夜又平靜下來。

花廳外卻又開始飄雪。碎瓊亂玉紛飛而下，四周靜得能聽到雪落的聲音。

元瑾整理好自己的衣襟，坐了下來。

其實在之前她還是丹陽縣主的時候，她不是沒有察覺到裴子清的心意，但那時她怎麼可能把這種事放在眼裡，知道了也只能視而不見。

「裴子清。」薛元瑾換了個語氣叫他的名字。

當裴子清聽到這三個字的時候，身體微微一震，因為只有丹陽才會用這種語氣叫他。

「你也知道強扭的瓜不甜，你若真的強娶了我，我也有千百種辦法讓你後悔。」元瑾靜靜地道：「我從不開玩笑。」

裴子清嘴角勾起一絲笑容，那笑容中卻似有幾分對她的縱容。「妳終於承認了？」

「承認什麼？」元瑾淡淡道：「雪天夜寒，大人還是趕緊回去吧。我亦不想見大人。」

她起身就要離去，卻聽見裴子清在背後道：「元瑾，我知道妳隱瞞身分想做什麼。我告訴妳，無論是太子還是靖王，都是狠絕異常的人物，妳再怎麼厲害也只是女流之輩，不可能敵得過他們。嫁給我，我護妳一輩子周全不好嗎？妳想做什麼，我會幫妳去做。」

元瑾腳步一頓，道：「不好。」

裴子清在她背後笑，微微嘆氣。「那我真是遺憾妳不願意了。不過，妳要嫁給我這件事，是怎麼也不會改變的。」

元瑾抿了抿唇。

離開花廳後，元瑾回了廂房。

柳兒已經將地龍燒起，屋子裡很暖和。

寶結遞了杯水給她，見她神色凝重，不由得問：「小姐，怎麼了？」

元瑾搖頭示意無事。她其實也知道，若不是因為裴子清發現了那孤本，是不會如此執意要娶她的。正是因為他知道了，所以才不肯放手。

這事還真的有些棘手，她必須好好思索一下該怎麼辦。

這時外面有丫頭走進來，屈身通傳道：「小姐，世子爺來見您了。」

薛聞玉剛回來，便聽說了裴子清想娶姊姊的事，他連程子衣都沒換就來見元瑾。走進屋中時，他的烏髮、肩上都是碎雪，肩上的那塊衣裳都被洇濕了。

元瑾看到皺了皺眉，拉著他坐下。「怎地冒雪前來？有什麼事叫小丫頭傳個話不就行了。衣裳也打濕了，你沒有帶傘？」她一邊說，又握到他的手冰涼，便叫丫頭拿手爐上來，又從腰側拿了帕子，仔細給他擦雪。

薛聞玉澄淨的眼眸靜靜地看著她的動作，柔聲道：「姊姊，不礙事的。」

「什麼不礙事！」元瑾瞪了他一眼。「上次冒雪就得了風寒，你不敢讓我知道，悄悄讓下人給你煎藥喝，擔心當著我的面咳嗽讓我發現，那段時間還不敢見我，當我不知道嗎？」

薛聞玉便握拳低笑。「原來叫姊姊知道了。」

祛寒的薑湯端上來，裝在薄胎的豆釉碗中，薛聞玉一口飲盡，才說起正事。「我聽太太說了今天的事，裴子清想娶姊姊，已經叫人來提親了？」

元瑾和薛元珍兩人過繼到定國公府，不過是給老夫人解悶，幫她們嫁得更好，定國公壓根兒沒在意，所以仍叫原父母為父母。而薛聞玉是正式過繼到定國公府做世子，自然要完全改口，所以只能叫崔氏為太太。

聽薛聞玉提起此事，元瑾淡淡道：「那母親可告訴你，我不願意嫁他？」

薛聞玉點頭。「母親覺得妳犯糊塗了，還讓我來勸勸妳。」

元瑾一笑。「那你是來勸我的嗎？」

薛聞玉也淡淡一笑，輕聲道：「怎麼會呢。」

在他心裡，自然是巴不得姊姊不嫁的。不過這樣隱密的心思，是不能告訴她的。

「那姊姊可拒絕他了？」

元瑾搖頭，不知道怎麼和聞玉解釋，為何她拒絕了，裴子清仍然要娶她，且可能比之前更瘋魔。

這時候丫頭又走進來，屈身正要通傳，崔氏卻已經從她身後風風火火地走了進來，對她擺擺手。「下去吧，不必傳話了！」畢竟元瑾已經看到她進來，也沒什麼好通傳的。

她在元瑾對面坐下來。「裴大人走之前去見了老夫人一面，跟她說娶是一定要娶妳的，只是妳仍有些不情願，讓我們勸勸妳。娘當真想不通，妳怎麼會不情願呢！」

薛聞玉面色平靜，聽到這裡，眼神卻瞬間一暗。他站起身道：「不如太太和姊姊先說話吧，我回去溫習功課了。」

崔氏點頭，仍盯著薛元瑾，彷彿一定要她拿出個解釋來。

元瑾無比頭痛，無論她怎麼拒絕，崔氏等人必然都會覺得她是腦子糊塗，不知好歹，還不如她自己暗中謀劃。

於是她道：「娘，您別勸了，我已經想通了。」

崔氏本以為會有場苦戰，沒想到竟然聽到女兒這句話，面色一喜。「妳當真想通了？」

元瑾自然點頭。

「那便好、那便好！」崔氏喜笑顏開，又握住元瑾的手。「娘當真不是……不全是圖他家的榮華富貴，而是妳嫁了這樣好的人，以後還愁什麼？妳弟弟這不是也有個助力嗎？既然妳已經想通，我看不如開始繡嫁衣吧！」

說完又覺得不對，女兒那繡工恐怕是拿不出手。「……算了，妳還是繡兩張喜帕吧，嫁衣咱們找繡娘來做。」

元瑾皺了皺眉。「不是說了及笄再出嫁，怎麼就要繡嫁衣了？」

崔氏才笑道：「方才忘了告訴妳，裴大人的意思是妳越早過門越好，所以就不等及笄了，反正也差不了多久。」崔氏想著又站起來。「妳父親還在和妳祖母商量陪嫁呢，我們家家底薄，妳祖母要給妳出二十擔的嫁妝，妳明早請安時記得要謝謝祖母。好了，我也得過去一起商量了。」說完便離開。

崔氏走後，元瑾眉頭一皺。裴子清竟直接就要娶她，不訂親了？

那她勢必也要快起來了。

雪越下越大，薛聞玉只穿了件單薄的棉衣站在窗前，凝望大雪紛飛。

「皇后娘娘逝世那天，也是這樣的大雪。」徐先生在他身後道：「世子爺加件衣裳吧，仔細著涼。」

世子爺雖然習武也練騎射，身子結實，但是底子卻很差。還在娘胎裡時就沒調理得當，極容易生病。

薛聞玉轉過身，目光掠過徐先生。

徐先生穿著件讀書人常穿的青灰色直裰，留著鬍鬚，表情祥和。如果不說，沒有人知道他圖謀的是天下大計。

他淡淡地道：「裴子清想娶我姊姊，但是姊姊不想嫁他，只是他位高權重，我與姊姊都毫無辦法。徐先生可能幫我？」

徐先生道：「我只是一介書生，真正能幫世子爺的，還是您自己。」

薛聞玉聽了，秀美的眉頭微蹙。「先生是什麼意思？」

「世子爺想要的東西，其實總歸來說不過是權勢罷了。」徐先生說：「您得到權勢便得到了一切，若是成了天下至尊，還有什麼是不能達到的呢？所有人的生死都在你的股掌之間，所有東西都在您的控制之中，這樣的感覺豈不是好嗎？到時候，您就再也沒有今天的煩惱了。」

薛聞玉明白徐先生的意思，其實之前他答應徐先生爭奪皇位，是因為姊姊。而徐先生需要的，是他本身渴望這件事。

慾望就是心魔。一個人有了心魔，才能有不擇手段的毅力。

他如玉般典雅而精緻的面容依舊淡然悠遠，說出口的話卻含著幽幽的冰冷。「那先生可以告訴我怎麼做。」

徐先生笑了笑。「世子爺，眼下就有條明路擺在您面前呢。」

薛聞玉側過頭看著他，那瞬間他的神情，讓徐先生想到了先皇。

他一直覺得，一個人對某種東西的渴望都是刻在骨子裡的。朱家對權勢的掌控慾，在他們每個朱家人的身上都存在。當今皇帝和太子如此，靖王朱槙如此，而薛聞玉……也是如此。

第二天，元瑾很早就被崔氏從床上拉起來，去給老夫人請安並答謝。

老夫人喝了口參茶，笑道：「我聽妳母親說妳已經想通，想通了便好！裴大人這樣喜歡妳也是難得，日後必定不會虧待妳。」又道：「其實我原有個閨女，是我三十八那年冒險生的，可惜她十三歲那年病沒了。」說到這裡，老夫人臉上露出些許黯然，似是想起往日。「妳有些像我那閨女。她自出生起，我便想著給她準備什麼嫁妝，卻一直都沒有機會。如今有這機會，我高興還來不及呢。」老夫人笑著說：「本還想多留妳兩年，現在怕是沒這個機會了。」

元瑾知道老夫人待她真誠，備下的嫁妝也必是好東西，輕輕道：「我也願多陪您兩年，等及笄再嫁也不遲。」

「這可不行。」站在一旁的拂雲笑道：「二小姐不知道，一早延清觀就派了個道士過來回話，說裴大人吩咐他們合了他與您二人的八字，是沒有問題的，不日他就會把聘禮送過來。裴大人可當真是對您上心，怕是等不到您兩年了。」

這話說得老夫人和崔氏都笑了笑。

元瑾嘴角微動，他果然還是那個行事作風。裴子清是個行為果決的人，一旦認定什麼事情，行動起來也非常快。

老夫人見她仍算不上高興，又說起旁的事。「……後日便是太后娘娘的壽辰，到時候我會帶妳和元珍去。妳也別因親事的事擔憂，只當放鬆心情了。」

幾日後就是淑太后的壽辰，這是闔宮宴請的日子。

雖早知道淑太后生辰的事，但乍一聽要進宮，元瑾仍然心跳漏了一拍。要再度踏足自己熟悉的地方，見到扎堆的仇人，她怎能不激動？

不過這事暫且不提，今天她必須要去一個地方。

元瑾走出正堂後，便吩咐柳兒去叫馬房的人套馬。

崔氏正好走過來，皺眉問道：「妳叫套馬做什麼？」

元瑾早已想好託詞。「上次在靈雲寺向菩薩求了姻緣，眼下好姻緣不是來了嗎？女兒是去向菩薩還願的。」

崔氏聽了本來只是嗯了一聲，片刻才反應過來，追上去要抓女兒。「妳上次便沒去靈雲寺，如今還矇我！給我回去好好待在閨房學繡工！」但她哪裡比得上小姑娘跑得快，片刻就追不上元瑾了，靠著梁柱氣喘吁吁。

女子本該大門不出、二門不邁的，只是元瑾自來就養得比尋常姑娘性子野。再者薛青山提前叮囑過她，元瑾做什麼事都別攔著……她也是跟著丫頭、婆子出門，應當還好吧？

崔氏只能祈禱她是真的去寺廟還願。

其實元瑾是來找陳慎了，她的這個計劃需要外力幫忙，她自己一個人是無法達成的。

元瑾下了馬車，只見前門仍然緊鎖。她從門縫裡也未見著人，心裡還奇怪，他怎麼總是不見蹤影，有這麼忙嗎？

正想著，有人就在背後說：「妳又在偷看我的院子，有這麼好看嗎？」

元瑾猛地回過頭，才發現陳慎站在自己身後。他因為太高，將她整個人都籠罩在他的影子中。

他背著手，嘴角帶著一絲調侃的笑容。「無事不登三寶殿，妳又有事相求吧？」

他覺得自己真的成了她的神佛菩薩了，有事沒事便來拜拜。

元瑾笑了笑。「先生果然神機妙算，容我慢慢和你道來。不過先生不請我進去坐坐？」

朱楨搖頭，指了指對面的酒樓，頓了頓。「我還沒吃午飯。」

他一早上都在處理軍務，無暇理會其他事。午時過了才稍微得空，便聽下人說她過來找他了。

他這話的意思，是想讓她陪他吃午飯不成？

既然有求於人，那還有什麼好說的，元瑾同他一起上了酒樓。

這酒樓佈置雅致，隔間均以竹製，放下了厚棉隔，屋內點了炭爐後不久便溫暖如春。元瑾卻嫌裡頭悶，將窗扇打開透氣，並且朝外看了看。

外面便是西照坊的街道，雪被掃得乾乾淨淨，只有瓦片覆蓋的房頂還留著厚厚的雪。一點溫度也沒有的日光照在雪上，鍍上一層柔和的淡金色。從這裡還能看到遠處的樹林，以及更遠處綿綿的山川，皆是冰雪覆蓋，元瑾甚至還看到幾個半大的孩子，穿著冰刀在河面上滑行。

雅間打開，很快就有人端著熱騰騰的羊肉湯鍋，切得薄薄的四、五盤羊肉、羊肚等上來。除此之外還配了幾盤精緻的點心。

朱槙看她還瞧著外頭，就說：「窗口冷，別站那裡了，過來吃些點心吧。」

元瑾回過頭，金光鍍著她一半的臉，她的眼波似乎還未流轉過來，那一瞬間的美，用古書上的話說，便是「髣髴兮若輕雲之蔽月，飄飖兮若流風之迴雪」。

朱槙眼神微閃。

「我是覺得有些奇怪。」元瑾說：「按理說西照坊在西市邊上，也是個繁華地界，這街上的行人怎會如此稀少？」

朱槙的神情很平靜。行人如此稀少是因為這條路都被封了。「許是才下了雪還冷吧，所以出來走動的人才少。」他隨意解釋。

「若真是如此，那為何街上的雪又掃得如此乾淨？」元瑾又問。

一個謊言需要無數的謊言去圓。朱槙不想再圓了，笑了笑，說：「外面冷得滴水成冰，我今兒穿得薄。」指了指窗扇。「能關了它，過來陪我坐坐嗎？」

元瑾看他的確只穿一件棉布面的薄襖，便將窗扇關上走回位子。

朱楨將幾盤糕點推至她面前。「這家的糕點做得極好，妳嚐嚐吧。」

三盤糕點都極為精緻。半透明的茯苓棗糕，爽口開胃；金黃色的撒了些椒鹽的鹹肉酥，酥脆可口；糖絲纏繞的山藥糕，裡面嵌熱熱的紅豆流沙，更是讓人食指大動。

元瑾吃了塊纏絲山藥糕，就放下筷子，看著陳先生吃羊肉。

她發現他其實挺能吃的，雖然動作標準克制，一次只一片，但是他吃得快啊，一會兒工夫，兩盤的羊肉便沒了。

難怪長得人高馬大……

「說吧，今兒找我什麼事？」朱楨放下筷子問她，一邊倒了杯清茶漱口。

「我要成親了。」元瑾老實道。

正在喝水的朱楨不幸被嗆住，咳了幾聲。心道幸好這裡沒下屬，不然平日克制的形象便繃不住了。

「和誰成親？」朱楨抬頭問，語氣已然有幾分冰冷。

他已將她當作自己的人，她還能嫁給別人不成？

「一個京城中的大人物。」元瑾輕輕嘆了一聲。「其實我並不喜歡他，若能直接拒絕倒好，可他權勢地位不一般，我得想個曲折的法子拒絕了這門親事才行。」

「大人物……」朱楨往後仰靠在椅背上，語氣中有種隱然的氣勢。「是什麼大人物？」

元瑾想了片刻，覺得這事也不必瞞，便道：「錦衣衛指揮使裴子清。你可知道？」

原來是裴子清！

他當時坐鎮山西的時候，裴子清時常往來於定國公府。難道就是那時候看上了元瑾？

朱楨並不喜歡自己的東西被人覬覦，更何況還是被自己的下屬。

再者裴子清算什麼大人物。

朱楨嗯了聲，又問：「既然妳不願意，可是妳家裡的人逼妳嫁給他？」

他早明確跟薛讓說過，他對元瑾不一般，難道薛讓還是昏頭昏腦的，強行把她許配給了裴子清？

元瑾頷首。「便是家裡覺得是門好親事，我才無法拒絕。」

果然如此。朱楨手中把玩著茶杯。「既然如此，那妳現在應該已經有了打算吧？」否則也不會直接來找他幫忙了。

元瑾點點頭，然後才告訴他。「我想著，倘若這時候有別人來提親，我便能順勢推掉這樁，倒也自然就化解了……」

朱楨聽到這裡笑了笑，頓了片刻才淡淡道：「妳若需要的話，我可以幫妳這個忙，去妳家裡向妳提親。」

其實元瑾並不知道，在這一刻他做的是怎樣的承諾。

他若提親，那元瑾日後便是靖王妃了。

元瑾聽了陳先生的話，欲言又止。

雖然一瞬間她有些許自己都不明白的喜悅。但他只是個普通的幕僚罷了，家裡怎麼會同意呢？

她忍了忍，又老實地道：「多謝先生這般仗義，願意捨己為我。只是這提親之人也得特殊，不說比裴子清地位高，也需得平起平坐才行，否則我家人怎會同意……陳先生才高八斗，前途不可限量，只是這時候還幫不上我。不如先生先考個舉子？」

朱槙聽了，笑著嘆息。難得有一天他向別人提親，竟然會被嫌棄身分不夠高。

「這樣啊。」他說：「那妳應該還有別的打算吧？」

元瑾便又站起來。其實這法子她在家中思索許久，覺得可行，只是要更麻煩一些，但總比第一個毫無希望的好。

「我曾暗中無意得知裴大人一些貪墨的事情。希望先生寫信，替我交到都察院左僉都御史手中，這左僉都御史是太子之人，勢必會引起重視。」

裴子清原來做過什麼事她一清二楚，拿這麼幾件來威脅他也不過分。只是這信透過定國公府是寄不出去的，只能由陳先生代為幫忙。

朱槙聽到這裡有些意外，畢竟裴子清是什麼樣的人，他再清楚不過，怎會讓元瑾知道他貪墨的事？還是他也喜歡小姑娘到了昏頭的地步？再者，她又是怎麼知道左僉都御史是太子之人，難道是薛讓告訴她的？

不過不管是哪一種，她有如此洞察力，都證明她是個聰慧異常的人。

「但若是沒有證據，恐怕也無法將裴子清定罪。」朱槙說道。他其實是想引導她說出更多，他也想看看小姑娘究竟想到了哪個地步。

元瑾笑了笑。「先生想得詳細，其實我只是用來威脅他罷了，有沒有證據不重要。」畢竟陳先生是定國公的幕僚，而定國公和裴子清又是好友，元瑾沒有完全告訴陳先生自己的打算。

朱槙則覺得小姑娘單純，僅憑幾件案子的風聲，是不可能對裴子清有什麼動搖的，否則裴子清哪裡還能混到現在？但是他也沒有說什麼，只是笑了笑。「妳這般想要擺脫他，可是他強逼著要娶妳？」

聽他這麼問，元瑾卻抿了抿唇不說話。

朱槙俯身靠近了一些，看著她粉白的臉頰，柔和而堅定地說：「告訴我。」

而他的略微靠近，似乎讓她的臉色更薄紅了一些。

被人威逼要挾要嫁，說出來任何人都會不好意思。

元瑾道：「總之，先生若能幫我這件事，我自然感激不盡。」

朱槙笑著問了句。「不管我用什麼辦法，只要能幫到妳就好了吧？甚至向妳提親？」

元瑾只覺得他是開玩笑，就說：「先生若真能說動我父母、家人，我自然也高興了。」

說完了事情，元瑾看著時辰不早，準備要走，臨走前還再三叮囑朱槙。

朱槙笑著應好，等小姑娘的身影消失後，他才招了招手。

李凌無聲無息地出現在他面前，跪下道：「殿下。」

「回去後，叫人先修書一封給定國公，問問他女兒的親事最近可好。」朱槙道。然後他又想了想，說：「另外，再備下一百八十擔聘禮。」

李凌方才藏在房間暗處，聽到兩人說話，聞言遲疑地問：「殿下當真要以自己提親幫她？」

「幫她？」朱槙喝了口酒，道：「我這是要娶王妃了，可不只是幫她。」

李凌聽了，面上一喜，心情頓時激動起來。

這麼多年了，殿下都不肯娶親，如今竟然想娶了！

他立刻笑道：「原來是當真有喜事，那屬下立刻回去準備！」

朱槙笑著頷首讓他去。原本他還在想，該用什麼方式告訴元瑾他的真實身分比較合適，眼下不就是個好機會？他娶了她，也是幫了她，她便應該不會計較自己的隱瞞吧？

至於裴子清，他都出面了，難道裴子清還敢不退讓？

不過薛讓的問題比較嚴重，等他回來後，他再好生「問問」他。

而遠在京衛，正在訓練士兵的薛讓，因此打了兩個大噴嚏。

他揉了揉鼻子，抬頭看了看碧藍的天空。

第四十一章

見薛讓打噴嚏，他身邊的副將關切地問：「國公爺可是身體不舒服？」

薛讓揉了揉鼻子。「倒也沒有，許是有些水土不服吧。」

京城風沙大，他覺得自己是不是不習慣？

這時有個士兵跑上城樓，在他面前跪下來。「國公爺，有您的一封信，從定國公府送來的！」

士兵雙手奉上信封。

薛讓這會兒正要演練軍隊，哪裡有時間看家書，便揮手道：「先拿回去放我書案上，我一會兒再看。」

士兵有些遲疑道：「可送信的人還等著大人您的回信呢，他一起帶回去。」

薛讓更不耐煩了。「你放到我房中就是了，哪這麼多話！」

士兵猶豫片刻，只能先退下。

薛讓便繼續專心致志地訓練軍隊，等到他回房休息時，已是夜幕降臨。

他先喝了一口酒，火辣辣的烈酒沿著喉嚨滑下去，驅散冬日的寒冷。他這才靠著椅背，慢悠悠地打開家裡的來信。

老夫人在信中說，裴子清想娶元瑾為正妻，還請了曹老夫人上門提親，問他是什麼想法？不過她覺得這是一門極好的親事，打算先同裴家商議一番。

薛讓看了嗤笑。「這裴子清……平日還裝得一本正經，原是暗地看上了元瑾。」

裴子清若是娶了他名義上的繼女，兩人的輩分還不知道怎麼論呢。到時候他回去，定要逼他叫自己一聲岳父聽聽！

薛讓慢悠悠地放下信紙，好像覺得有什麼地方不對。

他突然從椅子上跳起來。

薛元瑾……不是靖王殿下的人嗎？殿下還曾將貼身玉珮給她！

那裴子清怎麼能娶元瑾呢！

而且，母親既然覺得這門親事極好，搞不好已經開始談婚論嫁，如果靖王殿下追究起來……

薛讓原地走了幾圈。不行，他要趕緊修書回去，跟母親把事情說清楚，不能讓這門親事繼續下去。

薛讓高聲對外面道：「來人！」

下屬聽到，連忙跑進來。「國公爺有事吩咐？」

薛讓道：「你去把剛才給我送信的人叫進來！」

下屬有些疑惑。「什麼送信的人？」

薛讓又急又怒，一腳踹了過去。「剛才來送家書的，快把人給我找過來！」

下屬連忙應是，從地上爬起來，跌跌撞撞地趕緊去找人。

這時又有個士兵進來，跪下稟報。「國公爺，靖王殿下密函！」

朱槙發出這信雖然比老夫人遲了一天，但老夫人的是家書，自然來得慢。朱槙的信卻是以軍機密函加急送至，所以不過半天就到了。

薛讓摸了把冷汗，道：「拿來我看！」

眼下沒有軍情，殿下來信恐怕就是為了元瑾的事。

他本還幻想著若是靖王殿下沒發現，他可以把這件事掩蓋過去，現在看來是癡心妄想了。

薛讓打開信一看，只見信中果然寫的就是元瑾的事！

他沈聲道：「給我拿紙筆進來！」

他得趕緊給老夫人回信，讓她阻止這門親事。同時還得趕緊給靖王殿下回個信，向他把整件事解釋清楚才行。

寫完後，薛讓直接派兩個士兵騎戰馬，連夜加急送回京城。

京城外的薛讓焦頭爛額，定國公府卻是喜氣洋洋。

似乎知道元瑾繡藝不好，第二日裴家便派了兩個女紅最好的繡娘過來，給元瑾量了嫁衣的尺寸，跟崔氏商量繡什麼花樣、冠上又嵌什麼樣的寶石？

老夫人也在一旁參謀，直到婆子拿了一封信進來。

「國公爺回信了。」婆子將信交給老夫人。

老夫人放下茶盞接過信，還有些腹誹，這信怎麼回得這般快？她掃了一遍內容，頓時臉色就變了。

她立刻合上信，跟崔氏說了聲「暫時別選了」，就匆匆進了內室。

崔氏有些納悶，老夫人這是怎麼了，方才大家不是還商量得高高興興嗎？

老夫人卻將信翻來倒去看了兩遍，心裡將薛讓罵了一通。

這蠢兒子……這般重要的事也不提前告訴她！就算是靖王殿下讓他不要外傳，但告訴她，她會說出去不成？至少讓她平日行事心裡有個底，不會胡亂給元瑾許什麼親事。

眼下倒好，弄成這樣該怎麼辦？

但兒子又說了，靖王殿下說這事不能讓旁人知道，如此便是平白無故跟裴家退親，讓她怎麼開得了口？

老夫人靠坐在羅漢床上嘆氣，過了會兒才摸了把額頭。

罷了，還是先告訴裴家親事暫緩吧。

她走出去，讓繡娘和婆子先下去，才告訴崔氏。「這門親事——恐怕咱們是不能答應了。」

崔氏聽了大驚失色，怎地老夫人突然想悔親了？「老夫人，究竟出了什麼事？」

老夫人道：「秀程，自妳入府來，覺得我對妳如何？」

秀程是崔氏的閨名。

崔氏自然道：「老夫人待我恩重如山。」

她以前在薛家的時候，因為沒讀過什麼書，說話、行事又直，幾個妯娌連同薛老太太都看不上她。但到了定國公府，老夫人卻是真心待她好，崔氏當然極喜歡老夫人。

「那便好。」老夫人說：「我是絕不會害妳和阿瑾的，這門親事不能答應——」崔氏正想說什麼，老夫人卻按住她的手，語氣有些鄭重。「但我向妳保證，這絕不是一件壞事。」

崔氏一時腦子裡一片空白，被這件事突然的發展給搞懵了。

雖然她是非常信任老夫人的，若不是老夫人，他們一家哪裡能到京城，還住進國公府，過著以前想也想不到的日子，元瑾又怎麼會有這麼好的姻緣。但裴大人這般好，怎麼突然就要推拒了？拒絕了他，元瑾嫁給誰去？

崔氏一時有些憂慮。

「那裴大人那邊呢？咱們不是已經答應了嗎？」崔氏問。

老夫人嘆了口氣。「明日就是太后壽辰，一時半會兒也來不及，只能等壽辰之後我再親自去說了。」

崔氏想了想，咬牙點點頭。「那我一切聽您的！」

老夫人聽了很欣慰。崔氏雖然重利，卻是很信任她的。

西照坊的靖王府中，朱槙也收到了薛讓的回信。

他坐在一把太師椅上，指尖摩挲著信封。

薛讓在信中說他遠在京衛，根本不知道家中發生了此事。不過他已經告訴老夫人立刻停下，並誠懇請求他的諒解。

本想著不日就上門提親，但又遇上太后生辰一事，只能暫緩片刻了。

「明日太后生辰，東西都備下了吧？」朱槙問道。

下屬恭敬回答：「殿下放心，都備好了。」

朱槙才淡淡地嗯了一聲。

第二日便是太后生辰，因裴子清的事還未解決，元瑾倒也沒什麼心情。

她還等著陳慎的信什麼時候能送去都察院。

自然，元瑾完全沒想過陳慎能從哪裡找個位高權重的人來給她提親。

寶結給元瑾梳了個偏心髻，戴了一支蓮花苞金簪、點翠的花枝頭面、一對白玉耳墜，再著藕荷色提花緞面夾襖，以及湖藍色纏枝紋馬面裙。

紫蘇給她戴手鐲的時候，笑著說：「別的都好，只是小姐常戴的這個香囊是紅綢的，和這身顏色不配，應該搭一個鵝黃或是蜜合色的香囊才好看。」

紫蘇說的，正是元瑾用來裝玉珮的那個香囊。

元瑾淡淡道：「那取下就是了。」

只是把香囊解下來後，元瑾就想起陳慎說她隨身佩戴，可去災避禍的話。

罷了，今兒既是去宮中，仇人扎堆，那還是戴著吧。

元瑾便將裡頭的玉珮拿出來，繫在腰間。那玉珮淡青溫潤，流蘇墨綠，倒是更好看。

「原是個玉珮啊，倒是極好看。」紫蘇笑道，給元瑾整理好流蘇，再披了件石青刻絲灰鼠披風，主僕才一道出門。

今日薛元珍則是盛裝打扮一番，不僅戴了金累絲的紅寶石寶相花頭面、鳳銜珠金簪，還穿了件玫瑰紅織金纏枝紋緞襖。老夫人則正式地穿了一品誥命的大妝服飾，戴著極重的一品誥命頭飾。

她仔細打量兩個孫女的衣著，覺得沒有問題，才一併上了馬車。

馬車悠悠地朝紫禁城駛去。

老夫人看了看元瑾，心中還記掛著昨晚接到的那封信，很想問問元瑾究竟是怎麼回事？但兒子在信中說了，靖王殿下的身分不能讓元瑾知道，那便是一個字也不能說。

老夫人憋了半天，才叮囑兩個女孩。「……妳們兩人若以後高嫁，也是少不了會到宮中。我今兒領妳們先見識，知道了宮中的規矩，以後就不會出錯了。」

兩個姑娘都應是。

薛元珍看得出有些緊張，元瑾則看著前方晃動的車簾，心跳越來越快。這既不是緊張，也不是恐懼，而是一種說不清道不明的情緒。

這是她舊日的居所，是她前半生榮耀之所在，而她，即將以另一種方式回去。

完全陌生的身分，完全不同的地位。

馬車在午門外停下來，丫頭扶三人下了馬車。

元瑾抬起頭，入目便是巍峨莊嚴的午門，大紅丈高銅鉚釘正門緊閉，跟她是丹陽縣主的時候一般無異。

這紫禁城是永恆不變的，無論易主多少次，它始終沈默而冰冷。

進了午門後，周圍是華貴的朱紅宮牆、黃琉璃瓦，地上鋪著綿延不盡的漢白玉臺階，無處不彰顯皇家的肅穆和高貴。

一行人走得十分謹慎，半句多餘的話都不敢說。約莫過了一刻鐘，穿過許多長長的甬道，才看到前方的一道宮門，掛了赤金祥雲紋的匾額，上書「月華門」。

元瑾看到月華門卻是一怔，想起自己很小的時候，常伴坐在姑母的轎輦走過這裡，去內閣同大臣們議事。有次她貪玩，從轎輦上掉下來，正好磕在月華門門口的石獅子上，當即便哇哇大哭，太后心疼她，便將那兩隻石獅子移走了。

到現在，月華門門口也沒有石獅子。

「今兒宮中紅梅初綻，太后不在坤寧宮中，而是去御花園賞梅，夫人隨我過來吧。」引路的嬤嬤帶著幾人朝御花園走去。

走過坤寧門，眼前豁然開朗，一大片紅梅林出現在眼前。紅梅映雪，正是極好的景色。一群命婦和世家小姐正在賞梅，傳來一陣笑語。

老夫人帶著兩個孫女走過去，對正中身穿太后禮服、左右八名宮人隨侍的婦人跪下來。

「命婦定國公府秦氏，攜孫女給太后娘娘請安，祝太后娘娘福壽雙全，身體康健，千秋興盛。」

盛裝的婦人溫和道：「老夫人不必多禮，快起身吧。」

元瑾才隨著老夫人起身，抬起頭，再次看到了淑太后的樣子。

淑太后穿著太后的禮服，因養尊處優，保養得甚至比小她幾歲的姑母還要好，面容細膩，氣質溫和。

她想起當年還是淑太妃的淑太后來找姑母，不停地低泣。「太后娘娘，您可要寬恕陛下這一次啊！那定不是他的本意，他也是被奸人蠱惑才到了今日……」

姑母對淑太妃的哭哭啼啼不耐煩，等淑太妃走後，才告訴元瑾。「實在是個糊塗人！」

元瑾對她那個哭啼的印象尤為深刻，乍看到她這般明朗的笑容，還有些不習慣。

她的目光下移，落在淑太后身上那身太后服制上。

在姑母身上時，它威嚴華貴，讓人不敢直視。而淑太后細緻秀美的面容、溫和的氣質，卻撐不起這身太后服制。

淑太后詢問老夫人身體如何，老夫人恭敬地回答。

其他的命婦、小姐們則好奇地打量定國公府這兩位繼小姐，其間不乏竊竊私語。早聽說定國公府家有兩個收養的小姐，只是從未見過。眼下既帶進宮來，那便是這兩人了。

就在這時，外頭通傳了一聲。「徐貴妃娘娘到——」

眾人譁然，紛紛垂手站好。片刻後，一位身著貴妃服制、面容明豔的女子走進來，除了太后外，所有人都跪下行禮。

徐貴妃先上前給淑太后行禮。

淑太后問道：「皇上現在如何了？」

徐貴妃笑道：「太后不必擔心，陛下身子已經康健，只是仍不能吹風罷了，皇后娘娘也稍後便到。」

淑太后笑了笑。「那便好，我這壽辰也過得安心。對了，靖王可過來了？」

徐貴妃笑道：「殿下已經到了，正和皇上說話呢。」

元瑾聽到這裡，眉頭微動。

沒想到靖王竟也來了！

也是，他既在京城，今日又是太后的壽辰，他怎麼會不到呢？

她雖入宮多年，但入宮時正好是靖王分藩出去的時候，故一次也未見過他。

她曾派人暗殺過他多次，他也無情地對付過她。兩人倒也算是神交已久的熟人，不知道這次能不能一見真人。

元瑾正沈思時，外面傳來幾聲汪汪的狗叫聲，隨後一個少女的聲音傳來。「大姊，這狗怎地如此調皮！」

只見眾丫頭、婆子圍擁著一名少女走過來，她長得有五分像徐貴妃，只不過比徐貴妃的明豔少幾分驚豔，卻也漂亮，正是之前在傅家見過的徐瑤。

徐貴妃聽到她的話，臉色一沈，呵斥道：「沒大沒小的，太后在此，妳還不快請安？」

那少女根本不覷，嘟了嘴行禮。

淑太后也的確不在意這少女的失禮，笑道：「難得見到阿瑤進宮一次。妳帶著狗去哪裡玩了？」

隨著淑太后說話，元瑾也看到徐瑤懷裡那隻狗，這狗倒是有些眼熟，似乎……是她的狗！

元瑾再仔細一看，這狗雪白蓬鬆的毛、圓滾滾的眼睛、軟乎的耳朵，的確是她曾經養過的狗雪團。

那年她親自從養狗太監那裡抱回來一隻小奶狗，對牠十分愛惜，還給牠取了個名字叫做

「雪團」。

她對這狗太好，朱詢都為此生過氣。

原來現在是徐貴妃養著。

徐貴妃見妹妹抱狗，皺眉道：「妳把牠放下吧，抱著像什麼話！」

徐瑤才把狗放下來，放下來後，那狗就汪汪地朝徐貴妃撲過去，親熱地對她搖尾巴。徐貴妃伸出指尖，敷衍地逗了逗這狗的下巴，卻看不出她究竟喜不喜歡這狗。

元瑾看得嘴角抽動。

不是說狗最忠心嗎？她才死多久，這麼快牠就認新主人了！

徐瑤放下狗後，妙目一掃眾人，竟一眼就看到站在老夫人身後的元瑾，想到上次在傅家結過的梁子，便冷哼一聲。「原來是妳這個破落的小姐到宮裡來了，我說怎聞得一股窮酸！」

徐貴妃又低聲斥道：「阿瑤，妳如何說話的！」

她倒是不在意徐瑤冒犯兩個不知名的世家女，但當著太后的面也這般口無遮攔，豈不是留人話柄？

元瑾則笑道：「我等不過是藉著太后娘娘的生辰之喜，才能進宮得以瞻仰，徐三小姐見怪了。」她倒是不介意的，想當年，她姪女還砸傷過徐瑤的腦袋。這般一想，好像就沒什麼了。

徐貴妃見元瑾應對得體，進退有度，還看了她一眼。然後把徐瑤拉到自己身邊，嚴厲地訓斥她幾句。

徐瑤被徐貴妃訓斥，有些不高興，隨後她叫下人拿了個布球來，要逗狗玩。

淑太后等人正好賞完花，便饒有興味地看著她逗雪團。

雪團是隻長得很可愛的京巴，毛茸茸的身體、圓滾滾的眼睛，極招人疼愛。

徐瑤拿球在狗的面前晃了晃，對牠道：「雪團啊，你要是接不住，今天便沒有肉吃了。」她說著把球舉高一點，雪團緊盯著球，用後腿站起來，汪汪地叫了兩聲。

徐瑤的手略一揚，布球立刻飛出。雪團汪的一聲，飛快地跑去接，扭動著胖胖的小身體，竟極為伶俐地一口銜住了球。

在座的諸位夫人看牠接住布球，都笑起來。

徐瑤也十分滿意，又輕拍著手道：「雪團，快把布球拿回來！」

雪團銜著球，扭著小屁股飛奔過來，可等跑到人前的時候，牠卻又停住了。

牠看了看徐瑤，又看了看眾人，好似突然發現什麼似的，突然銜著球，朝眾人的方向跑來。

眾人正在驚訝，只見牠左突右閃地，竟跑到元瑾的面前，然後把布球放在地上，蹲坐下來對元瑾搖尾巴，似乎想讓她繼續扔球一般。

元瑾有些僵硬，牠怎麼跑到她面前了？

徐瑤看到這裡有些不高興，這蠢狗連主人都會認錯，竟跑到一個陌生人面前。

她沈下臉道：「雪團，把球拿回來！」

雪團卻好似根本沒聽到，牠似乎真的認出元瑾了，圍著元瑾轉，親熱地用頭蹭著元瑾的手，發出親暱的嗚咽聲。那樣急促和親熱，柔軟的皮毛蹭著元瑾的手，讓她心中有種說不出的滋味。

元瑾知道，牠是真的認出她了！

徐瑤的臉色越發不好看。

就在這時，有一群人走近，接著傳來一個清朗而略帶磁性的聲音。

「雪團這是怎麼了？」

第四十二章

來人束銀冠，身穿緋紅色太子朝服，長相清朗，如和風霽月。雖唇帶笑意，眉眼間卻有種深藏不露的凜冽。

他身後跟著許多侍衛、官員。

眾夫人、小姐見到來人，立刻跪下行禮。

元瑾的心突地一跳。朱詢怎麼突然過來了？

徐瑤卻向他跑過去，嘟著嘴道：「殿下，雪團都不理我，竟圍著個陌生人轉，每日三頓餵牠吃肉是白吃了，我看應該打了燉狗肉湯才是！」

朱詢笑道：「雪團可愛，怎會不識主？」

他也算是陪著雪團一起長大的，因此半蹲下身，喚道：「雪團，到我這裡來！」

雪團聽到朱詢叫牠，只是甩了甩尾巴，仍然蹲在元瑾身邊，彷彿打算守著元瑾不離開一般。

朱詢這才看到元瑾。

這姑娘他似乎在定國公府裡見過一次。

雪團如此親近的人，朱詢只看過一人，那便是丹陽。突然又看到牠這般親近一個陌生少女，朱詢也皺了皺眉，再喚了一聲。「雪團，過來！」

雪團卻嗚咽兩聲，仍然不過去，反而舔了舔元瑾的手，要元瑾抱牠。

元瑾雖感動小東西竟然認出了她，但這樣的情況她如何能抱牠？倘若牠對自己太親近，恐怕更讓徐瑤不喜。

再者有朱詢在場，她也怕朱詢發現什麼蛛絲馬跡，更是一個字都不肯說。

因此她只是站著不動，袖中的手緩緩握緊。

朱詢的臉色徹底冷下來。這狗卻是完全忘了舊主一般！

他對身後的隨侍淡淡道：「把雪團抱下去。」

隨侍應諾，伸手就要抱狗。

但雪團根本不讓他抱，而是躲到元瑾身後。隨侍伸手去捉的時候，一向溫馴不咬人的雪團突然咬了隨侍一口，隨侍不敢叫疼，將雪團箍在懷中抱起來。

雪團在他懷裡不斷掙扎，叫聲非常焦急，非常不想離開元瑾的樣子。

元瑾站在原地沒有動作，掐進掌心的指甲越陷越深。直到雪團的聲音消失，她才閉了閉眼。

周圍傳來竊竊私語的聲音，這時候徐瑤才道：「殿下應該好生餓牠幾天才是，看牠還知不知道好歹！」

朱詢臉色平淡，並不回應。

旁邊的徐貴妃看到太子殿下不高興，又低聲提醒。「阿瑤，越說越不像話了！」

這宮裡誰都知道，那小畜牲是丹陽縣主留下的狗，太子殿下從慈寧宮中抱回來，親自養在東宮，偶爾才讓宮人抱出來玩玩。這狗誰都親得，只是最親近太子殿下。

誰知突然對一個陌生小姑娘這般親近，竟連太子殿下叫牠都不聽，他自然會不高興了。

有時候徐貴妃覺得，這皇宮中處處都是隱密，處處都是骯髒。

丹陽縣主死了，太子屠殺盡慈寧宮的宮人，又將丹陽的狗抱回去百般疼愛。這其中的隱密，真是不足為外人道來。

朱詢不再管狗的事，走向淑太后給她請安。

「孫兒來遲，還請皇祖母見諒。」

淑太后自然道：「無妨，你朝事繁忙，皇祖母怎會怪你。」

朱詢便笑笑說：「這紅梅雖美，外頭卻是天寒地凍冷得很，孫兒已叫崇敬殿安排了戲班子，燒熱了地龍，不如皇祖母移步去崇敬殿聽戲吧？」

淑太后正覺得外面冷，這梅也賞夠了，自然願意去崇敬殿看戲。

皇帝這麼多的兒子，難怪唯獨朱詢當了太子。實在是個心思縝密、滴水不漏的人。

眾夫人、小姐便隨著太后移步去了崇敬殿。

路上，老夫人輕吐了口氣，對元瑾道：「方才那狗真是奇怪，怎地別人不撲，偏偏撲到妳身上，幸好太子殿下不曾見怪。」

朱詢雖然看上去為人散漫，卻是個內裡事事計較的人。

元瑾心想，他未必真的不在意，不過是不顯露罷了。

到了崇敬殿，果然戲臺已經搭起，屋裡溫暖如春，還備好茶水和幾碟茶點。淑太后和幾位妃嬪坐在最前方，各家命婦按照品階大小一一坐好。元瑾和薛元珍便也解下斗篷，坐在老夫人身邊。

因是淑太后生辰，徐貴妃便點了一齣喜慶的《拜月亭記》。眾夫人、小姐都看得專心致志，唯元瑾並不感興趣。

倒也不因別的，當年姑母極愛看戲，若是朝事已畢，她一得空便來崇敬殿看戲。元瑾陪她從小看到大，如今這些戲她是倒背如流了，怎麼能提起興趣？

老夫人倒是看得很入迷，隨著臺上的人唱曲，她的手指還輕輕敲在小桌上。這讓元瑾看得一笑，老夫人這習慣倒是同太后一模一樣。

此情此景，身側又有老夫人，竟給了元瑾一種又回到太后身邊的感覺。

她也靠著椅背，準備好生看戲。

這時候，卻有個臉生的宮婢走進來，繞過幾張小桌，走到老夫人身邊，俯身跟她耳語了幾句。

老夫人的臉色頓時變了。

元瑾和薛元珍都覺得奇怪，詫異地看著老夫人。

這宮裡會有什麼人給老夫人傳話？為何老夫人聽了會臉色不好看？

待那宮婢說完，老夫人揮手讓她退下，見兩個孫女正關切地看著她，才道：「阿瑾，妳弟弟出了點事。」

元瑾一聽，立刻便有些不淡定了，坐直了身子。「祖母，您說清楚些，聞玉出什麼事了？」

「皇后娘娘所住的景仁宮不知為何突然失火，燒了幾間偏殿。那時聞玉正在景仁宮周圍當差，因為護殿受了傷……」

老夫人說完，薛元珍就皺了皺眉，奇道：「孫女一路看來，這禁宮守衛如此森嚴，皇后娘娘住的宮殿為何會失火呢？」

老夫人搖頭。「這如何知道？只是因聞玉受傷，錦衣衛的人看到了，就派了個宮婢來告訴我們。」

錦衣衛指揮使裴子清同定國公府交好，因此錦衣衛的人都格外善待定國公府。定國公府世子爺受傷，自然會來告訴老夫人一聲。

「他受傷我也放心不下，不如我去看看吧。」老夫人說著就要起身。

元瑾卻按住了她。「祖母，這天寒地凍的，您在崇敬殿裡剛暖和些，突然出去，仔細身子受不住。」

老夫人卻是焦心。「總不能不去看看，誰知道傷得重不重！」

元瑾低聲道：「您別急，聞玉是我弟弟，我還能不關心他嗎？不如我去看吧，您就留在這裡看戲。再者您若要走，太后勢必會問，知道景仁宮失火的事，豈不是掃了太后壽辰的雅興？」

薛元珍也點頭。「阿瑾說得對，您進來的時候本就有些咳嗽，怎能再出去吹風。」

老夫人也只能妥協，告訴元瑾剛才傳話的宮婢就在外面等著，又仔細叮囑元瑾，一定要行事謹慎。

元瑾應下，帶著紫蘇悄悄從崇敬殿出來，果然看到方才傳話的宮婢正站在外面等她。見到她後屈了身，沒有說多餘的話，帶著她朝景仁宮的方向走去。

其實不用帶路，元瑾也知道怎麼走。她自小在這宮中長大，這宮中的一磚一瓦都熟悉得很。

日光疏淡地錯落在宮牆、雪地和明黃琉璃屋簷上，卻沒有絲毫熱度，北風一吹，還是冷得讓人戰慄。

元瑾攏緊身上的斗篷，加快了腳步。

穿過御花園，走過一條長長的甬道，眼前便是景仁宮的方向。只見的確是走水，守衛比平日還多出數倍，被重兵包圍，這時候怕是連隻蒼蠅也飛不進去。從宮門中看進去，還是能看見華麗的宮宇一角，已經被燒得灰黑坍塌，冒著青煙。

元瑾更覺得奇怪。

禁宮中怎麼會起火？若只是宮人意外引起失火，絕不會燒成這樣。

元瑾走到門口就被禁軍攔下，帶頭的人聲音冷硬道：「妳是何人，這不是妳能來的地方！」

那宮婢上前道：「這位定國公府小姐是薛總旗的家人，聽聞他受傷才專程過來看看的，煩勞您通融一下。」

那禁軍聽到「薛總旗」三個字，才讓開放二人進去。

宮婢引著元瑾往另一側完好的偏殿走。「小姐隨我來，薛總旗在這邊。」

元瑾卻將景仁宮打量一番，問道：「我看燒得這般厲害，皇后娘娘可還無事？」

宮婢聽了一頓，卻也回答道：「失火的時候娘娘不在宮中。」

元瑾聽了若有所思。

前方就是偏殿，門口把守的卻是錦衣衛，看到宮婢帶著元瑾過來，問也不問便向旁邊讓開。元瑾才隨之踏進門，只見一架大理石錦繡圍屏隔開，裡頭傳來說話聲，聲音溫潤清亮，聽來正是聞玉。

她走進去，就見薛聞玉正躺靠在羅漢床上，跟一個陌生男子說話。他已經脫下外衣，裡衣也脫去一半，手臂肌肉結實，只是不常曬，顯得格外雪白。臂上有一片觸目驚心的燒傷。

薛聞玉回頭，看到竟是元瑾進來，立刻就要扯來衣裳蓋回去，卻碰到傷口，疼得「嘶」了一聲。

元瑾立刻走上前按住他的手。「我是你姊姊，什麼沒見過！你仔細碰到傷口才是。」

薛聞玉秀雅的臉依舊有些泛紅。他復躺了回去，問道：「姊姊怎麼來了？」

元瑾仔細看著他的傷口，燒得起了燎泡，有些地方褪了皮，血紅血紅的，格外嚇人。

見姊姊看著他的傷口不說話，薛聞玉低嘆一聲。他方才遮擋不是因為害羞，而是怕她看到會被嚇到，繼而擔憂。

結果還是讓她看到了。

「怎地傷成這樣？」元瑾眉頭緊皺，不覺就責怪他。「看到起火也不知道躲，只顧著往裡衝不成！」

元瑾話一出，那陌生男子噗哧地笑一聲，薛聞玉看了他一眼，他才轉過頭當沒聽到般看著窗扇。

薛聞玉看著元瑾低垂的睫毛，她正仔細凝視他的傷口。

他溫柔地笑了。「姊姊，我如今是金吾衛，看到起火我怎能躲？」

元瑾不過是隨意指責他一句，也知道他的職責所在，怎麼能避開。又問：「可有御醫來看過，為何沒有包紮？」

方才那男子說：「二小姐不要擔心，御醫已經看過，說這是燒傷，暫時不能包紮，不過已經去取藥了。」

元瑾才看向他，這人也是程子衣的打扮，高高大大，長得很黑，笑起來露出一口白牙。

她問道：「你如何知道我是二小姐？」

男子道：「您既是世子爺的姊姊，便是定國公府二小姐了。在下宋況，是世子爺的手下。」

元瑾一聽便知，這宋況大概也是徐先生派系的人。

她對宋況並不感興趣，而是問向薛聞玉。「……究竟是怎麼回事？你把來龍去脈跟姊姊說清楚。我是同祖母看戲時得到消息，她還擔憂得很，我一會兒得去回稟她。」

薛聞玉說得很簡略。「其實今日非我當值景仁宮，是另一個總旗同我換了位置。我剛過來便看到景仁宮起火，就立刻帶著人手撲滅。至於起火原因究竟是什麼，現在還不得知。」

元瑾打量他其他地方，見未有更重的傷勢，才讓他好生躺著別動，她出門去看看。景仁宮失火，她怕聞玉會因此被牽連。雖之前並非他看守，但難免也需要說清楚。

元瑾跨出門，朝失火的地方走去，想看看究竟是怎麼失火的。

宮宇皆為木製，起火後火勢很容易蔓延，只燒了幾間偏殿，那已經算是救火得力了。元瑾站在不遠處看著廢墟，有幾個錦衣衛和禁軍正在檢查。她仔細觀察，只見這倒塌的外牆有奇特的焦黑痕跡，燒毀得竟比內牆嚴重。

看這樣子，這火勢的起因並不簡單啊。

她正看著，身後突然傳來腳步聲，隨即有人問：「妳在失火這處做什麼？」

元瑾回頭，竟看到朱詢帶著禁軍站在她身後看著她，而她周圍的禁軍和錦衣衛皆立刻跪下。

朱詢走上前，見是那定國公府的二小姐，表情冷漠地問：「誰准妳到景仁宮來的？」

元瑾跟朱詢在一起近十年，一向只看見他對自己恭敬有加、言笑晏晏，極少這樣警戒冷漠。

當然了，她倒也沒什麼不習慣的。

元瑾後退一步，屈身道：「太子殿下，我弟弟薛聞玉因救火受傷，我聽了宮人傳話，便過來看看弟弟的傷勢。」

她微垂著頭，不想和朱詢對視。

朱詢身邊有個人解釋道：「殿下，薛總旗當時在景仁宮附近當值，因為救火受傷了。」

朱詢嗯了聲。「去把他給我帶過來。」又對元瑾道：「即便妳是來看弟弟，怎會到失火這處來？」

朱詢可不是那種三言兩語就能矇混過去的人。恐怕方才因為狗的事，他本就有些不喜歡她。

元瑾本就覺得這裡失火有異樣，所以過來看看，但這話說出來更會惹人懷疑。難道要跟他說「我是過來看熱鬧的」？這當然更不能說了。

就在她沈默之際，薛聞玉就被人扶了出來。

他勉強給朱詢行禮。

薛聞玉臉色蒼白，想必勉強穿上衣裳，其實還疼得厲害，額上布著一些細密的汗珠。

朱詢看了他一眼，問也不問就招手。「把他帶去值房關押起來！」

元瑾之前是忍著一言不發，儘量讓朱詢不注意到她，聽到這裡如何忍得住，立刻站起來擋在薛聞玉面前。「太子殿下，為何要關押聞玉？」

她絕不能讓朱詢對聞玉怎樣。一則聞玉身上有傷，既沒有包紮也沒有敷藥，若是耽誤上藥，傷口潰爛了怎麼辦？更何況這事聞玉並沒有什麼錯處，他是與別人換班，剛來這裡時就見到起火，還因為撲火受了傷，怎能不分青紅皂白將聞玉關起來？

朱詢上次在定國公府見過，還以為這姑娘是膽小如鼠的人，現在看她為自己弟弟出頭，卻實在是不知輕重！

他淡道：「薛聞玉玩忽職守，致使景仁宮燒毀嚴重，自然要予以懲戒。」

「姊姊，我無事，妳讓他們帶走我吧。」薛聞玉在她身後低聲道。

元瑾按了按他的手，示意他別說話。

她也知道自己的身分，沒資格給聞玉出頭，但聞玉現在傷得極重，不能不上藥。再者，聞玉還有那樣的身世，倘若讓朱詢察覺到異樣，恐怕才更是不好。她了解朱詢，他總歸是講道理的人，不會不聽的。

元瑾走上前一步，屈身說：「若太子殿下不問起火的因由和過程，便直接懲治聞玉，怕是有些草率，傳出去恐怕也有損殿下的威名。倒不如細細審來，看聞玉是否有錯處再做定論。方才景仁宮不是聞玉當值，聞玉也是剛趕到此處，就看到大火已起，他還因救火負傷，還望殿下體諒一二，至少讓聞玉上個傷藥，以免傷口惡化。殿下覺得如何？」

朱詢根本不跟她這樣的小人物辯解，道：「今日太后壽辰，景仁宮卻出了這樣的事。妳弟弟玩忽職守的罪名是無論如何也逃不掉的！」他道：「來人，把薛聞玉帶進值房，先關押起來！」

元瑾被他的堅決堵得無話可說。

這個朱詢，跟她所認識的朱詢並不一樣！

現在的朱詢性格暴戾，對弱者毫無同情，也不屑理會下位者的感受。

或者說，他向來就是如此。只是之前的羊皮披得太好，她從不曾察覺罷了。

兩個禁軍聽命，立刻要上前抓薛聞玉。元瑾看了焦急，也立刻上前去。

此時乾清宮御書房內，黑漆地面光可鑑人，幔帳低垂，赤金九龍騰雲四方雙耳香鼎中，飄出陣陣香霧。

當今皇帝朱楠坐在寬闊的赤金鏤雕椅子上，上鋪著暖和的銀狐皮。他年近四十，因大病初癒，面色還有些蒼白，笑著同朱槙說話。「難得你入宮探望朕一次，怎麼也得多留幾天再出宮，母后可是極想你的。」

朱槙摩挲著拇指上的扳指，笑著說：「皇兄說笑了，母后記掛皇兄的病情都來不及，怎會想念我。」

朱楨今日與平時不同，頭戴翼善冠，身著藩王服制，前後及兩肩各織金色遊龍，腰繫玉革帶。只是隨意地坐著，便讓人覺得氣勢如山。

皇后鄭氏陪坐在右側，她年約三十，長得端莊秀美，保養得宜，也笑了笑，說：「靖王這是哪裡話，你能來宮裡住，太后娘娘只會高興的！再者，靖王多年不再娶，如今正好讓陛下給你指門親事。」

朱楨卻是笑了笑，並不答話。

殿中安靜了片刻，鄭氏難免覺得有些尷尬。

就在此時，外面有宮人通傳。「陛下，景仁宮掌事嬤嬤求見。」

朱楠宣了進，很快兩人一前一後走進來，掌事嬤嬤先在皇上面前跪下。「陛下，景仁宮失火了！」

「什麼？」鄭氏聽了大驚失色，從椅子上站起來。「景仁宮如何會失火？」

景仁宮是她的居所，鄭氏自然大驚。

掌事嬤嬤道：「現還未查出緣由，不過太子殿下已經過去了。殿下讓奴婢來回話，火勢已經控制住，讓陛下和娘娘切勿因此心急，這件事他會處理。」

鄭氏才復坐下，目露隱憂地瞧向皇上。

而另一個進來的人卻站到朱楨的身後，低聲在他耳側輕語。朱楨聽了下屬的話，面上的輕鬆神情漸漸收了起來。

景仁宮中，禁軍聽了太子的吩咐，立刻要抓薛聞玉去禁閉。

禁軍一抓便扭到了薛聞玉的胳膊傷處，讓他疼得冷汗都冒出來。

元瑾看到皺了皺眉，道：「他方才因為救火，胳膊受傷，即便你們抓他走，只抓他的手腕就是了。」

這朱詢真是越發不講道理，他抓聞玉，莫不過就是抓個替罪羊頂罪罷了，為何還要這般折磨他！

禁軍根本不聽，扯著薛聞玉就要往前走。元瑾見聞玉疼得站都站不住，心中一急，上前就想把他拉回來。

禁軍卻是一揮手將她推開！

禁軍手勁極大，元瑾被推得趔趄，一腳踩滑了，跌落在雪地裡，掙扎片刻也沒起得來。

薛聞玉看到，頓時比自己受傷還要疼，強忍著痛意道：「姊姊，妳不必管我……」

那禁軍還道：「妳若再阻止，這刀劍可是無眼的！」

朱詢只在一旁冷漠地看著。他的確不喜歡這定國公府二小姐，大概是因雪團親近她，他心裡只覺得雪團完全就是姑姑的。而姑姑是他心目中最完美的女子，這樣一個小姑娘，她憑什麼像姑姑？所以看到禁軍這般對她也沒管。

只是當他的目光掃過元瑾腰間的一樣東西時，瞳孔驀地一縮。

方才她披著斗篷時他還未看見，眼下她跌落在雪地裡，那淡青色的玉珮便看得一清二楚！

那東西……怎麼會在她身上！

元瑾摔在雪地上時還有些懵，雪渣掉進她的脖子裡，冷得刺骨。而朱詢卻在一旁看著，毫不阻止禁軍的行為。她心裡暗恨這畜生，果然是兩世都要和她過不去！

她正要爬起來時，卻見朱詢變了臉色，突然向她走過來。

他半蹲下身，將她腰上的玉珮摘下來，打量一番，然後問她。「這東西——妳是從哪裡來的？」

元瑾看到他拿著陳慎的玉珮，只是淡淡道：「區區不值錢的小玩意兒，殿下難道也感興趣？」

「不值錢的小玩意兒……」朱詢聽後笑了笑，抬頭冷冷地看著她。「妳當真不知道這是什麼？」

不知道這代表著靖王的身分，代表他至高無上的權勢。

代表她無論出入何種險境，只要有人認得這塊玉珮，就根本不敢拿她如何！

這是陳慎送給她的玉珮，陳慎是個普通的幕僚，這玉珮也不是什麼貴重之物，故元瑾一直覺得這玉珮不值錢。

但為何朱詢會對這玉珮有這般反應？這讓元瑾不由得想起，當初定國公一見到這玉珮時，也是這般反應！

倘若定國公的反應還可以用陳慎是他的熟人來解釋，那朱詢呢，他又是因為什麼？

元瑾也開始懷疑起來，這枚玉珮究竟是什麼來路？

元瑾抿了抿唇，道：「這是旁人送我的，我當真不知道是何來路，殿下可不可以先讓我起來？」

「哼，妳不知道！」朱詢似乎是嘲笑了一聲。

他站了起來，直接將一旁禁軍腰間的劍抽出來，抵住元瑾的脖子，半蹲下靠近她，語氣陰寒。「妳最好老實說，妳知不知道這玉珮究竟是誰的！妳是怎麼得來的！」

他對靖王恨之入骨，靖王的東西出現在這女子身上，還是他的貼身之物，那勢必證明，這女子對他而言十分重要！

冰冷的劍刃緊緊抵著元瑾的脖頸，而她真切地感覺到，此刻朱詢身上凜冽的殺意。

彷彿她一個說不好，這劍刃就會突入她的脖頸，了結她的性命。

而朱詢，是絕不會手下留情的！

這樣一塊普通的玉珮，為什麼會讓他有如此反應？

這究竟……是誰的玉珮！

正在這時候，門口響起一個徐緩而熟悉的聲音，有人跨門而入。

「這玉珮是我送給她的，太子有何意見不成？」

景仁宮內的禁軍、錦衣衛，以及當值的宮人，皆紛紛跪下來。

就連朱詢都露出了意外的神色。

第四十三章

元瑾霍然抬起頭，便看到一個穿著親王赤袍的高大男子從宮門跨入。當她看到那張極為熟悉的臉時，頓時驚愕得睜大眼睛。

竟然是陳慎！

他為何會出現在宮裡，還身著親王服制！

朱詢笑著走上前。「我說是誰，竟這般大的排場，原來是叔叔來了！」

叔叔……

元瑾聽到這裡，緊緊抓住一把雪，冰涼的感覺透過掌心，直涼透了她的身體。

能被朱詢稱為叔叔的，這天底下除了那個人，便沒有第二個了！

元瑾看著陳慎。

今天是太后壽辰，他進宮赴宴穿的是親王服制，更襯得他身材高大，雖然仍面帶笑容，但周身的氣場與平日那個普通幕僚的樣子完全不一樣。

倘若他一開始就是這樣出現在她面前，她是絕對不會認錯的。

她思緒極為混亂，原來陳慎就是靖王……是滅了她蕭家、囚禁太后的西北靖王！

她竟然一直將他當作普通幕僚，多番求他幫忙，還與他交心往來！

那麼多的疑點，到這一刻都有了解釋。陳慎就是靖王，所以他才嫻熟兵法運用到了恐怖的地步；所以他周圍出沒的人才行蹤詭異，神秘莫測；所以定國公看到那枚玉珮，才會臉色大變，因為那是靖王殿下貼身所帶的東西，卻平白出現在一個小姑娘身上。

她怔了半天，臉色又青又白。

朱楨卻笑道：「姪兒在這裡審問我的人，叔叔自然不得不過問一二。」說著已經走進來，身後帶的錦衣衛四下散開，將景仁宮團團圍住。

他走到元瑾面前，看到她跌落在雪地裡，目光微動，一手背在身後，另一手伸出來，輕聲道：「來。」

元瑾幾乎是下意識地把手伸出去，她的手冰冷，被他的大掌握住，再順勢一拉便站了起來。

朱楨又輕聲問：「可有受傷？」

元瑾搖搖頭。

他道：「那妳稍等我。」

他說完才放開她，招了招手，幾個錦衣衛立刻上前將元瑾護住。

朱楨走到朱詢面前，他比朱詢還略高一些，因此氣勢更勝，語調緩慢地道：「方才姪兒見著我的玉珮，倒不知為何這般激動，竟至於用劍指著她？」

朱詢沒料到朱楨會突然出現，且門口連個傳話的都沒有。

想來是門口的禁軍根本就不敢攔他。

他是西北靖王，囚禁蕭太后、滅蕭氏餘黨，威震邊關，戰功赫赫，怎會有人敢阻攔他！

其實若沒有當年那件事，朱詢也不至於會到想殺他的地步。但因那件事，他對他恨之入骨，之前瘋狂地殺了直接導致事情發生的一批人，靖王並未曾管。那是因為那些人對他來說也如螻蟻，他根本就不在意。

所以但凡是靖王重視的，他都要毀去。

他要報復！

但是明面上，靖王還是靖王，是他的長輩，是西北軍權的擁有者，所以還是要保持和睦。

他道：「叔叔實在是誤會！姪兒正是見到叔叔的玉珮無故出現在一個小女子身上，怕是您的東西有所遺失，或是被人偷竊，所以才要替叔叔捉拿賊人。」

這便是睜眼說瞎話了，靖王身邊的守衛何等厲害，怎麼可能出現玉珮意外失竊的情況。

「怕我的玉珮遺失，何至於用劍指著一個女子？」朱槙又問。

朱詢則道：「是我方才激動了，不知這姑娘是叔叔的人，還請叔叔見諒。」

當然，朱槙現在也無法跟他計較，畢竟他的話聽上去合情合理，而元瑾也沒受傷，實在沒有發難的理由。

他嘴角勾起一絲笑容。「玉珮是我親手贈與她的，並非遺失。姪兒是想抓賊人倒也罷了，若是因見到我的玉珮便起了殺心，那還真是不好辦啊！」
朱詢自然不認，也笑了笑。「叔叔哪裡話！姪兒怎敢對叔叔的人起殺心？」
朱楨卻抬起眼，冷冷地盯著他。「你不敢嗎？」
他這時候笑容盡收，不笑的時候就顯得尤其冷酷，那種凝滯而壓迫的感覺迎面撲來，叫人呼吸都一滯。讓人想起這是親手砍過寧夏總兵頭顱，坐擁西北、山西軍權的靖王朱楨。
朱詢露出一絲無意味的笑，淡淡道：「……不敢。」
朱楨才點頭，道：「那便還來吧。」說的正是那枚玉珮。
朱詢也沒有想要的意思，將那玉珮交回，朱楨接了走過來給元瑾。
朱楨伸出手，卻見小姑娘彷彿沒反應過來一般，沒有伸手接，而是徑直看著他，他才笑了笑，道：「怎麼傻了？」
元瑾並非沒反應過來，只是她不知道，自己究竟該不該接。
她面對的仍然是熟悉的陳慎，甚至言行都和平日一般無二。但看到剛才他與朱詢對峙的那一幕，元瑾心裡卻清楚知道，他不是陳慎，什麼陳慎不過是他虛構的人物，他一直在隱瞞自己的身分，這個人就是靖王朱楨！
那個她曾無法抗衡的對手、高高在上的命運主宰者，就連朱詢在他面前，都要恭順應承。
這亦是她的仇人，是太后和蕭家覆滅的元凶之一。

所以，她突然不知道，自己究竟應該如何面對他。

朱禎卻覺得，她應該是知道自己真正的身分嚇傻了。畢竟身邊的一個普通人，突然就成了權勢滔天的藩王，沒有人不會被嚇到。

他拉起她的手，將玉珮放在她的手心。「我先派人送妳回定國公老夫人那裡。妳弟弟的事我會幫妳處理，好嗎？」

玉珮一入手，便帶著他掌心的溫度，瞬間讓她冰冷的手也感覺到幾分暖意。元瑾心中更加複雜糾結。

她開口道：「你……」她非常想說，你怎麼會是靖王，為什麼你會是靖王！

只是她本來單純地恨靖王，亦是單純地喜歡陳慎。但當這兩種感覺混雜在一起，形成了巨大的衝擊力，讓她晦澀得難以開口。面對他的時候，突然不知道自己的情緒究竟應該是愛還是恨？

又聽朱禎道：「明日我會親自去定國公府。」

他是想說，明日會來跟她說清楚，為什麼要隱瞞自己的真實身分嗎？

但這又能如何呢？

元瑾抿了抿嘴唇，沒有再開口。

隨後朱禎轉向朱詢，淡淡道：「姪兒雖貴為太子，只是天子犯法，尚要與庶民同罪。方才無故冤枉了定國公府二姑娘，是否還是跟她道一聲歉呢？」

其實自古以來，就從沒有天子犯法與庶民同罪的時候。朱楨不過是用自己的權勢和地位，逼朱詢向她低頭罷了。

而元瑾需要嗎？她不需要，她更怕日後朱詢會報復在聞玉身上。

所以她握了握朱楨的手，示意不要強求。

朱楨卻輕輕一按她的手，笑道：「姪兒以為如何？」

朱詢瞳色幽暗。

朱楨是他的長輩，且權勢之重，連皇帝都要避讓他，他亦不能正面和朱楨對上。至少現在還不是時候。

所以他只能抬起頭，看著元瑾一笑。「方才，當真是我對不住二姑娘了。」

他這話說得非常緩慢，顯然極不情願。

元瑾想著，他已身在尊位許久，恐怕很少有這種被人強按頭的時候。

但說真的，她養他這麼些年，他又曾刻骨銘心地背叛她。這句對不住，還算是淺的了。真正重的，應該是讓他在自己面前跪下，跪出血來，才能消減幾分她心頭的恨意。

「太子爺客氣了。」元瑾也只說了這幾個字。

朱楨則想著，小姑娘現在肯定還無法接受，剛才又受了驚嚇，還是讓她先去緩緩吧。

朱楨招手叫李凌過來。「送二小姐去崇敬殿。」

李凌應諾，恭敬地伸手一請。

定國公本就是靖王的人，靖王處理弟弟的事，比她更方便。再者她能看得出，朱詢對靖王還是有那麼一些忌憚。反而她在這裡，靖王和朱詢沒這麼好談。他把她當成不諳世事的小姑娘看，凡事都有所忌憚。

元瑾想到這裡，終不再停留，只先走到薛聞玉面前，對兩個禁軍道：「你們放開他。」這小姑娘很明顯是靖王殿下的人，兩個禁軍也不敢不聽，立刻放開人。

薛聞玉差點沒站穩，還是元瑾扶了他一下，輕聲問他可好？

薛聞玉略睜開眼，淡棕色的瞳孔透出幾分瑰色，緩緩地點頭。「姊姊妳先走。」

他同靖王想的一樣，姊姊在這裡反倒連累她。

元瑾見他真的沒事才放下心，遲疑片刻，又對朱楨略一點頭，才由李凌陪著離開。

她走到門外，才聽到朱詢的聲音。「既然叔叔來了，倒也可以幫姪兒看看，這火災因何而起……」

看來朱詢對朱楨也甚是忌憚啊。

元瑾思緒混亂，走到崇敬殿外時，李凌道：「二小姐進去吧，我只能送您到這裡了。」

元瑾正要走，腳步卻一頓，隨後轉身問：「你之前就知道我？」

他看到朱楨對她說話，卻一點都不驚訝，那勢必是早就知道她的。或許是在她和朱楨來往的時候，這些人就在看著她。畢竟朱楨這樣的身分，出場必然有多重人手保護。她沒看到，只是因為這些人在暗處罷了。

「您常與殿下往來，我們自然是知道的。」李凌笑著說。

「他為何要裝作普通人，跟我來往這麼久？」元瑾問道。

但這些訓練有素的手下是半個字都不會多說的。尤其李凌還是靖王的人，更是人精中的人精。

「二小姐可以明日親自問殿下，殿下的心思，我們這些下人不敢妄自揣測。」李凌對她的態度恭敬而不諂媚，正是最讓人舒服的態度。

元瑾沒有再繼續問。從這些人口中，她是得不到任何有用的消息。

其實方才那句話，與其說是在問李凌，倒不如說是在問她自己。

跨入殿中，溫暖的氣息裹挾她的全身，她才堪堪鬆開手，看著掌心那枚青色的玉珮。

她一直未認出陳慎就是靖王，跟他這些穿、用有很大的關係。他穿著一向簡樸，就連這枚玉珮也只是塊普通的青玉。不過能看出主人佩戴了很久，玉的手感因長期摩挲，已溫潤如白玉。

她未再佩戴這塊玉珮，而是放入懷中。

這是那個人的貼身之物，他之前必定長年佩戴和摩挲。將它戴在外面，她覺得彆扭；扔掉卻又不可能，故只能放在懷中。

她入座之後，倒是把老夫人嚇了一跳。她的斗篷上滿是雪沫，髮髻也比方才凌亂，小臉當真是一絲血色也沒有。

老夫人問她發生什麼事了？

元瑾略回過神，才將剛才的經過同老夫人講一遍。

「靖王殿下來了？」老夫人先一驚詫，接著反倒鎮定許多。「有殿下在，聞玉倒不至於有事。」

元瑾嗯了一聲，灌進一杯熱茶。「您別擔心就成，聞玉的傷勢倒也不重。」熱燙的茶從喉嚨滑入胃裡，徹底讓她暖和起來。

元瑾才覺得自己的心跳緩和不少。

老夫人擔心是不擔心了，但她還記掛著一樁事呢。

那就是定國公在信中所說的，靖王殿下早已看中元瑾，叫她推了裴子清一事。

靖王殿下突然出現在景仁宮，又是那樣的時機，恐怕就是為了元瑾。

看來靖王殿下對元瑾當真不一般！那她也能放心了，否則之前總是惴惴不安，怕殿下對元瑾只是隨意，豈不是蹉跎了元瑾。

第四十四章

皇宮的宴席散去，累了一天的三人才能回府。這皇宮中處處要注意禮儀規矩，一天下來，饒是薛元珍也都笑僵了。

午門外，元瑾正要扶老夫人上馬車，這時有個人過來給老夫人行禮，說道：「殿下讓小的過來通傳一聲，世子爺已經不會被問罪。只是要先留在宮中敷藥，故明日才能回府。」

老夫人謝過了他。

靖王殿下做事果然鉅細靡遺。

元瑾垂下眼睫，心中滋味更是難明。

回府後，元瑾早早地便睡了。

她作了一個夢。

夢裡春日融融，七歲的她坐在太后懷裡，太后拿著書，一句句地教她背。「微雨過，小荷翻，榴花開欲燃。玉盆纖手弄清泉，瓊珠碎卻圓。」

她白淨的腳踝上戴著金腳鐲，隨著她的晃動而金鈴響動。

她偎著太后的手臂，央著太后再唸一遍。

太后笑著捏了捏她的鼻子。「纏人精，姑母還要看摺子呢！」

「姑母陪阿瑾嘛！」元瑾纏著太后不放，太后也沒有辦法，只能將元瑾摟在懷裡，繼續一句句地唸給她聽。

元瑾微歪著頭，眼睛一睇一睇，已是快要睡著的光景，小手卻還緊緊抓著太后的袖口。

太后看著她的目光，柔和得如同春日的陽光。

一切都是那麼祥和寧靜，卻被宮人突來的腳步聲打亂。

「太后娘娘、太后娘娘！」飛奔進來的宮人跪在地上，喘息著說：「西寧……西寧衛，靖王殿下大捷！」

太后眉頭一擰，坐直身子問道：「……朱槙打贏了土默特部？」

那宮人點頭。「捷報到了京城，兵部尚書親自進宮稟報的。首輔大人如今正在交泰殿等著見娘娘！」

太后面色猶豫。

元瑾那時候還小，被吵醒之後，有些不解地問：「姑母，怎麼靖王打了勝仗，您還不高興呀？」

太后告訴她。「凡事都不像表面看來那麼簡單。打了勝仗自然是好事，但是靖王壯大，對姑母來說不是一件好事。」

她眨了眨眼睛，道：「姑母若不喜歡他，以後殺了不就是了？」

若是別的孩子說出這樣的話，必然會被旁人嫌棄殘忍。太后卻是個奇女子，竟一時大笑，摸著元瑾的頭道：「真不愧是我蕭家的姑娘！只是他為國為民，若能保邊疆安泰，姑母也不想輕易殺他。」

小元瑾當時沒有繼續說，但心裡暗下決心，姑母若是為此為難，等她長大了，她替姑母殺就是了。

再後來她長大了，站在槅扇前，看著滂沱大雨淹沒無窮無盡的宮宇，語氣冷淡地道：「刺殺失敗了？」

跪在她身後的人抱拳，猶豫片刻後道：「咱們的人被靖王殿下捉住，怕是他已經知道，是您在刺殺他了……」

元瑾只是嗯了一聲。

知道了又能如何？難道堂堂靖王殿下，還會對一個十五、六歲的小姑娘下手不成？

就算他想下手，她身居皇宮，他能奈她何？

因此她毫無忌憚，說道：「繼續刺殺。」

緊接著畫面一轉，又是大雪瀰漫的隆冬。

乾清殿裡，太后頹唐地倒在龍椅上，鳳冠已歪，面容蒼白，緊閉著眼。鮮血流淌在龍椅上、金磚地面上，浸染透了身上的太后服制。

元瑾突然從夢中醒來！

屋內的地龍不知什麼時候已經熄滅，冷得透骨，但她的額頭卻出了汗。

元瑾下了床，叫紫蘇進來，她一邊倒了杯已經冷透的茶喝，一邊閉上眼睛。

她從未見過太后死的情景，後面那一幕不過是她臆想出來的。

但朱槙卻是真的害死了太后，害得她蕭家覆滅！

眼下仇人分明在她眼前，她應該要報仇的。且他對她毫無戒心，並不防備，她想要報仇就更加容易了……

但不知道為什麼，她卻又狠不下這個心。

紫蘇抱著手爐進來，先跟她告罪。「今日燒地龍的婆子少添了炭，故才滅了。小姐再去睡吧，奴婢給您的被窩裡窩上手爐，便不冷了。」

元瑾搖搖頭，她已經沒了睡意。

她叫紫蘇尋了一本書來，她靠在床沿讀著，卻不想片刻後，又進入了夢鄉。

這次倒是無夢，卻是被外頭的喧譁吵醒的。

柳兒快步走進來，聲音抑制不住地有些激動。「小姐，您快醒醒！」

元瑾睜開眼，清醒了片刻才問：「怎麼了？」

柳兒道：「靖王殿下來了！拂雲姑姑正在外面等您，一起去正堂！」

朱槙竟真的過來了？

元瑾在丫頭的服侍下起身梳洗，走到門外，果然見老夫人身邊的拂雲在外頭。

見到她出來，拂雲將她打量一番，笑道：「二小姐換身衣裳，好好打扮一番再去如何？

老夫人吩咐了，讓您不用著急。」
元瑾心中疑惑，怎地老夫人還要讓她再打扮一番？
元瑾只能回了西廂房，由拂雲在一旁看著，重新梳了個偏心髻，描了個水靈的淡妝，又換上一件淡青色綢襖，才往老夫人那裡去。
剛走到東院外，元瑾就看到夾道上放了許多挑的擔子、箱子，以及各類什物，皆繫了紅綢絨花。至於有多少，一眼望去竟看不到頭一般，還不斷有人將箱子搬出來。
她看到這些東西，心中更是有種不祥的預感。繫了紅綢，又是以擔子挑進來，除了聘禮還能是什麼？
但這是誰送來的聘禮？
她定了定心神，走進東院。
東院內重兵把守，腰間皆佩刀，守衛極其森嚴，到了正堂外，更是三道重兵阻隔，嚴格盤查，這才是靖王殿下應該有的排場。
元瑾認真覺得，以前真的不怪她認不出陳慎就是靖王。
他何曾顯露過這樣真正的親王排場！
正堂外還站著神色有些忐忑的崔氏和薛青山。因今天靖王來得早，薛青山聽到靖王來了，都不敢去衙門，便在正堂外等著，見到元瑾來了，叫了她一聲。
元瑾走上前。「祖母和靖王殿下在裡面？」

薛青山點點頭。

旁邊的崔氏臉色微白，有些緊張。「我還是第一次見到靖王殿下這樣的大人物。」接著跟薛青山說：「老爺，不如一會兒您進去就好，我在外面等著就行了……」

薛青山極不贊成。「這怎麼行？那可是靖王殿下，若認為咱們怠慢了可怎麼是好？」

就在這時，正堂內傳來說話的聲音。「……原來阿瑾和殿下是這般的關係，我還差點答應了同裴大人的親事，還請殿下見諒！」

隨後是熟悉的男聲，略微沈厚，卻又很溫和。「元瑾不知道我的身分，故不敢告訴老夫人這件事，老夫人不要怪她才是。」

老夫人又忙笑道：「殿下哪裡的話，您看中阿瑾，不僅是她的福氣，更是我們定國公府的福氣！」

元瑾聽到這裡，袖中的手微一握緊。

這話是什麼意思……

待丫頭通傳後，三人才走進去。

元瑾先給老夫人屈身問過安，才轉向朱槙，看到他時卻一愣。只見他今日穿了件玄色長袍，衣料非常好，襟口和衣襬都以銀線繡了四爪遊龍。髮以銀冠而束，眉長而濃，有一種儒雅的英俊。

看到她進來，朱槙放下茶盞看向她，雖仍然帶著熟悉的笑容，卻與之前的他有完全不一樣的氣質。

宛如潛龍在淵，叫人看了便想跪拜。

她一時沒有動作，老夫人還以為她是知道了朱槙的真實身分，有些懼怕，便在後面提醒。「阿瑾，妳看到靖王殿下，怎地不行禮？」

元瑾才屈身行禮，語氣冷淡地道：「靖王殿下安好。」

薛青山卻是恭恭敬敬地行禮後站好，也不敢坐下。崔氏站在他身後，更加緊張地揪手帕。與旁人不同的是，兩人是從山西來的，對於山西人來說，靖王便是傳奇。他平定邊疆，坐擁兵權，就連定國公都是他的下屬，兩人平日在定國公面前就很拘束，更何況是靖王殿下這樣的傳奇人物，他們是看都不敢抬頭看一眼的。

朱槙見了，便笑道：「你們不必拘束，我平日是個很隨和的人，都坐下吧。」

兩人才忐忑地落坐。

薛青山鼓起勇氣，直視朱槙一眼。殿下比他想像中更年輕一些，只是周身散發的氣場，以及四名立在身後、將手按在刀柄上的侍衛，才讓人感覺到，他就是傳說中那個權傾天下的靖王殿下。

其實真正的上位者反而不難相處，待人接物很和氣。畢竟都到了這個位置，都有極好的修養和頂級的智慧，不會輕易為難下位者。

「如今國公爺不在，不知殿下大駕光臨所為何事？」薛青山小心翼翼地問：「可要國公爺回來，聽您的吩咐？」

薛讓在臨走前曾囑託過他，畢竟家裡多是老弱婦孺，不能頂事。若有什麼大事，就讓他先處理，若不能處理，便寫信告訴他。

「薛讓那邊我已告訴了他，他這幾日便會回來。」朱槙淡淡道，隨後看向元瑾。「我是為元瑾而來，」這時聲音略微帶著一絲笑意。「我欲娶她為妻。」

這話朱槙說得很平靜，卻宛如平地一聲雷，不僅讓元瑾和薛青山驚愕地看向他，更讓崔氏跳了起來。

「什麼?!」

老夫人就知道崔氏是個沈不住氣的，怕她在靖王面前丟臉，立刻瞪了她一眼。

崔氏才意識到自己反應過度，連忙又坐下，笑道：「您……您想娶阿瑾為妻？」

元瑾立刻就想說話，才剛站起來，就被薛青山按著坐下。

「正是。」朱槙道：「我與她早便相識，她也與我情投意合，只是她不知道我的身分，以為我只是個普通幕僚，怕你們不答應才隱瞞不說。她因心中有我，所以才不肯嫁給裴子清。」

他竟還編了這樣的話出來！他們倆什麼時候已經情投意合，她又什麼時候心裡有他了！

元瑾心情複雜，都不知道該說什麼好。

雖然這話的確是她說的，但那也只是用來搪塞裴子清而已，他是怎麼知道的？

薛青山和崔氏卻被震撼得久久回不過神，看了看表情莫測的長女，薛青山才勉強露出一絲笑容。「原來如此！當初阿瑾不想嫁給裴大人，我們還心存疑慮，原是因您的緣故！」

沒想到靖王殿下竟然喜歡女兒。

崔氏激動非常。

靖王殿下是什麼身分？這普天之下，怕除了皇帝外，再也沒有第二個人的權勢比得過他。甚至皇帝在他面前，也是得和和氣氣的。他若想娶哪家的女兒，恐怕都不用他說，哪家都得把女兒打包送上門吧！

他竟然與元瑾情投意合！

「因裴子清的事，我不得不出面，免得元瑾錯嫁了旁人。」朱槙道：「事出匆忙，便未請媒人，不過已經將一百八十擔的聘禮送上，只要二位亦不反對，這門親事便這麼定下，如何？」

崔氏和薛青山連忙笑呵呵地說不反對，怎麼會反對？

元瑾卻是心裡一梗。

誰家提親沒有媒人納采、問名，而是直接送聘禮的！他不過是看起來和氣，實則內裡仍是極度強硬的作風。他根本不管定國公府會不會拒絕，直接就把聘禮送來，而且還是一百八十擔。這樣大的排場、陣仗，他又是用軍隊押運，恐怕送來的時候，半個京城的人都看到了。

雖然的確沒有人會拒絕靖王殿下。

元瑾忍不下去了，站了起來，向老夫人屈身。「祖母，能否允我同殿下單獨說幾句話？」

老夫人聽後看了朱楨一眼，得到朱楨頷首，才道：「那我和妳父母先去賞會兒梅吧。」

崔氏一臉不想去。外面這麼冷，賞什麼梅？女兒要高嫁了，她就想在這裡看著！

但她還是被老夫人攜著手，帶了出去。

元瑾看了看朱楨身後的侍衛。「殿下能否讓這四人也退下？」

朱楨招了招手，那四人便退出去，在外面闔上門。

元瑾才問：「靖王殿下，您這是要做什麼？」

朱楨靠向椅背。「妳曾說，妳不想嫁給裴子清，若是能有一個與他同等權勢的人向妳提親，妳便能不必嫁給他。」他嘴角微帶著笑容。「我一開始說了可以娶妳，妳說我只是個幕僚，怕家裡不同意。如今妳知道我不是，且這天底下若說誰娶了妳，裴子清不會造次，那便只有我了。」

因為他是靖王，是裴子清真正的頂頭上司。

她那時候這般說，不過是開玩笑而已！

更何況，她不想嫁給裴子清，是因他背叛自己。難道現在她又能嫁給朱楨？她更不能嫁。因為他才是蕭家被滅、讓她淪落到今天的真正元凶！

她對裴子清是憎惡而恨，對朱槙則要複雜得多，二人前世就是敵對關係，她對他的恨意更純粹。但是這一世，她卻對他有不一樣的感覺，而他又曾多次幫她。

正因為如此，她才更不能嫁給他。

倘若她想報仇，那便光明正大地報仇。她不希望自己是通過嫁給他，暗中設計他這樣的方式。

這樣的她，又和裴子清之流有什麼區別？

元瑾思慮清楚，屈了身道：「我之前以為您只是個普通幕僚，如今我才知道，原來您就是權傾天下的靖王殿下，那又怎能讓您紆尊降貴來娶一個繼小姐？所以，還請殿下收回成命。」

見小姑娘比平日更冷漠的樣子，來之前，卻又是好好打扮過的，臉頰水靈得彷彿能掐破一般。朱槙笑了笑，道：「妳怪我隱瞞了身分？」

元瑾當然不是在意這個，雖然她也很不喜歡別人欺騙她。

但是在陳慎竟然就是靖王這個巨大的衝擊下，他的欺騙就變成了一件小事。

不等元瑾回答，朱槙就繼續道：「我非有意隱瞞妳。當初妳遇到我的時候，我正在寺廟居住，為先孝定太后祈福祝禱，所以一切的衣食住行皆從簡。當日我隨口說了自己是定國公府的幕僚，沒想到之後與妳的牽絆會這般深，告訴妳真相，又彷彿是欺騙妳，所以隱瞞至今。」

元瑾聽了深吸一口氣，細想許多跟他相處的細節。的確，很多地方都有不對之處。她有些事實在想求證，想了想便問：「一開始我撞到你那處，其實是你的別院，那為何沒有人把守？」

朱楨道：「一時疏忽。」

其實當時她衝撞他，暗衛差點射殺她，不過被他阻止了。

元瑾又問：「有一次，您建議我去崇善寺的藏經閣偷書……」

朱楨道：「不是我建議妳偷的，我當時是想送給妳，但妳自己想偷。」

這個不重要。

元瑾道：「其實那根本就是您的書房，所以您才會帶我去，以免我被侍衛所殺？」

朱楨點頭。當時若非他跟著，她當場就會被射成篩子。

「再後來我告訴您，我弟弟競選世子的事。」元瑾想起更多以前沒有注意到的細節。

「結果第三天，我弟弟便當選世子，應該也是您讓定國公選了我弟弟的吧？」

朱楨笑了笑。「自然，妳弟弟能留到最後，也是有他的過人之處。」

元瑾沈默。其實他是多次隱瞞、欺騙她，但這些時候，何嘗不是在幫她呢？

正因如此，她更不能做背後陰他的事。

她不能嫁給他。

元瑾抬起頭道：「殿下，我不能嫁給您。」

朱楨的笑容漸漸收起來。他以為小姑娘會生氣，但應該也會很快諒解，畢竟他哪次不是在背後幫她？再者嫁給他是多少女子夢寐以求的事，這點朱楨還是有這個自信的。

他代表的是絕對的權勢和地位，自然他本人也不差。

但元瑾的語氣比他想的更堅決。這樣的堅決不是扭捏造作，而是她真的這麼打算。

朱楨淡淡問道：「難道妳還是想嫁給裴子清？」

當面拒絕靖王殿下，這不是個好主意，所以元瑾才讓所有人都出去。朱楨就算看上去再怎麼和氣，也是個上位者。一個鐵腕的藩王，絕不會喜歡別人的拒絕。

「是我覺得自己配不上您。」元瑾道：「您也知道我出身寒微，家世也不出眾。其實我的女紅、灶頭也很糟糕，您仔細思量，娶我其實並不划算……以您的身分地位，誰不會想嫁給您？」

她都把自己貶成這樣了，希望他能接受這個說辭。

朱楨聽完她的理由，表情柔和了一些，道：「我還未嘗試過妳的女紅、灶頭，怎知會很糟糕？」

元瑾有些不知該如何是好，他的意思擺明了就是：我不嫌棄，妳嫁了再說。

她只能道：「殿下，我非跟您說笑，我當真不能嫁給您。」

朱楨的笑容不變，換了個姿勢坐著，眼神卻冷淡了些。「這一百八十擔的聘禮，我送來的時候，至少半個京城的人看到。再過兩日，京城就該傳遍了。」

他語氣一頓。「眼下妳只有兩條路可走，我說這些聘禮是為裴子清送來的，那妳還可以繼續嫁給裴子清。否則，妳便只能嫁給我。而這些聘禮，是不會再抬回去的。」

他應該真的生氣了吧？明明是想幫她的忙，還是這樣好的方式。甚至，他必然是喜歡她的，否則他大可不必做到這樣的地步。

畢竟他要給她的是正妻之位，那便是王妃之尊。天底下，有幾個人不想要這樣的尊榮？若他的身分不是靖王，那她必定會欣然受之。

但他偏偏就是！

元瑾道：「若殿下不嫌棄，能否繼續用我說的第二個辦法。」

朱槙沈默，然後笑了笑。「元瑾，妳之前只以為我是陳幕僚，對我的了解甚少。但妳已經知道我的身分，我做出的決定是不會更改的。妳若不想嫁給裴子清，我娶妳便是最好的辦法。的確，我想娶妳也不全是因想幫妳的緣故，眼下聘禮已到，妳的拒絕也是無用的。」

元瑾深吸一口氣。

他已經把話說得這麼明白，她還能說什麼？她本不願這樣做，可他逼她走上這條路，至於以後會怎麼樣，現在沒有人知道。

元瑾閉了閉眼，輕輕地道：「朱槙，你若娶了我，恐怕有一天會後悔的。」

朱槙頭一次聽到她喊自己的名字，覺得有些新奇，嘴角露出一絲笑容。「我從來不後悔。」

第四十五章

夜風夾雜碎雪撲來，定國公府門口匆匆駛來一輛馬車。

馬車停下後，駕馬的小廝很快跳下馬，然後上前拍門。「錦衣衛指揮使裴大人前來拜訪，快些開門！」

門吱呀一聲打開，裡面湊出個小廝的腦袋，先問：「這麼晚來訪，當真是裴大人？可有名帖？」

那駕馬的小廝還沒說話，車簾就被撩起，露出一張冷淡的俊顏，正是裴子清。

「的確是我來訪，快去通傳，就說我要見你家老夫人。」

小廝一見當真是裴大人不假，立刻叫人大開府門，先讓馬車進來，他則趕緊飛奔去告訴老夫人。

因靖王殿下要娶元瑾的事，老夫人這時候也沒睡，正和崔氏、元瑾商量細節。

朱槙上午來提親，下午皇宮裡就來人，宣旨說請老夫人明日帶元瑾入宮覲見太后娘娘。看來朱槙向元瑾提親一事，這皇城中已經有不少人知曉。

由於事出緊急，因此別的都擱置了，老夫人先和元瑾談論這件事。

「阿瑾與殿下意外相識，殿下又是突然提親，別說咱們，連皇上和太后娘娘都不知道半分。到時候太后娘娘必定有許多話要問妳，妳不要膽怯，祖母會陪著妳。」老夫人告訴元瑾。「嫁與靖王殿下可是一件大事，皇家的繁文縟節極多，恐怕不會這麼輕鬆。」

元瑾當然不會膽怯。

崔氏卻有些憂慮。「老夫人，這事我還是擔心，太后娘娘會不會嫌棄我們元瑾不是正統的國公小姐？我之前聽說，太后娘娘曾想說給靖王殿下的，可都是一等一的貴女……」

老夫人也不清楚，只能勸崔氏。「不必太擔憂，太后娘娘是個極和氣的人，應該無礙。」

正說到這裡，外面的小廝就進來稟報錦衣衛指揮使裴大人前來拜訪。

老夫人深深皺起眉，看了元瑾一眼。

她原以為，既然靖王殿下已經表露心意，聰明如裴子清，自然不會再提這件事，怎麼還會深夜前來呢？

「阿瑾，不如妳和妳母親先回去歇息吧，我來同裴大人說。」老夫人道。

元瑾卻搖搖頭。

其實裴子清是來質問她的。

出了這樣荒謬的事，他能不來問問她嗎？

「祖母，我來和裴大人說吧。」元瑾淡淡道：「您和母親先去歇息吧，您也操勞一天了。」說著她向崔氏使了個眼色，示意她扶老夫人先進屋歇息，老夫人年紀大了，不能熬夜。

崔氏現在極聽女兒的話，女兒說了之後，她立刻就站起來。

老夫人卻有些不放心。「阿瑾，妳可是要嫁給靖王殿下的，不應再和裴子清有什麼接觸。」

這若是傳出去，恐怕會惹靖王殿下不高興。

元瑾笑道：「您放心，我心中有數，況且也是在您的地界上，我與裴大人自然不會有什麼話傳出去。再者，我還有些話想和他說清楚。」

老夫人見她態度堅決，嘆了口氣，也不再強求。「那我也先不睡，等你們說完了，叫人來知會我一聲。」

老夫人叫了拂雲在外看著，才被崔氏扶進臥房。

雪夜岑寂，外面屋簷下掛的紅綢紗燈籠被風吹得搖晃。碎雪紛紛，虛掩的堂屋槅扇中卻透出暖黃的燭光，映襯著深藍似墨的天空，蕭瑟的夜晚裡有種別樣的溫暖。

裴子清一路疾步而走，心急如焚，到了正堂外，看到透出的燭光，腳步反而漸漸慢下來。

他推開槅扇，風攜著碎雪吹進來，落在黑色楠木的桌上，片刻就化作瑩潤的水跡。屋中竟只有元瑾一人，聽到開門聲抬起頭來，風吹過她的面頰。

「來了。」元瑾道：「裴大人可要上茶？」

裴子清深深吸了口氣，走到她面前，語氣嚴肅。「蕭元瑾，妳可知道妳在幹什麼？」

他很少叫她的本名，在她是縣主的時候，他一向是恭敬地稱她為「縣主」，就算是私底下，也是叫她一聲「丹陽」。這是有多麼氣急敗壞，才會叫她的本名。

元瑾語氣淡淡。「裴大人叫的是誰？」

裴子清幾乎要被她氣笑了，一把抓住她的肩。「都到這個時候了，妳還有什麼好偽裝的！妳告訴我，為什麼會突然嫁給靖王殿下，妳究竟在想什麼！不想嫁給我，因為我曾害了妳，難道妳便能因此嫁給靖王了？若不是他，蕭家能覆滅嗎？蕭太后會死嗎？」

元瑾只是抬頭看著他。

「裴大人說這樣的話，真是讓我不明白了。我嫁給誰，與你有何干係？」

裴子清差點被她這個態度給氣死，他知道她內心深處仍然怨恨他，而這個恨意，可能比恨靖王來得更深，所以她不惜一切地刺激他。

他再度深深地吸了一口氣。「殿下召我過去，把事情都告訴了我。妳一開始說的普通幕僚，便是靖王殿下？」

元瑾閉了閉眼睛。

裴子清的手指漸漸收緊，臉上有種難以言說的哀傷。

「元瑾，妳知不知道，我為什麼會背叛妳？」

元瑾睜開眼睛，她終於看向裴子清。

裴子清知道她看著自己，苦笑道：「妳就沒想過，妳這樣待我，而我又對妳有這樣的心思，我為什麼會背叛妳？」

元瑾似乎已經預料到他要說什麼，她的語氣冰冷。「——為什麼？」

「我從一開始，就是靖王殿下埋在妳身邊的棋子。」裴子清終於道：「我本來就是效忠於殿下的人，所以，一切都是靖王殿下蓄謀已久。甚至包括妳的死，也和殿下有脫不開的干係。你們二人這般相對，妳為何要嫁給他？」

元瑾聽到這裡，隨即笑了。

原來如此。

原來她一切的關懷、照顧，不過是付諸一個臥底而已！

她笑得後退幾步，腰抵住了桌沿。

她目光冰冷地看著裴子清。「朱楨滅蕭家，我明白是為什麼。但是——我的死和朱楨有什麼關係？」

「這件事很複雜，背後有妳想不到的結果，甚至連我都不得知。」裴子清的目光微閃。「但妳不能嫁給他。元瑾，妳忘了妳蕭家滿門嗎？妳忘了蕭太后嗎？」

「我從未忘過，但是——」元瑾抬起頭。「你又有什麼資格阻止我？你在我身邊所做的一切都是背叛，甚至我好不容易重來，你還要橫插一腳。若不是因為你，靖王怎麼會要娶我？一面說著愛我，一面又毫不猶豫地害我，裴子清，比起朱楨，其實你更讓我噁心！」

她的目光是真正的嫌惡。

裴子清的手握緊，微微發抖。

這是他第一次真正看到元瑾對他的厭惡。這樣的情緒籠罩著他，讓他幾乎喘不過氣。

當他最終還是對蕭家下手的時候，他曾無數次想像過，元瑾知道這件事會怎麼看他？那時候他因此而猶豫不決，幾乎下不了手。

現在他終於知道了。

看到元瑾憎惡、牴觸的目光時，他竟然難受得呼吸不過來。

在此之前，他一直覺得自己可以慢慢融化她心中的寒冰，讓她能像以前那般信任他、喜歡他。但是他現在明白，這是不可能的，她是真的厭惡極了他！

他無法承受，甚至願意用一切換從頭開始。

因為其實，元瑾才是那個真正溫暖了他的人，那個將他從黑暗的泥淖裡拉出來的人。若不是她，他斷斷走不到今天。

她才是他最看重的。

「元瑾，妳不能這樣……」

接下來的話他幾乎說不下去。

妳不應該這麼對我。我是愛妳的，我從沒有想過要害妳。

但是這樣的話，他怎麼都說不出口。他當真沒有害她嗎？那蕭家是怎麼覆滅的？蕭家若不覆滅，元瑾會死嗎？元瑾說得沒有錯，他就是一邊害她，一邊又說著愛她，實在是叫人噁心！

「裴子清，」元瑾淡淡道：「你放開我吧，你我二人之間，從頭到尾都是個笑話。我厭惡你，也厭惡自己識人不清。你若真的還記得我之前對你的半分好，我只有一件事求你，那就是別再管我的事了。」

她這樣說，不僅是否定了他，更連兩個人的過去、她曾經為他做過的那些事都否定了。

「不是的。」裴子清又上前，一把抓住她的手，聲音低啞。「元瑾，我真的沒想過害妳……那次我本想，蕭家若是沒落，我就娶妳為妻的！」

元瑾笑了笑。「裴子清，把我害到這個地步，你還說這樣的話，你不覺得好笑嗎？」

裴子清愕然，抓著她的手終是漸漸鬆開。

一念之差，當真是一念之差。

那時他多麼猶豫，甚至靖王殿下的心腹都看出他的猶豫，輪番來勸他。

就這麼一瞬間，決定了他今日的追悔莫及。

「我想裴大人現在應該無事了吧。若是無事，那便請回吧。」說完元瑾轉過身。

裴子清閉了閉眼，知道無法回頭了。

他在她身後，有些疲憊地開口：「妳若真的決定要嫁給殿下，就忘記前塵往事，重新開始吧。畢竟……當時妳與殿下也不過是立場不同罷了。我欠妳良多，不會再對妳不利，也不會告訴旁人妳的真實身分。但我希望妳以後不要做傻事，妳現在不過是個普通姑娘，敵不過他的。」

方才那番爭論讓裴子清終於明白，元瑾是無論如何都不會原諒他的，而他也不可能爭得過靖王。

那他還不如勸她好生和靖王在一起。至少，她這一世是幸福的。

元瑾靜默片刻，才道：「你若怕我害他，就勸他不要娶我。」

裴子清有些驚愕，但元瑾已跨出堂屋，只對守在廊廡下的拂雲說了一句話。「送裴大人離開吧。」

她的身影漸漸融入黑暗中。

這夜的雪未停。

元瑾睡得很淺，最後是被一陣瑣碎的聲音吵醒的。

紫蘇拿湯婆子輕輕暖她的臉，笑道：「二小姐，要起來梳洗了。」

今天要進宮，故一早便要起來打扮。

半個時辰後，老夫人就攜著元瑾行駛在進宮的路上。

老夫人替她理了兩回領子，又叫隨行的丫頭給她篦了一回髮髻，看得出老人家還是很慎重的。

元瑾笑了笑。「祖母可是在擔憂？」

「就是尋常人家見婆婆也得慎重，更何況妳的婆婆還是當今太后。」老夫人道：「我派人去靖王殿下那裡傳過話，說太后宣妳入宮覲見，只是殿下未派人給我回信，也不曉得他究竟知道沒有？」

「殿下知道了又能如何。」元瑾不甚在意。

老夫人卻說：「知道了便能跟太后打聲招呼，免得為難妳！罷了，現下也來不及了。」

這次是奉太后懿旨進宮，因此馬車經過午門也未停，徑直駛了進去，從夾道直接通往坤寧宮，在宮門外下了馬車。

宮人進去通稟後，便有太監出來宣：「請定國公府老夫人、二小姐覲見——」

老夫人攙著元瑾走進去，只見宮中富麗堂皇，十分貴氣。比之其他宮殿不同，正殿竟供了一尊菩薩，擺了香爐、木魚和供品。走過屏風和幔帳，才看到內間。

淑太后坐在羅漢床上，頭戴翡翠眉勒、壽字金簪，身著檀色祥雲紋緙絲褙子，竟是尋常的婦人打扮。

老夫人帶著她給淑太后行禮，元瑾道：「太后娘娘萬安。」

淑太后將她上下打量許久，才語氣輕柔地道：「上次在宮中見到二姑娘，竟未將妳看清楚過。如今看來，倒的確是個美人，難怪楨兒會喜歡。」

這話倒聽不出淑太后究竟是喜歡還是不喜歡元瑾。

不過元瑾覺得應該是不喜歡的。畢竟淑太后給朱楨找了好好的貴女，他不喜歡，竟突然向一個出身不正的繼小姐提親，還沒和她商量一聲，她還是從旁人口中才知道這件事。再者，以自己的身分，本只能給靖王做侍妾，娶來做正妻是不夠格的。

「太后娘娘謬讚了。」元瑾道。

她一直維持著行禮的姿勢，因為淑太后沒有讓她起身。

果然就是不喜歡她的。

老夫人在一旁看著，連忙笑著打圓場。「說來娘娘怕是不信，阿瑾同殿下相識的時候，還不知道殿下是靖王呢！」

淑太后嗯了一聲，沒有繼續接話，而是喝了一口參茶。

正僵持時，外面突然有通傳的聲音。「靖王殿下到——」

淑太后聽到後放下茶杯，露出幾分驚愕的神色。楨兒怎會突然來了？

元瑾因保持行禮的姿勢，眼睛也只能看著地面，便看到宮人們紛紛跪下，一雙做工精緻的皂靴走到自己身邊。

朱楨向淑太后行禮，淑太后就道：「尋常你不是這裡忙就是那裡忙，怎地今日有空過來？」

朱槙笑道：「今日得空罷了。」

他的聲音就在身側，低沈中略帶幾分柔和。

說完之後，一隻乾淨寬厚的手伸到元瑾面前要扶她起來，一如那日她跌倒在雪地裡。

元瑾自然明白過來，朱槙是過來給她撐場子的。

他得了老夫人的信，但沒有回覆，因為已經打算好直接過來。

但是太后沒叫她起，元瑾也不能妄動，只是朱槙的手也沒有收回去。

太后看到這裡，只得嘆了口氣道：「妳起來吧。」

元瑾才應諾，扶著朱槙的手站起來。

朱槙將元瑾扶起之後就放開她。宮婢已經搬了幾把東坡椅進來，幾人都坐下，元瑾才看向朱槙。

他進宮都是著親王服制，襯得他英俊不凡，氣度如松。看到元瑾看向他，以為她仍然不安，就笑著向她微微點頭。

似乎是在示意，有他在這裡，她便不用擔憂。

元瑾回過頭，淑太后才緊接著問她女紅、針黹、識字斷文，以及生父母的出身。得知元瑾熟讀四書五經，頗有才學後，淑太后才稍微點頭，算勉強認可了這個兒媳，當然也可能是朱槙鎮場，她不好再問什麼刁鑽的話。

「不知二姑娘今年歲數幾何？」淑太后問道。

朱楨今年已經二十八，仍無子嗣，淑太后也是希望他早日成親。

聽老夫人說元瑾十四，淑太后若有所思。女子多及笄之後才出嫁。

她轉向朱楨。「若我未記錯的話，接下來你要駐守寧夏兩年？」

朱楨頷首。「土默特部有死灰復燃之勢，自二月起，我便要去寧夏衛駐守。」

老夫人也明白了淑太后的意思。「那親事豈不是就要拖兩年？」

「既然二姑娘也快及笄，我看倒不如現在就準備完婚，免得拖延這麼久。」淑太后笑了笑，看向朱楨。「楨兒意下如何？」

朱楨略微一笑，既沒有說答應，也沒有說不答應，只是道：「她還小了一些。」

但是除了這句，朱楨也沒說其他拒絕的話。

「這無妨，禮先有了，別的再說就是。」淑太后卻覺得這個不重要，看元瑾也更順眼了，畢竟朱楨願意娶才是最重要的。

她問向老夫人。「老夫人覺得怎麼樣？先成了禮，等楨兒去了邊疆，二姑娘便仍跟你們住在一起，再等他回來就是了。」

老夫人當然也希望越快越好。夜長夢多，誰知靖王殿下去寧夏衛兩年會發生什麼變數？

老夫人也笑道：「娘娘說的自然好！再拖兩年終究不好，我回去便告訴國公爺您的意思，可以先操辦起來。」

自然，沒有人問元瑾的意思。

元瑾心中腹誹，她本以為能拖半年，到時候再想法子推脫的。但來得這麼快，恐怕是真的沒有轉圜的餘地。

元瑾袖中的手指微微握緊，看來只能到時候見機行事了。

接下來淑太后要和老夫人詳細商議，朱槙便帶著元瑾先出來。

「殿下，這事是不是操之過急了？」元瑾出來便低聲問他。「我現在還未及笄，倒不如等你去邊疆兩年後回來，我們再論親事吧。」

朱槙看了她一眼。「妳怕嗎？」

怕……怕什麼？

元瑾還未反應過來，就聽朱槙繼續道：「不用怕，只是先成親罷了，以後妳就可以在我的名頭下護著，比給妳一塊玉珮安全多了，不是別的什麼事……所以，妳大可放心。」

元瑾才明白他在說什麼，饒是她也臉一紅，急急道：「我不是說這個！」

朱槙卻笑了笑。自從她知道他的身分後，在他面前便一直有些拘謹。眼下瞪著他，水潤的眼眸露出幾分惱意，才恢復之前生龍活虎的樣子。

「那就沒什麼好說的了。」朱槙柔和地道：「我還要去見皇上，有急事要說，不能陪妳，叫宮婢領著妳在御花園裡轉轉，可好？」

元瑾沒說答不答應，朱槙就伸手招了個宮婢過來吩咐幾句，又留了兩個侍衛，才離開坤寧宮。

元瑾看著他高大的背影，微微一嘆。

她在心裡告訴自己，這個人是權勢滔天的西北靖王，是她的仇人朱槙。但是每每和他相處，又覺得他還是那個陳慎。

御花園其實沒什麼可看的，元瑾從小看到大，故只是在紅梅林外停住。

她突然想起，這片紅梅林還是姑母種下的。姑母喜歡紅梅，便在御花園和慈寧宮都種了許多。每年冬天紅梅怒放的時候，姑母都會吩咐宮人折來，放在她宮中的各個角落。

正所謂年年歲歲花相似，歲歲年年人不同。

元瑾看著梅枝，正在出神，就聽到身後傳來許多腳步聲。

她回過頭，看到一行宮人抬著轎輦經過御花園，那轎輦中竟坐著太子朱詢。

元瑾和幾個宮婢、侍衛便退到一旁，屈膝跪下，本準備等人過去再走，誰知那轎輦中卻傳來一句。

「慢。」

伺候的大太監立刻喊了聲「落轎」。

轎一落，身著玉白長袍、束玉冠、面容俊秀的朱詢從壓低的轎輦中跨出來。他一開始並非發現元瑾，而是先出神地看了會兒紅梅。

他嘴角微抿，沒有人出聲，也沒有人知道這位當今太子在想什麼。

等到最後他終於收回目光，落在旁邊屈膝跪著的元瑾身上。

他走到她面前，居高臨下地看著她。

她面容雪白瑩潤，黑瞳如墨，烏髮梳得整整齊齊，戴赤金嵌玉、細金流蘇的寶結，又繫著一件大紅漳絨嵌毛邊的斗篷，竟像個雪娃娃般精緻漂亮。

能讓朱槙看上，果然容色不俗。

他瞳孔略微一縮，便從那個流露情緒的朱詢，重新變回心思縝密的太子爺。

「原是薛二姑娘進宮了。不過薛二姑娘何必跪我，想來日後，我怕還要叫妳一聲叔嬸呢。」朱詢笑道。

叫她叔嬸？

元瑾覺得嫁給朱槙還是有個好處，那就是她的輩分終於對了。

朱詢跟她說話的語氣非常和煦，想來是直接將她劃分為靖王的心腹。他自小就有個特點，一旦對什麼人心生戒備，面上就會顯得非常溫和有禮，讓人失去警戒。

元瑾站了起來。「太子殿下客氣了，若您將來繼承大統，我等都是您的子民，哪裡有什麼叔嬸不叔嬸的？」

她語氣恭敬，也讓朱詢看不出端倪。

「薛二姑娘嫁給靖王殿下，自然是我的叔嬸了。」朱詢又道：「不過，薛二小姐恐怕還是要小心些啊。我叔叔之前曾娶過一次親，只是那位先靖王妃……似乎去得早了一些。」

這元瑾倒是聽說過。

朱槙十九歲的時候，皇帝曾給他賜過一次婚，還是一位世家貴女。不過那女子只嫁給靖王半年便因病去世。

花信之年突然去世，死得是有些蹊蹺。

不過朱詢突然提起這個是什麼意思？他想說什麼？

元瑾看向朱詢。

他面如冠玉，俊雅溫潤，一如往常什麼都看不出來。

元瑾屈身道：「多謝太子殿下提點。」

朱詢又笑了笑。「薛二姑娘既是我將來的叔嬸，又何必客氣言謝？」

他非常樂於看到，朱槙娶一個對他毫無幫助的女人。娶薛二姑娘這樣家世一般的女子，總比娶什麼淇國公家的嫡女好多了，同時還能給朱槙添一些堵。

說完這些，他才又上了轎輦，略一招手，轎輦便起駕了。

元瑾目送他離開，只是心中仍然思索——朱詢提起前靖王妃，究竟是何意思？

第四十六章

當晚，薛讓從京衛趕了回來。

他先進宮面見皇上。

畢竟靖王殿下結親這樣大的事，皇上是不可能不過問的。

一個時辰後，薛讓才從宮裡回來，不僅帶回一道聖旨，還帶著由大內羽林軍押送來的兩車皇上賞賜的各色布疋、綢緞，以及珠寶首飾。

皇上的貼身大太監王治宣旨，定國公府眾人跪接。

皇上把元瑾賜婚給靖王朱槙，擇日完婚。另外給薛青山加官一等，晉升正五品工部郎中；封崔氏為正五品誥命夫人，連薛錦玉都賜了個國子監廕監。

薛讓接過聖旨，塞了一個紅封進王治袖中，道：「煩勞公公來府上跑一趟，不如吃了晚膳再走吧！」

王治卻不敢收這個紅封。「貴府小姐有這等喜事，國公爺何必這般客氣！」定國公家和靖王殿下結了親家，眼下在京城正是橫著走的時候，就是皇上的貼身太監也不敢輕易怠慢。

「咱家還趕著回去給皇上回話，也不敢多留了。」

薛讓便親自送王治離開。

而薛青山和崔氏還處於兩腳虛軟狀態，好半天都站不起來。

老夫人在旁看得噗哧一笑，叫下人把兩人扶起來。「怎地這般沈不住氣？這還只是皇上略施小恩。阿瑾嫁給殿下，你們以後看到的榮華富貴還多著呢！」

薛青山被扶起來的時候，還連連擦汗。「老夫人看笑話了，我本只是個舉人，從未想過自己還能有當五品官的一天！」

崔氏更回不過神。

她竟然有誥命了？

只有得了誥命的封號，崔氏才能被叫做夫人。她竟然從此就是夫人了！

老夫人知道兩人還需要時間接受這事，他們兩個現在面對靖王仍是緊張得雙腿發軟，說不出話來。若一直如此，等到了成親那日可怎麼好，她有些發愁這事。

她讓兩人先回去歇息，叫了元瑾和薛元珍進她的廂房。

薛元珍這幾日一直心不在焉。老夫人也知道為什麼，被拂雲扶著坐下後，先同她直說：「元珍，魏永侯爺要回來了。」

薛元珍聽到這話，臉上突然露出欣喜的神采。「祖母說的可是真的？」

老夫人笑道：「自然是真。他從宣府回來，說是過幾日便到京城，到時候魏永侯府會給顧珩接風洗塵，咱們去赴宴，妳也好見一見他。」

薛元珍猛然聽到這個消息，又高興又有些無措。

「那祖母，我應該做什麼……」她說：「徐瑤會不會也去？」

元瑾則笑了笑。「姊姊放寬心，到時候容光煥發地出席就是了。徐三小姐不足為懼。」

老夫人笑著點頭。「妳妹妹說得對，妳不用太擔心徐三小姐，畢竟現下還有一點，對妳是極有利的。」

薛元珍一時不明白是什麼。

老夫人才道：「如今靖王殿下要娶阿瑾，京城之中已經無人不知。妳的身分也與之前不同，顧老夫人自然會考慮這個。」

薛元珍這才明白為什麼，她按捺著激動的心情，給元瑾屈了下身。「姊姊這裡謝過！」

若是之前她還因元瑾的高嫁而心中有些不舒服，現在就已經全然沒有了。

她這才明白，大家族中的姊妹們為何鬥得少，若日後誰嫁得好，對別的姊妹都是有益的。

元瑾只道：「姊姊莫謝我，妳只需嫁得魏永侯便是了。」

元瑾是真心誠意希望薛元珍能嫁給魏永侯，不要讓徐家占了便宜就行。

老夫人跟薛元珍說完，才叫她先回去歇息準備，然後把元瑾叫到跟前。「妳與靖王殿下的婚期，定在二月初六。」

二月初六？

元瑾皺了皺眉，又應了是。

老夫人就笑。「今兒殿下實在照顧妳，他正為土默特部的事忙得不可開交，卻還特地抽空來宮中一趟。殿下這般待妳，一切便不用憂心。」

老夫人怕是敏銳地察覺到，元瑾似乎沒她想的那般高興，所以才說這話吧。

元瑾笑了笑。「祖母放心，我並不擔憂。」

事情到了這個地步，她倒也不逃避拒絕了，既然如此，還不如利用這事，達到她想達到的目的。

「那就好！不過祖母還是要多囑咐妳幾句。」老夫人溫和地說：「既然都是要嫁人的，廚事、女紅還是要學一學，女孩兒重要的還是相夫教子。夫為天之意，並不只是說丈夫的重要，更重要的是，有殿下在，便有人為妳遮風擋雨，為妳抵禦艱難。妳後半生有他庇護，便不會憂愁了。」

元瑾聽了老夫人的話，嘴角露出一絲苦笑。

老夫人是看她年幼稚嫩，才以此提點她。

她說的和當年太后告訴她的完全不一樣。

當年她不過十一、二的時候，太后就曾教導過她。「……什麼夫為天，夫為綱，全都是狗屁話。阿瑾只消記得，男的都是喜新厭舊不長情的東西，妳有姑母和父親，那麼這世間妳想要的一切便都能擁有。」

老夫人和太后都沒有錯，不過是不同身分時所做的最佳選擇罷了。當初她還是丹陽縣主的時候，自然能有那樣的選擇，但現在她不是了，能有朱楨庇護，已經是一件極難得的幸事。

但並非如此啊，她跟朱楨之間，還隔著深深的鴻溝。

她沒有讓人庇護的打算，也無法被人庇護。

元瑾回到鎖綠軒，剛脫了簪，便有丫頭進來傳話，說世子爺來看她了。

元瑾嘆了口氣，她已經有些疲憊，便未再梳妝，就這麼素著模樣，在燒了地龍的東廂房見他。

只見門打開，進來的不只是薛聞玉，竟還有徐先生。

這是她早就預料到的，得知她和靖王的親事，徐先生勢必會過來。

徐先生給她請安，元瑾對寶結道：「給徐先生上峨眉雪芽吧。」

她看向薛聞玉，只見他一如往常的俊美，只是臉色仍有些蒼白，想來是傷勢還未完全恢復的緣故。「世子爺給一杯棗茶就是了。」

徐先生坐下後，有些歉意地道：「深夜來二小姐這裡相見，著實有些不好。只是事出緊急，我才漏夜前來。」他說得倒是不假，肩頭的那塊衣裳還是濕的，來的時候必然很匆忙，連傘都沒撐。

元瑾道：「你先說就是了。」

徐先生從袖中拿出一本冊子，遞給元瑾。

元瑾接過來，打開一看便皺起了眉。

這本冊子中竟然寫了二、三十個武將、文官的名字，甚至有幾個她非常熟悉，當今朝中大員都在裡面！

禮部尚書宋比懷、兵部侍郎李如康、金吾衛指揮使范遠、遼東總兵崔勝……這些可都是要員！

元瑾放下冊子，嚴肅地看向徐先生。「先生這是何意？」

「世子爺告訴在下，您亦有過目不忘之能，方才那一眼應該都記得了。」徐先生笑道，隨後拿過燭臺，將這本冊子點燃。「二小姐如此聰慧，想必已經猜到這是什麼，以及在下是什麼意圖。」

元瑾的確已經猜到，這冊子寫的恐怕就是支持聞玉的背後勢力。

她之前知道人勢必不在少數，卻不知道竟還有如此幾個大員！

「給二小姐看這本冊子，是想給您一顆定心丸……」徐先生說到這裡，卻被薛聞玉打斷。

「亦是我不想隱瞞姊姊。」薛聞玉抬起頭，淡淡道：「姊姊，我有話想和妳單獨說。」

徐先生看了薛聞玉一眼，緊接著道：「世子爺，正事要緊……」

「你先出去。」薛聞玉的語氣平靜而堅決。他發號施令從來都不需要厲色，一旦他說出口，便只能服從。
徐先生只有先退出去。
薛聞玉才語氣冷淡地問道：「姊姊，妳和靖王究竟是怎麼回事？妳不是不喜歡靖王嗎，怎地如今突然就要嫁給他？」
元瑾嘴角一扯。「你怎麼知道我不喜歡靖王的？」
薛聞玉抿了抿唇，沈默片刻說：「旁人未必看得出來，但我和姊姊朝夕相處，怎會不知道。」
元瑾知道這弟弟察言觀色的能力極是厲害。她嘆了口氣。
薛聞玉卻看向她。「姊姊，若妳是為了我……」
元瑾伸手按住他的手。她知道聞玉怕是誤會了，誤會是為了他的大業，她才答應嫁給自己不喜歡的人。
她搖搖頭。「不，不是的，亦是為了我自己。」
她站了起來，若說她對誰是真正不設防，那聞玉是絕對要算在內的。
「姊姊有很多仇人。」元瑾道：「你現在不要問姊姊，這些仇人是怎麼來的。若將來有機會，我必然會告訴你。但當今皇上、太子，以及幾個朝廷中的權貴家族，都與我有不共戴天之仇，姊姊並不希望他們過得好。」
也許是因自己這個弟弟的身世已經很驚世駭俗，元瑾說出這些時，並未顧及自身是否危險。

她知道，聞玉是永遠不會傷害她的。

薛聞玉聽後，眉頭微皺，終於明白為什麼元瑾會希望他爭奪帝位了。

「既然這些人都和姊姊有仇，那我有了機會，便會幫姊姊報仇。」他沒有多問，元瑾為何會和這些人有仇。

她果然沒有看錯人！

「但姊姊也未必要嫁給靖王。」薛聞玉又說。

元瑾笑了笑。「聞玉，其實你心裡也明白，只有我嫁給靖王，才是最好的。」

元瑾說了這句話，薛聞玉就沈默了。

元瑾才說：「把徐先生叫進來說話吧。」

徐先生來找她，絕不可能光看那本冊子如此簡單。他既然願意將自己如此重要的籌碼給她，分明是想徹底拉攏她，那麼，他肯定有非常重要的企圖。

徐先生進來，先看了看兩姊弟的狀態，發現沒什麼大事，說實話——這讓他鬆了一口氣。

他之前剛聽說元瑾要嫁給靖王的時候，先是震驚，繼而心裡咯噔一聲。

他擔心世子爺。

世子爺對二小姐的感情一直都不太正常，連稍微疏離都忍受不了，又怎麼能忍受二小姐同別人成親呢？

但是世子爺現在看上去很冷靜，雖然不知道為什麼，但這正是他想要的。

是的，他也非常希望二小姐能嫁給靖王，這對他們來說實在太有利了。

他沒有坐下來，而是先揖了手。「二小姐，明人不說暗話。在下先跟您分析一下局勢。如今皇帝病弱，太子羽翼未豐，卻都與靖王殿下有不可調和的矛盾。這對我們而言正是個好時機。」

「徐先生希望我嫁給靖王後，做你們的內應吧？」元瑾抿了口茶。「但我必須告訴你們，我不會什麼東西都給你們弄來。且很多事，我也做不到。」

「這我們自然知道。」徐先生連忙道：「我們總得考慮您的安全，不會讓您做危險的事。」

元瑾的確已經想通了。

既然始終都要嫁人，又無法拒絕，那她還不如痛快些就嫁了吧！她可以通過靖王來幫聞玉，但她所搜集的消息都不會關乎靖王的存亡，這樣就不算是害他了。

雖然總歸還是對不起他。

等到了聞玉真正成功那日，這親事就可以作罷了。

到那時候，她和朱槙再開始真正的敵對吧。

不過，她還有一些事要說。

「我自然是要幫聞玉的。」元瑾抬起頭。「但我有一些要求，還希望徐先生能夠答應。」

徐先生頷首，示意元瑾繼續說。

「第一，你們所做的重大決策，我都必須知道。」元瑾淡淡地道：「這利於我判斷局勢。」

徐先生遲疑一下，看了薛聞玉一眼。

薛聞玉暗中對他輕輕點頭，徐先生便應下來。

「第二，我身邊必須有人能和你們溝通，並且，我能通過你們的人脈做一些事情。」元瑾繼續說：「我需要一些人，包括能做管事的幕僚、有身手的丫頭，以及訓練有素的探子。這些人我都有用處。」

徐先生聽到這裡，也不由得感嘆。

二小姐當真不像個普通小姐。若不是知道她自小就是山西小門戶出來的姑娘，他當真會以為是哪個大世家培養的繼承人。

這一條比前一條簡單多了，徐先生沒有猶豫，立刻就答應了。

「這倒是簡單，不過人選我們要仔細斟酌，畢竟是要跟著您的，不能有紕漏。五天後，老夫人正要為您的出嫁買些僕人進來，我便用原來的方式，把這些人放在您身邊。」

元瑾點頭。徐先生也是個做事謹慎的人。

她繼續道：「最後一條，不過想必徐先生也明白，那便是我的事不能說出去，縱然是你方才冊子上那幾位大員也不行。人多口雜，極易走漏消息。」

這點徐先生早已考慮好，二小姐可是他們留在靖王殿下身邊的人，如此機密的事，除了他之外，絕不能再有旁人知曉。

徐先生道：「正好，我們最近剛得知一件奇怪的事，是關於靖王殿下的。」

元瑾示意他說下去。

「二小姐可知道，土默特部再犯邊界一事？」

這她當然知道，正是因為這個，她的婚事才要提前。「怎麼了？」

徐先生頓了頓，道：「靖王殿下那邊已經有消息，說他要駐守西寧衛兩年之久。但是，我們的探子卻回報說，他的親兵在山西轉移至寧夏的路上，竟一直停駐不進，拖延七天了。」

元瑾沈思。

徐先生繼續道：「這可能是個信號，代表靖王殿下和皇上間發生了某種我們不知道的變化。並且很有可能是他們的矛盾加深，靖王殿下在做某種準備。二小姐在靖王殿下身邊，可以隨時為我們留意這事。」

元瑾點頭表示知道，她會留意這事。

徐先生身為外男，其實是不便久留的，得到元瑾的同意後不久，就告辭離開了。

「聞玉還不回去？」元瑾問。

薛聞玉笑了笑，道：「姊姊不是說，每晚都要和我下一會兒棋的嗎？」

因為最近的親事，元瑾已經有好幾晚沒教薛聞玉下棋了。

元瑾雖然有些睏，但想著自己曾經答應過他，也不好拒絕。

兩人移步西次間，窩在羅漢床上，元瑾拿被褥蓋著腳，周身暖洋洋地擺開了棋局。

她發現聞玉的棋藝一日千里，竟能和她膠著好幾個時辰了。

「你的棋倒是頗有進益。」元瑾一子沒讓他，他竟也能下得這般好，這讓元瑾稱讚了他一句。

緊接著她說：「不過接下來，你可要小心了。」

她的棋局已經布好，白子落在一個非常精妙的位置。

薛聞玉一看就皺起眉。

他發現犯睏的姊姊也不好對付。

他低頭看著棋局凝思，元瑾便打了個呵欠，見他久久不出下一步，就說：「我實在睏了，要不明日繼續？」

「等我走出來。」薛聞玉卻很執著。

他自小便是如此，棋局只要一開始，就非要下完不可。

元瑾便靠著迎枕，眼睛半瞇起來，不一會兒就完全合上了。

室內只餘寂靜，似乎連燭火跳動都是有聲音的。

薛聞玉看到元瑾睡著，便輕輕站起來招招手，示意屋內伺候的人退出去。既然世子爺在場，伺候的人不疑，紛紛退了下去。

薛聞玉見她睡著，本想為她搭好被褥，誰知一看著她瑩白的臉，便鬼使神差地將手放在她的臉上。

平日元瑾是他的姊姊，但她睡著的時候，卻是十分清嫩的樣子，彷彿需要他保護和照顧一般。

他現在已經比元瑾高得多了。弟弟越發長大，總是會超過姊姊的。他站在她面前，影子便完全將她籠罩，似乎是真的把她抱在懷裡。

薛聞玉修長的手指停在她淡粉的唇瓣上，指尖感受到花瓣般柔和的觸感，不由得呼吸一緊。

他發現她竟睡得這樣熟，可能是累了一天，很快發出甜美均勻的呼吸聲。

「姊姊放心，我是不會讓妳嫁給靖王的。」

薛聞玉這般說著，然後輕輕俯下身來，一點點靠近、一點點靠近，冰冷的唇瓣輕輕碰到她的唇。一股陌生的熱流竄過他的身體，讓他生出一股別樣的渴望。

薛聞玉連忙放開元瑾，後退好幾步離她遠一些，平息自己心中突然湧起的熱潮。

但她就那樣毫無防備地睡在那裡，雪白的臉蛋靠著寶藍的迎枕，半側著身子蜷縮著，身子的曲線明顯又優美，實在是一種誘惑。更何況，這房中還沒有別人。

薛聞玉知道自己必須離開，否則再留下去，他可能會控制不住自己。

他沒有打招呼，披上斗篷，很快離開了。

第四十七章

天色漸黑，遠處的天際染上一層黧紫色。

裴子清站在西照坊靖王府的書房外，已經等了一個時辰。

書房外重兵把守，卻連個坐的地方都沒有，他一直站著，雙腳已經僵硬發麻了。

李凌自廊廡下走過來，拱了手。「裴大人。」

裴子清看也未看他。

「裴大人，殿下今日忙，可能不得空見您，您還是回去吧。」李凌低聲勸道。

裴子清終於開口。「我有事面見殿下。」

李凌輕輕嘆了一聲，不敢多說，從旁側悄悄退下。

寒風漸起，夜晚冷得滴水成冰。

半刻鐘後，書房的門終於打開，一個小廝出來傳話。「裴大人，殿下請您進去。」

朱楨終於肯見他了。

裴子清跨步進去，屋內蠟燭點得明晃晃的。

朱楨斜倚著書案，正凝神聽他的幕僚們說話。

「……東勝五衛中，右玉縣的右玉衛用以防守殺虎口，仍是如今防禦力最強的衛所；出長城向西的玉林衛、雲川衛、鎮虜衛、東勝左衛皆兵力不足，造成防守空虛。在下認為，應就近在陝甘行省中徵兵五萬，以解燃眉之急。」

裴子清一聽，就知道是在商議土默特部的事，便站在一旁等著。

朱楨只略一思考，就否決了這人的提議。「陝甘地區人煙稀少，突然徵兵五萬不是易事，且徵齊了，這樣的兵對上土默特部，也只是白白送死而已。先從寧夏衛調兵支援吧。」

另一個幕僚小心道：「殿下說得甚是，只是便是寧夏衛，一時出五萬兵力，怕也會兵力空虛，不知後續的軍隊能否跟上。眼下似乎因風雪阻隔，咱們從大同派遣的兵力已耽擱十餘天了……」

朱楨嘴角一勾。「寧夏衛積威已久，無人敢犯，如今還是東勝五衛更重要。你們回去先就此擬個摺子，我奏明皇上。」

既然靖王殿下都說了，幕僚們自然不敢不應。他們亦認識裴子清，又向裴子清拱手。「裴大人。」

裴子清頷首，低聲道：「殿下，我有事要稟報。」

朱楨端了茶杯喝水，道：「你們退下吧。」

那幾個幕僚才行禮退下。

朱楨坐下來，語氣平和地道：「你在外面等了一個時辰。說吧，有什麼事？」

裴子清開口道：「太子已經認定失火之事是有人蓄意縱火，怕有人想謀害皇后，故已經派了大理寺連同兵部調查，要找出凶手。」

「謀害皇后……」朱槙聽得一笑。「他這理由找得荒唐。」朱詢做事向來讓人摸不著頭腦。當今皇后鄭氏多年無所出，外家背景亦不強盛，在宮中多年一直不算盛寵，誰會去謀害她？再者若要謀害，飲食下藥可比燒宮殿有用多了，何必弄得如此大張旗鼓？

他只道：「你且先等著看看他究竟要做什麼，暫也不急。」

裴子清應諾，隨後頓了頓說：「我還有些事想問殿下。」

朱槙看向他，淡淡地嗯了聲，示意他說。

他這漠然的樣子，突然讓裴子清想起很多年前，他第一次被丹陽縣主邀請的情景。

那時候的裴子清堅決地拒絕了元瑾。次日後，他就被帶到朱槙面前，他微笑著給他斟了酒，告訴他。「丹陽縣主找你的事，我已經知道了。」

那時候他連忙說：「殿下不要誤會，我已經拒絕了。」

朱槙搖搖頭。「我是想讓你答應。」

他一時錯愕，沒反應過來殿下是什麼意思？

朱槙看著他，重複了一遍。「我想讓你留在丹陽縣主身邊，做我的內應。」

裴子清仍然拒絕。「殿下，這個我恐怕做不來。您還是讓我留在您的身邊吧，您派給我什麼任務都行……」

朱槙就道：「你現在只能為我做這件事。」說完一頓，收起笑容，語氣冷漠。「並且，你也沒得選。」

那是裴子清第一次看到靖王殿下強硬、漠然的一面，這和他平日的溫和有禮大相徑庭。他才意識到，這個人真的就是靖王，他有足夠的野心和手腕，只是平日都偽裝在面具下。

裴子清深吸了一口氣，說道：「屬下只是想問，殿下娶薛二小姐，可當真是因為喜歡她？」

朱槙眼睛一眯。

他一向覺得裴子清是個聰明人，懂進退、知事理。

裴子清想娶元瑾的事，他覺得只要自己出面，裴子清自然就知道退了。怎麼今天居然進來，問他如此冒昧的問題？

「裴子清，」朱槙道：「你應該知道，我剛才為什麼沒有見你。你覺得你問我的問題，是你該問的嗎？」

朱槙面無表情的時候，便是非常無情而強硬的氣場，令人膽寒謹慎。

裴子清也知道自己這話問得很不應該，靖王殿下是什麼人？他平日與他們相處雖平易近人，不代表他就不是上位者。

他道：「殿下恕屬下失禮，只是屬下想知道，殿下是否非娶薛二小姐不可？倘若哪日……二小姐不如您的意，您會拿她怎麼辦？」

朱楨沒有回答，他覺得裴子清久居高位，很多時候的確不知道自己的身分了。

他已經提點他，竟還如此不知輕重。

「我與她的問題，你不應該管。」朱楨淡淡道：「且你日後都不應該再見她。」

朱楨這樣的人，必然是強勢而有占有慾的。對他已經表明是自己的人，他便不會容忍別人觸碰。

裴子清能感覺得到，殿下是真的喜歡元瑾，否則他已多年不娶，又怎會貿然娶元瑾？

但是他們二人怎麼能在一起！

裴子清非常了解元瑾，她自來便是重權勢、重感情的人，太后和蕭家皆折於朱楨之手，她不會就這麼簡單地嫁給朱楨的。兩人當真成婚，勢必還會出現許多變數。兩人皆強勢而聰明，到時候必有一傷。

但是他無力阻止，以他的身分，難道還敢要求靖王殿下不娶元瑾嗎？同樣地，他為了元瑾的安全，也不能說出她真正的身分，這便是一個兩難的問題。

他只能在一旁看著，這兩個人之間，旁人是無法插手的。

這時候，外頭有人進來通傳。「殿下，魏永侯爺顧珩回來了。」傳話的人頓了頓。「侯爺回來便來拜見您，現已經在客堂了。」

朱楨才嗯了聲。「帶他來見我吧。」

他淡淡對裴子清道：「今日這事，我當沒有發生過，日後便不要再提了。」

裴子清輕輕地嘆了口氣。「……屬下知道。」

這時候門被下人打開，外面一陣寒風撲進來。

一位年輕男子走進來，他長得很高，身著玄色長袍，臉瘦削而俊美，五官深邃如雕如鑿，唇色略淡了些，大概是在外面冷了太久的緣故。

他半跪下請安。「顧珩參見靖王殿下。」

這位便是魏永侯爺，顧珩。

他十七歲就跟著祖父征戰沙場，立下赫赫戰功。雖長得俊美。卻又是真真正正的武將。

朱槙叫了他起身。顧珩也看到了裴子清，兩人微微頷首。裴子清與他地位差不多，都是靖王的心腹，只是兩人並不熟悉。

朱槙亦忘記了方才的不快，面含一絲笑意。「你一去宣府便是一年，如今倒也捨得回京了？」

「家中唯有婦孺，卻也放心不下。」

顧珩的聲音有種別樣的冷淡，卻不是因別的緣故，只是他天生性子就冷些。他自小長得好看又聰明，家世、才學無一不優秀，所以不僅被家人重視，走到哪兒都有姑娘對他臉紅，私下悄悄示好的亦不在少數。他對此煩不勝煩，自然性子也越來越冷。

所以他當初才會被蕭太后千挑萬選出來要娶丹陽縣主。

裴子清在一旁看著，突然覺得世間的萬事萬物，因緣際會，當真是極巧的。

當初顧珩因為不想娶元瑾而被太后貶官，他便加入靖王殿下的陣營，追隨靖王推翻太后。現如今，靖王殿下卻要娶元瑾了，怎地不是造化弄人？

「你若成了家，有人照顧你母親，便大可放心了。」朱楨笑道。

顧珩冷淡的臉上略微露出一絲苦笑。「殿下這是取笑我了。」

顧珩不成親的原因，整個京城都知道——他一直苦覓不到年少時的心愛之人，到如今也是如此。

「倒是聽說殿下終於要成親了，還未恭賀殿下。」顧珩又說：「殿下的確缺個在身邊照顧的人。」

「若真娶了進來，還不知道是誰照顧誰。」朱楨想到元瑾那雙細皮嫩肉的手，怕是個十指不沾陽春水的小姑娘，哪裡能指望她照顧他？

裴子清也笑了笑。「顧侯爺不在京城這段期間，令堂已幫侯爺選了上好的姑娘，只消侯爺看就是了。」

母親給自己張羅親事的事，顧珩一直知道，只是他沒有興趣，並且說了好幾次，母親也不聽。他若能帶個人回去自然好，但如今他苦覓山西無果，早已懷疑她是否已不在人世。

「裴大人取笑了。」顧珩只是微微一勾嘴角。

今日定國公府來了尚衣局最好的兩位繡娘，說是奉了靖王殿下的命令前來，要量元瑾的身段做嫁衣。

「還是殿下用心了。」老夫人在一旁看著，有些感嘆。

果然是一山比一山高，這宮中繡娘的確不一般，憑手便能得元瑾的腰身、肩寬。用料亦用不著元瑾選，都是御供，全是最好的。

既然元瑾打定了主意，反而坦然了，任繡娘們為自己量尺寸。

她安然地坐在老夫人身邊，量好之後，她叫身後的丫頭。「紫桐，妳去送送兩位嬤嬤。」

身後站著的丫頭，除了一個紫蘇，還有一個剛選進來的紫桐。她比一般女子高很多，目光清亮，樣貌普通。

聽了元瑾的話，她應諾去送兩位繡娘。

因她即將出嫁，老夫人便想給她添新的丫頭。一開始元瑾選了這個紫桐，還讓老夫人有些納悶，以為元瑾是不喜歡丫頭長得美貌，怕會分去靖王的寵愛。直到這兩日她才發現，這紫桐竟是個心思穩重仔細的，她站在元瑾身後，若非必要絕不多說一句話，一旦元瑾吩咐什麼事，便能做得極好。

有一次她的玉鐲摔碎了，還是紫桐用鏤雕金箍修好的，竟做得比原來的還要好看。老夫人自己都想要過來使了，跟元瑾嘟囔，覺得她看人的目光非常準確。

目光準不準元瑾不知道，反正這是徐先生他們安插進來的。人倒是真的好使，不過那只是老夫人明面上看到的，她沒看到紫桐真正好的地方是有武功傍身，一人能頂四、五個大漢。元瑾曾經幫著太后選拔人才，她知道這樣的人培養起來有多難。

兩祖孫喝著茶，薛元珍穿著一身嶄新衣裳，由丫頭服侍著從屋中走出來。

「祖母，您看看我這身如何？」

顧珩前日已經回到京城，魏永侯府便發了請柬，邀請大家今日下午去赴宴，故薛元珍正在準備。

她身穿一件嵌邊提花綢的褙子，以珍珠點綴花瓣，下身是淡粉月華裙，用的是稀罕料子月羅紗，走起路時裙襬如煙波微蕩。新製的紫瑩石赤金頭面非常精緻，襯得她兩頰淡粉，美不勝收。

老夫人看了眼睛一亮，立刻誇讚好看。

薛元珍被誇得有些不好意思，看向元瑾，問道：「妹妹怎麼穿得如此素淨，怎地不換身鮮亮的？」

元瑾只簡單穿著青色的杭綢面綢襖、暗藍馬面裙，梳了個簡單的髮髻，戴蓮紋金簪。

元瑾一笑。「重頭戲是姊姊，我自然以襯托姊姊為主。」

在沒必要的情況下，她不會打扮得太好看。再者她即將嫁給靖王，即便我行我素，也不會有人說什麼。

老夫人也不在意元瑾的穿著，將薛元珍捯飭滿意了，一行人才前往魏永侯府。

魏永侯府在京西，離定國公府半個時辰的車程，正好離西照坊較近。

一行人在月門下馬車，由婆子引了進去。

據說魏永侯府老太爺的祖籍是江南，因此魏永侯府中，亭臺、水榭、樓閣，無一不做得漂亮精緻。內院倒也寬闊，拐過幾條石子路便到了顧老夫人的住處。

婆子領著她們挑簾進去時，屋內已是熱鬧的說話聲，有人道：「……聽說今日會來，倒不知是何等模樣？」

「上次宮宴的時候竟沒得看清楚！」

「那時候誰知道她竟有這般造化……」

聽到通傳定國公府，裡頭的說話聲便停了，等老夫人帶著兩位孫女走進去時，只見眾夫人、小姐的目光立刻就集中在她帶的兩個姑娘身上，好奇或探詢一時都有。

薛元珍有些不習慣，元瑾則很平靜。

顧老夫人是東道主，先出面笑著迎了老夫人等坐下。

方才她們說的，便是如今京城中最熱鬧的一件事，那便是靖王殿下終於娶妻了。娶的卻不是什麼高門貴女，而是定國公府的繼女。靖王殿下是什麼身分，他若娶個姑娘，那姑娘同成了鳳凰也沒什麼區別，因此就連顧珩的親事，大家都不甚關心了，討論的全是這位繼小姐的邊角小料。

旁人不認得哪個要嫁給靖王，顧老夫人卻是見過的。老夫人只帶了兩位姑娘，除了薛元珍，那剩下的不就是了？

她只是對薛元珍頷首微笑，隨後就有些迫不及待地問老夫人。「這位便是你們府上的二小姐吧？」

老夫人看了元瑾一眼，笑著點頭。

顧老夫人便露出祥和的笑容，拉過元瑾的手。「果然是個玉般做的人兒，難怪靖王殿下喜歡，我見了都喜歡！」

元瑾見了卻一時覺得好笑，當初她是丹陽縣主的時候，顧老夫人對她就是諂媚討好。爾後在山西，她是個普通庶房姑娘，顧老夫人對她不聞不問。今兒知道她要嫁給靖王了，態度又是大轉變，倒也是坦誠。

老夫人微微一笑。「殿下早已囑咐我，好生護著元瑾。妳這裡人多口雜，可莫讓大家都來同元瑾說話，她可應付不來。」

這屋中這般多的夫人、小姐，若一個個都要過來同元瑾套近乎，那還得了？

老夫人說這話也不怕得罪人，靖王殿下是什麼人，他咳嗽一聲，京城也是要抖三抖的。即將要嫁給他的元瑾，自然也是地位超然。

果然，顧老夫人只是笑著應下。「這是自然，二小姐如今身分特殊，一會兒獨闢個亭子，我們說說話罷了。」

接著又問了些婚期上的事，確定好了她要去隨禮，再拉著元瑾看了好久才撒手，弄得元瑾雞皮疙瘩都起來了。當年顧老夫人對她，亦不過是又懼又怕，哪裡像現在這般諂媚。

好在她終於將注意力轉移到薛元珍身上，畢竟這才是她選定的兒媳。

如今有個成了靖王妃的姊妹，顧老夫人對薛元珍就更滿意了。「顧珩已經在家中，只是這樣見面，難免不夠別緻。這冬景這般好，到時候我做個別樣詩意的景色，叫你們見見。」

薛元珍含羞點頭。

幾人又說了一會兒話，才聽到外面通傳。「傅夫人、傅少奶奶、徐三小姐到——」

片刻後，果然就見傅夫人攙著徐婉和徐瑤進來。

「今日來遲，還請老夫人見諒！」傅夫人笑著坐下來。「是我媳婦這身子，不能快些趕路的緣故。」

這話聽得顧老夫人眉頭一挑，心中猜測，便問：「那可是……有身子了？」

「正是呢，足三月了。」傅夫人顯然極高興，身孕滿三個月，也沒什麼不能說的。

她一說完，徐婉便有些害羞地低下頭。

老夫人等又恭喜傅夫人喜得孫子。徐婉嫁入傅家一年才有孕，這還是頭胎，怎會不高興？

元瑾有些木然地看了徐婉一眼。

這樣的徐婉，帶著母性的光輝，早不是那個少女了。她一直知道，徐婉的平生夙願就是嫁給傅庭相夫教子，如今理想已慢慢實現，應該很高興吧。

徐瑤卻看了四周一會兒，目光停在元瑾身上，同徐婉低語。

徐婉按了按她的手，笑著對元瑾說：「我聽說薛二小姐同靖王殿下訂親了？倒真是要恭喜了。」

她這話問得有些突然，傅夫人等人又看向元瑾。

元瑾嗯了聲，也道：「還未恭賀少奶奶有孕，妳倒是客氣了。」

徐瑤還想說什麼，徐婉卻死死按住她，不讓她說。

如今定國公府二姑娘今時不同往日，萬萬得罪不起。但想要達成目的，卻是可以從長計議的。

徐家幾人同顧老夫人說過話之後，就坐到旁邊的桌子去吃茶。

而同老夫人一番契闊之後，顧老夫人才想起今日的正事。

今日說是給顧珩接風洗塵，其實她真正打算的，是要促成薛元珍和顧珩的親事。

她先跟薛元珍和元瑾說：「冬日雖寒，我們府上卻有一處泉眼，經年溫暖，泉邊還有個茶花院子，種的是焦萼白寶珠、茉莉茶、寧珠茶、照殿紅幾個品種。妳們若是有興趣，不妨去看看，再剪些花回來，放在客堂中。」

薛元珍極愛花草，一聽有這樣的好去處，又有珍貴的茶花，便想去看看。

元瑾卻覺得顧老夫人是想支開她們，同老夫人說悄悄話，所以她也站起身。

等婆子帶著兩人離開後，顧老夫人才笑道：「我那山茶花院子打點得極好，這時節也是花團錦簇的。今兒元珍打扮得這樣好看，若與山茶花相配，才算得上是相得益彰。」

老夫人亦是人精，立刻就明白顧老夫人想做什麼，笑道：「想製造偶遇便罷了，何必瞞著她不知道！」

顧老夫人拉了她的手。「老姊兒，我若真的告訴她，她必定會拘束，這樣自然流露最好了。我還想著珩兒能和靖王殿下一起娶親呢。」說著召了婆子過來，吩咐道：「妳去告訴侯爺，就說我在茶花園裡見他，叫他趕緊過去。」

婆子立刻應諾而去。

老夫人噗哧一笑。「虧得妳費盡心力了！」

顧老夫人感嘆。「我盼孫子可盼得眼睛都紅了，便顧不得這些體統了。」

在旁桌的徐瑤聽到這些話，有些焦急，低低喊了一聲。「二姊，這可怎麼好……」

「妳慌什麼？」徐婉卻很冷靜。「我與大姊平常教導妳，凡事要沈著。不過是偶遇罷了，顧珩未必會看上她，妳給我好生坐著。」

「但萬一看上了呢！」徐瑤不依她。

徐婉嘆了口氣。她家三妹縱然刁蠻任性，卻何嘗不是對顧珩情根深種？父親想借勢封一等公，其實不借顧珩也行，還不是三妹喜歡。三妹在家中最小，從小就被寵壞了，想要什麼東西，也不懂得用計謀去搶，只像個孩子一般哭鬧、耍無賴，希望旁人能送給她。可在外面的殘酷世界裡，誰會因妳哭鬧，就把這些東西送到妳手上？

徐婉下意識地摸了摸小腹。

她的東西，便都是靠她自己得來的。

「罷了。」徐婉道：「定國公府兩姊妹剛走不遠，妳派個小丫頭跟過去，就扮成魏永侯府的丫頭，叫薛元珍回正堂來，就說顧老夫人突然有事找她，如此就遇不上了。不過這丫頭回來後，便不能在人前露面。但妳得記得，這是在旁人府上，不得由妳任性胡來，這樣便行了。」

徐瑤聽了一喜，知道姊姊還是肯幫自己的，急忙點頭，招手叫來自己的丫頭。

正堂外，顧珩正在迎客，來的亦都是些京城權貴，不得不由他親自招待。他父親戰死沙場，唯餘祖父還在世，只是祖父年事已高，不能待客。

如今來的正好是定國公薛讓，他跟薛讓是舊識，剛同薛讓喝了兩杯薄酒，就聽到母親派來的人傳話。

顧珩深深皺起眉。

他非常了解母親的個性，平白無故的，怎會突然在茶花園見他，必然有貓膩。

他道：「妳先去回了母親，說我這裡還有客人，過一會兒再去。」

婆子得了顧老夫人的令，怎敢不遵？道：「侯爺，老夫人當真在茶花園同別人賞花，有急事找您。您別為難奴婢了，還是去一趟吧……」

顧珩看了她一眼。「她若在陪旁人，勢必都是女眷，我怎好前去。再者什麼急事非要我去不可？妳告訴我究竟是為什麼，否則我也不去。」

他們家侯爺真是不好騙。

婆子迫於無奈，只能道：「老夫人是為了侯爺好，侯爺還是別駁了老夫人的一番心意吧。且這姑娘，還是老夫人特地從山西找的。」

她這話說得著實委婉，顧珩聽了嘆氣。

罷了，若不過去看看再拒絕，母親恐怕是不會善罷干休的。

他道：「妳前面帶路吧。」

他倒要看看，母親又要做出什麼花樣來？

——未完，待續，請看文創風732《嫡女大業》3

3月 PUPPY 2 春暖桃花開

DoghouseXPUPPY

情人已達

揮別友情關係，
終結不確定的曖昧，
我們一起手牽手，
走過寂寞寒冬；
迎向愛情的春天……

NO／539

不當你的甜點情人 著 米琪

關於他風花雪月的耳語那麼多，讓她決定要分手，
因為她不過是他的愛情點心，但她不想只當點心……
誰知事隔多年，他竟然又再次出現，攪亂了她的心！

NO／540

糖水情人 著 辛蕾

她是個愛寫食記的平凡秘書，卻不小心成了知名部落客。
平時低調，不受訪不接邀約，但偏偏卻被飯店少東盯上！
他力邀她試菜，字裡行間充滿誠意，動搖了她的心……

NO／541

帶著走情人 著 夏洛蔓

心裡很愛她，他卻不停地回到她身邊又從她身邊離開，
她也從不要求他永遠留下。但最後不滿足的竟是他自己，
多希望她可以帶著走，多希望可以將她獨占……

NO／542

回收舊情人 著 香奈兒

大學那年的無心插柳，讓杜乙旻邂逅影響他至深的女孩，
她溫婉可人，時常掛著笑臉，他漸漸被她吸引，
只是他的深情陪伴，竟換來她的無情背叛……

Hi-Life

3/20 萊爾富 有情人必看 單本49元

只願君心似我心　定不負相思意／鹿鳴

為流浪貓狗加油 和貓寶貝 狗寶貝 廝守終生(一定要終生喔！)的幸福機會

對人來說，貓寶貝狗寶貝只是生活的一部分，但妳(你)對牠們來說，卻是生活的全部，領養前請一定要考慮清楚——

▲ 汪汪界的暖男　星疤

性　　別：男生
品　　種：米克斯
年　　紀：約4歲
個　　性：親人、愛運動
健康狀況：身體健康，唯左後腿略跛，
　　　　　但不影響玩耍、奔跑，並有按時接種疫苗
目前住所：台中市霧峰區

『星疤』的故事：

星疤是在2017年的父親節當天被救援的，中途將牠送醫後發現，星疤不但有嚴重的營養不良、脫水的情況，還有肝腎指數異常、心絲蟲的問題待處理，後腳更曾因車禍而骨折過。

經過初步妥善治療後，中途便將星疤帶回安置；也因看見牠的臀部上有一塊疤痕，便靈機一動，取名為星疤。有很長一段時間，星疤持續到醫院醫治疾病，過著不斷吃藥、回診，再吃藥、再回診的日子；而中途也想盡辦法幫星疤調養身子，希望牠能趕緊恢復元氣。經過大半年的診療後，雖然因為腸胃消化偏快，而一直維持較瘦小的體型，但星疤已恢復得十分健康了。

另外，相處一段時間後，星疤的個性也從原先的緊張兮兮、容易發怒，變得超級親人，成了一隻人見人愛的可愛毛寶貝！中途提到，星疤其實很能感知旁人的情緒，時常會貼心且靜靜地陪伴著，對於自己熟悉的人更是會緊緊的跟隨，就像是在幫人打氣一樣，十分的體貼。

中途由衷希望有人能夠給這麼窩心的孩子一個機會，讓牠有個溫馨的家可回。請來信leader1998@gmail.com（陳小姐），或傳Line：leader1998，或是私訊臉書專頁：狗狗山-Gougoushan。

認養資格及注意事項：

1. 認養者須年滿23歲，有穩定經濟能力，並獲得全家人的同意。
2. 須同意簽認養寵物切結書，並讓中途瞭解星疤以後的生活環境。
3. 同意送養人日後之追蹤探訪，對待星疤不離不棄。
4. 同意讓星疤絕育，且不可長期關、綁著星疤，亦不可隨意放養。
5. 為讓中途對您有更深入的瞭解，中途會先有份線上問卷請您填寫。

來信請說明：

a. 個人基本資料：姓名、性別、年齡、家庭狀況、職業與經濟來源等。
b. 想認養星疤的理由。
c. 過去養寵物的經驗，及簡介一下您的飼養環境。
d. 若未來有結婚、懷孕、出國或搬家等計劃，將如何安置星疤？

文創風
731

嫡女大業 2

國家圖書館出版品預行編目資料

嫡女大業 / 千江水著. --
初版. -- 臺北市 : 狗屋, 2019.03-
冊 ; 公分. --(文創風)
ISBN 978-986-328-980-7(第2冊:平裝). --

857.7 108000573

著作者	千江水
編輯	王冠之
校對	黃薇霓　周貝桂
發行所	狗屋出版社有限公司
地址	台北市104中山區龍江路71巷15號1樓
電話	02-2776-5889～0
發行字號	局版台業字845號
法律顧問	蕭雄淋律師
總經銷	知遠文化事業有限公司
電話	02-2664-8800
初版	2019年3月
國際書碼	ISBN-13　978-986-328-980-7

本著作物由北京晉江原創網絡科技有限公司授權出版

定價250元
狗屋劃撥帳號：19001626
網址：love.doghouse.com.tw　E-mail：love@doghouse.com.tw